楽園ジューシー

坂木 司

角川文庫
24527

目次

約束

僕は、余生を生きている。

＊

子供は、自分が生まれ育った環境を「普通」だと思って育つものだ。

たとえばそこに仲の良い両親がいればそれを普通だと思い、暴力的な関係を見れば同じように思う。家が一軒家だとかマンションだとか、親と一緒の部屋で寝るとか寝ないとか、飲み物の基本がお茶なのか牛乳なのかとか、パターンは色々ある。

でもそういう色々は、子供が家の外に出るとバレてしまう。

「ええ？　お前ってまだ親と風呂(ふろ)入ってんの？」

「信じらんねえ。朝にラーメンって、最高だな」

「水、買わないんだ？」

まあ、色々あるよね。いいことも悪いことも。

バレるのは、大体小学校。六年間もあるし、行事とか学校公開とかで家の事情がバレまくる。そして絶対、それをネタに騒ぐ奴がいる。その流れが笑いに向かうかいじめに向かうかは、運とキャラ次第。

もし君がラッキーなら、そういうはやし立てを許さないクラスメイトや先生がいるだろう。そうでなくても、いじめに加わらない友達に恵まれていればなんとかなる。逆にアンラッキーなら、誰も守ってくれなかったり、気づかれなかったりするだろう。

でも言われた方のキャラが強ければ、挽回(ばんかい)はできる。気が強いとか面白いとか、一人でも自分の世界にいれば大丈夫とか。まあ、色々。

そんな中で一番の悲劇は、アンラッキーで、かつ、人に恵まれず、キャラも性格も弱かった場合。

僕はこれ。これの特盛り。

まず、問答無用で太ってた。理由的にはこれだけでもいいくらい。

ついでに色白。「白ブタ」確定。

ついでに天然パーマ。どうやっても直らない寝癖みたいな髪型。つまり僕の見た目は、突っ込みを待ってる古いタイプのお笑い芸人みたいだったってこと。

そして当然のごとく運動が苦手。動けないブタだから、ただのブタ。

勉強は、普通だったはず。でも気が弱くてぼんやりしてたから手を挙げられず、結果バカ認定されてた。

ここまででもう、お腹いっぱい。なのに僕にはスペシャルトッピングがついていた。

それは、家族。

というか、遺伝子。


「おーいザンパ」

そう呼ばれて、へらっとした笑顔で振り向く。笑いたい気持ちなんかこれっぽっちもないのに。

だってそうしてないと、ひどい目にあうかもしれないから。

ザンパ。そう呼ばれはじめたのはいつだったのか。たぶん小学校の低学年だと思うけど、一年生の頃のことなんてさすがに覚えてない。ただ、生まれてからずっと同じ場所に住んでて、そのまま公立の小学校に入った時点で、方向性は決まってたんだろうなと思う。

あだ名の由来は二つ。

一つめは、『残念なパーマ』。

他にも『バクハツ』とか『しっパー』（失敗したパーマ）とかあったけど、最終的にこれに決まった。理由は、二つめとの兼ね合いだ。

で、二つめ。『残念なハーフ』。

これが最大にして最強の、僕のいじめられ原因。当たり前だけど、これっぽっちも僕のせいじゃないし、悪いことでもない。ついでに言うとハーフじゃなくてミックス。そんなところも間違っている。

なのに小学校と中学校、都合九年間、僕は「ザンパ」と呼ばれ続けた。

＊

住んでいたのは、関東内陸部。死ぬほど田舎じゃないけど、都会ではまったくない。生活の基本はイオンモールと国道沿いのチェーン店、みたいなよくある地方都市。周囲をぐるりと山に囲まれた、閉塞感のある場所。

家族は両親と妹。両方のじいちゃんとばあちゃんは生きてるけど、そこそこ遠くに住んでるから、年に数回会う程度。

先に言っておくけど、この中の全員が日本在住。ていうか、外国に住んでいたことのある人がほとんどいない。お母さんの方のおばあちゃんが、子供の頃マレーシアに住んでたってくらい。つまり全員、日本で出会ってるってわけ。

どこの国か、っていうのが一番よく聞かれる。それに関しては、いじめっ子の言葉を借りよう。

「お前んちって多国籍軍だよな。わけわかんねえ」

まったくもってその通り。実際、僕だってわけがわからない。

別に同じ国の人同士で結婚すべきとか、血がどうとかとは思わない。ただうちの場合、もうちょっとなんとかならなかったのかと思う。

一応説明してみると、父方の祖父は日本とドイツのハーフで、祖母はロシア人。そこから生まれた父はすでに三か国のミックス状態なのに、さらに中国系マレーシア人の母と出会い、二か国をプラス。つまり僕と妹は、五種類のミックスというわけ。

「もう言うのがめんどくさい」

いいじゃん、多国籍軍で。妹はよくそう言ってるけど、僕も同じだ。だって、僕らの中に流れる五か国の血にはほとんど意味がない。そもそも外国に親戚がいて遊びに行けるとか、日本の中にもコミュニティがあってそこで特別なお祭りをしてるとか、そういうのが全然ない。英語なんて喋れないし、家で出てくる料理だって超普通。

「しょうがないでしょ。中華のおかずとお味噌汁で育ったんだもん」

お母さんはそう言って、妹の好物のタピオカミルクを作る。我が家におけるアジアンテイストは、それくらいしかない。

で、何より意味がなかったのが見た目の問題。

「色々な国にルーツを持つ人同士が結婚すると美人が生まれる」

って、あれは絶対嘘だ。だってよく考えればわかるはず。普通の顔の外国人同士の子供と、美形の日本人同士の子供。どっちが美人になるかって、美形同士に決まってる。

だからあれは、確率のいい部分だけを見て言ってるだけの話。テレビで見るきらびやかな「ハーフ」タレントは、一握りの成功例にすぎない。僕と妹は、それを嫌というほど味わわされてきた。

それでも妹はまだましだった。金までいかない茶髪に、日本人的な顔面。色白は女子ならほめ言葉だし、癖っ毛も僕ほどひどくなかった。ただ、彫りの深さはちょっと残念で、本人いわく「ゴリラっぽい」。欧米ならありがちなんだろうけど、そのせいで妹の自画像はいつも、眉から下の部分が「がーん」のイメージで黒く塗られていた。

そして僕。白ブタでぐしゃぐしゃ頭で運動音痴で、頭脳も普通で気の弱い僕。彫りの深さも肉に埋もれていた僕。一応体格はよかったはずなのに、自信がないせいで、背骨が曲がる勢いで姿勢が悪かった。

「お前を見てると『ハーフ』って言葉に夢を失うわ」

そう言われ続けた僕。

「ハーフじゃなくて、ミックスなんだけど」

そう言い訳する気もなくすほどの、自他ともに認めるがっかり感に満ちた僕。

日本生まれ日本育ちのハーフから生まれた、超ドメスティックなミックス。

残念なパーマの、残念なハーフ。人呼んでザンパ。

それが僕だ。

いじめは自殺するほどひどくなかったけど、だからこそ親には言いにくかった。だってうちの家族はほぼ全員が同じような仕打ちを受けてきているから。（見た目が迫力ロシア人のおばあちゃんは除く）

しかもみんな中身が日本人だから、いわゆる「ガイジン」的な「そんなこと気にしないで！」みたいな態度もなければ「スクールに乗り込んでやろうか！」的な勢いもない。ただ地味に「ホントにつらかったら、言ってね」って感じ。

だからこっちも「まあ、我慢できるよ」って過ごしてた。小学校低学年の頃は殴られたりして実害があったけど、高学年になる頃には敵になるタイプじゃないってわかられたせいか、いじめの半分がいじりに変化したし。

ただ、ずっと一人だった。たまに中に入れてくれるグループもあったけど、どこかで線を引かれてた。それが地味につらかった。

＊

きっと自分はずっとこうなんだろう。へらっとした笑いを浮かべながらどこかのグループにすり寄って、お情けで優しくしてもらって、害のない変わり者みたいな立ち位置でいくしかない。そう、思っていた。静かな諦め。生きる前に埋葬されたような、しんとした人生。

自分が見ているのは日本の景色で街の人も日本人なのに、鏡を見ると異国の人がいる。なのに見た目以上の個性も特技もなく、やりたいことも趣味もない。きっとこのまま、地方都市の中でゆっくりとうずもれてゆくんだろう。ぼんやりと。

ただぼんやりと。


それを絶望と呼ぶのだと、アマタツは言った。


「絶望――」

中学二年の秋だった。

「未来に希望が持てず、ただ時が過ぎるのを待っている。長い目で見れば、それは死を待つことと同じじゃないか」

某気象予報士のあだ名がついた彼は、別のクラスで変わり者と呼ばれていた。

「そうか。僕は絶望してたのか」

すごく納得した。ぼんやりとした気持ちに言葉が与えられて、輪郭が立ち上がってきた。

「絶望することなんてないのに」

そう言ってくれたのはゴーさん。彼は学年一いじめられ、うとまれていた。

「そうなのかな」

「そうだよ。元気な体があるじゃない」

ゴミ屋敷におばあちゃんと暮らす彼は、おばあちゃんの不自由さをにこにこと語った。

「起きるだけで疲れるとか、床の物を拾うだけでどっか痛いとか、そういうのないよね」

「――ないけど」

「じゃあさ、どこだって行けるよ。絶望する前に、歩いてみたら」

「そうだな。ゴーさんはいいことを言う」

アマタツは小さい頃、追突事故にあって以来、頸椎に問題を抱えていた。

そういう相手からまで「歩いてみたら」と言われたら、断りにくい。曖昧にうなずく僕に向かって、ゴーさんは笑った。

「心配しなくていいよ。おれも一緒に歩くから」

「え？」

「俺も一緒に歩いてやってもいいぞ。低気圧の日は休むけど」

別に友達でもなんでもなかった。ただ地元の酒屋がやってるコンビニ風の店で出会い、なんとなく喋るようになっただけの関係だった。

居場所のない奴が三人。

未来のない場所で出会い、どうでもいいことをだらだらと喋りながら時間を過ごしていた。

その三人で、歩きはじめた。

誰かに見られたらまたいじられるから、夜歩いた。平地を歩き、山のふもとまで行き、いいものや悪いものやどうでもいいものを見た。

この二人と出会うことで、僕の人生はどん底から引き上げられた。

出会ってしばらくした頃、アマタツが言った。

「なあ、名前を考え直さないか」

「うん。『ザンパ』はよくないよね」

いつものようにだらだらと歩きながら、ゴーさんがうなずく。

「お前の『ゴミ』の方がよくないだろう」

ゴーさんはゴミ屋敷に住んでいるから、ストレートに『ゴミ』と呼ばれていた。

「じゃあ、何がいい？」

僕の言葉に、ゴーさんが首をかしげる。

「でもさあ。おれの場合、あんまりちがくすると、それでまたなんかやられると思うんだよねえ」

確かに。そしてそれは僕も同じだ。

「なら、同じような発音で意味を変えよう。これは負けじゃなくて、擬態だ」

「ぎたい、ってなんだっけ？」

「あれだよ。虫とか動物が、木や草の色に似せて隠れるやつ」

僕の答えに、ゴーさんがあーあれね、と笑う。

「たとえばゴミは、頭の『ゴ』の音は変えない。で、下を変える」

「へえ。どんな風に？」

何気なくたずねると、アマタツは困ったようにしばらく黙りこみ、やがて絞り出すようにつぶやいた。

「──『さん』とか『くん』をつけるとか」

「アマタツ、意外とセンスないね」

少しからかうと、アマタツは「なら好きに考えろよ」とそっぽを向いた。そんなアマタツに向かって、ゴーさんが声をかける。

「いいじゃん。おれ、『さん』にするよ」

「そのままますぎじゃない？」

「だってほら、ゴミって数字にすると5と3じゃん。だから『ごーさん』」

ゴーさんは数字にこだわりがあって、何かというと数字に変換したがる。かといって数学の成績がいいわけではないのが、不思議だったけれど。

「ゴーさん……」

発音してみると、「剛さん」とか「GOさん」みたいで悪くなかった。

「他の奴がいるときは、最初の音だけ言ってればバレないだろ」

照れ隠しのようにアマタツが言う。

「じゃあ次はザンパ。『ザ』を残すんだよね」

「元は『残念なパーマ』と『残念なハーフ』だな」

「でも、間違ってるんでしょ。ハーフじゃなくて、なんていうんだっけ」

「……ミックス。なんか色々、混ざってるから」

人気のない道路に落ちる、ぼんやりとした照明の光。その輪の中に入っては出、出ては入るを繰り返す道行き。

「にしても、『ザ』のつく名前って難しいなあ。『ザ・なんとか』みたいになっちゃいそうで」

「――なら『ザンク』はどうだ」

アマタツの言葉に、ゴーさんは再び首をかしげる。

「どんな意味？」

「『残念じゃないくりくりパーマ』」

それを聞いたゴーさんが、ぶはっと噴き出す。

「くりくりパーマって」

アマタツは、ちらりと僕の方を見る。

「センスなくて悪いけど」

「いや、別に」

いいと思う。そう言おうとしたところで、ゴーさんが「あっ」と声を上げる。

「いいよ、『ザンク』。だって『パ』って8とも読めるから、その上って意味の9で

『ク』」

　ワンランク上だな。アマタツが笑うと、ゴーさんがうんうんとうなずく。

「あ、『ザック』って言うと、なんかかっけーよ」

「映画に出てきそうな名前だな」

「ザック……」

　声に出してみると、本当にそれっぽい。

「顔に合ってるよ」

　ゴーさんがにこにこと笑う。

「ところでアマタツは？」

　ふとたずねると、アマタツは首を横に振った。

「俺はいい。悪い意味じゃないし、特性を表している」

　低気圧になると、事故で痛めた頸椎が痛む。それがきっかけでアマタツは雨を予知できるようになった。そういう意味での、あだ名だった。

　でも一人だけそのままも寂しいね。僕の言葉に、ゴーさんが顔を上げる。

「じゃあさ、音は同じで『アマタ2』でどう？　『ツー』は2だからさ」

「お、いいなそれ。隠し名っぽくて」

「ていうか映画の続編だよね」

「ザック主演の『アマタ2』、監督はGOさんか」

ぷふっ、とゴーさんが噴き出す。アマタツもにやっとした表情を浮かべて、僕も小さく笑った。みんな、習慣で大きくは笑えなかった。

でも幸せだった。新しい名前で、新しい夜を歩く。それだけでもう、充分だと思った。なのに、その上を僕らは望んだ。


「ああ、どっか行きたいな」

アマタツがぽつりとつぶやく。自分の家に居心地の悪さを抱えているアマタツは、よくこんなことを言う。

というのもアマタツの両親は過保護で、ちょっと鬱陶しいくらいにアマタツの生活に口を出してくるからだ。まあ、事故の原因は両親の運転ミスのせいらしいから、責任を感じているといえばそれまでなんだけど。でも、アマタツにとってそれは迷惑でしかなかった。

その証拠に、この夜の散歩に抜け出してくるのも一苦労なのだとため息をついた。

「息が詰まるよ、本当に」

「心配されてるっていいことじゃないの？」

ゴーさんの無邪気な質問に、アマタツは首を横に振る。

「どこに行くの、誰と会うの、何時に戻るの、何を食べるの。毎日毎日、すべてを申告させられてみろ。監視されてる囚人の気分だぞ」

あーそっか。ゴーさんがうなずく横で、僕はふとたずねた。

「あのさ。どっかって、どこ？」

今まで、そんなことを聞いてみたことはなかった。聞いたところでどこかに行けるわけじゃないし、聞かない方がいいと思っていたから。

でも、なんだかそのときは聞いてもいいと思った。

「そうだな。やっぱこういう場合は南国の楽園。南の島じゃないかな」

「え？」

家出とかそっち方面の想像をしていた僕は、予想外のトロピカルな選択に驚いた。

「南の島って、ハワイとか？」

ゴーさんの質問に、アマタツは首をひねる。

「ハワイか。いいけど、パスポート持ってないし金かかりそうだし、難しそうだな」

「じゃあどこ？」

国内で南の島っぽいところ——同じタイミングで考え込んだ僕らは、同じタイミングで顔を上げた。

「沖縄！」

行けるわけない。そんなことはわかっていた。でもその夢を語るのが楽しかった。

なぜなら沖縄という場所はハワイよりもちょっとハードルが低くて、手が届きそうな気がしたから。

「いつか絶対、三人で行こう」

飛行機の三人並んだ席に座って、南の島に行こう。トロピカルフルーツを食べて、沖縄観光をしよう。船に乗って無人島に行ったり、イルカを見たりできるかな。宿は安くていいから、長期滞在にしよう。いや、なんだったらバイトしながら旅するのもありだな。いっそ住むか。そしたらもっと、きっとすごく楽しいはずだ。

浮かれた気分になった僕らは、いつものコンビニで売れ残った食玩に手を出した。値下げで百円になっていたそれは、当時流行りのゲームに出てくる武器、金の斧のフィギュアだった。一番人気のない武器だから、残された箱。偶然三つ並んだ姿がなんだか僕らみたいで、買わずにはいられなかった。

「いつか行こうな。南国の楽園、沖縄へ！」

箱から小さな斧を取り出し、伝説の剣士のようにゴーさんが頭上に掲げる。

同じように斧をかざして、アマタツと僕が唱和する。

「おう！」

声を合わせた瞬間、僕は今ここで死んでもいいと思った。

それくらい、幸せだった。

そこが僕の、人生のてっぺんだった。

沖縄へ行こう。そうは言っても相変わらずゴーさんの家は貧乏で、アマタツは家から遠くには出られない。そして僕は二人がいなければ、どこへも行けない。お金を貯めて、家族を説得して、臆病(おくびょう)な自分を変えて。そんなことができないまま僕らは、高校で別々の道に進んだ。

*

頭のいいアマタツは有名私大の付属高校に進学し、ゴーさんはそのまま地元の最低ランクの高校に入った。そして僕は普通ランクの高校。同じところに行きたかったけど、それぞれの家庭の事情もあったし、しょうがない選択だった。

とはいえ家は近所のままだったので、メールでやりとりをしながら、夜の散歩は続いた。けれどそれはいつしか週一、月一と間隔が開き、顔を合わせる回数が減っていった。

一番心配だったゴーさんへのいじめが薄れてきたのが、直接の原因だった。

そしてアマタツはそこから都心にある有名私大に進学し、ゴーさんは地元のホームセンターに就職した。僕はいじめっ子から離れたい一心で勉強して、なんとか東京近郊にあるランクの低い大学に滑り込んだ。

その後アマタツと僕は地元を離れ、それぞれ違う場所で一人暮らしを始めた。ゴーさんは今でもおばあちゃんと二人暮らしだけど、手助けしてくれる人ができたらしく、片付けられた部屋の画像が送られてきたりする。たぶん、彼女的な人なんじゃないかとアマタツは言っていた。だとしたら、うらやましい話だ。

ちなみに僕は、結構色々変わった。まず、ゆっくり痩せた。これはアマタツやゴーさんとしていた散歩がウォーキングとして機能したおかげだと思うけど、高校の三年間で僕は標準的な体型になった。疎外感は変わらずあったけど、いじめやいじりが減ったのもよかったのかもしれない。あと、背もさらに伸びた。そしたら埋もれてた鼻が出てきて、さらに「ガイジン」っぽい顔立ちになった。

髪は相変わらずくしゃくしゃで、そこはもう諦めた。中身がいじめられっ子のままだから猫背も直らなくて、ぼんやりとして乗り遅れるところもそのまま。

なのに、なのにだ。

大学に入ったら、僕はモテはじめた。

「え、ハーフ？　ミックスなんだ。色んな国っていいよねえ」

「色が白くて、うらやましいなあ。女子的には憧れるよ、その透明感」

「そういう天パーって、どういう形でも絵になるよね」

同じことを、否定的な意味でずっと言われてきた。だからこれっぽっちも嬉しいと思えなかった。

（これ、本当にほめ言葉だと思ってる？）

悪気がないのはわかってる。でもずっと否定されてきたことが、突然肯定される。その手のひら返しがあまりに鮮やかで、僕は理解が追いつかなかった。とはいえゆっくり考えても、結論は同じ。これはカードの裏表であって、意味は同じだ。

「お前の見た目はこっちと違う」

ただそれだけ。

そんないじめられっ子マインドで一杯の僕は、大学でうまく友達が作れなかった。周りに女の子が寄ってきたら、男子は遠のいていったし。

でも別にそれで問題はなかった。僕の中にはあの夜の約束が、あたたかな電球のように灯り続けていたから。

(「いつか」はきっと、そう遠くない)

ゴーさんは社会人だし、僕はバイトでお金を少しずつだけど貯めている。アマタツだって大学を出れば、もっと自由になるはずだ。


で、今の僕。大学一年生の冬。教室とバイト先の弁当屋とアパートをぐるぐる回ってるだけの僕。アマタツみたいに上を目指そうという気もなく、ゴーさんみたいににこにこと人と関われない、僕。輝かしい夜の約束を最後に、それ以上心が動くことは一切ない、僕。

僕は、余生を生きている。

風の音

朝はちゃんと起きる。もうちょっと寝ていたいと思うことはあるけど、講義に遅れるのが嫌だから早起きする。別に勉強が好きなんじゃなくて、後からドアを開けて目立つのが嫌なだけ。

朝食はおにぎり。そしてリュックにもう一つのおにぎりを放り込んで、自転車にまたがる。大学までは電車で四駅。乗車賃を払うのは、雨の日だけの贅沢だ。

そうして大学の第二駐輪場に着く。古い建物の裏手にあるここが、学内で一番慣れた場所かもしれない。一部にトタン屋根。アスファルトの端は苔むしてひび割れている。ほとんどの人は正門に近い第一駐輪場を使うため、こっちは廃れるに任されている。でも、おかげでいつでも空いてるからいい。

専攻は経済学。一番無難で入りやすく、ついでに就職にも悪くない感じがしたから選んだ。というより、そこしか入れなかった。

消去法の人生。最悪にならないための、最低限の努力。心穏やかに生きたいと思って、何が悪い？

それがいじめられっ子の処世術だ。

講義は真面目に聴く。ノートを貸し借りする友達がいないから。

これといった趣味もないから、クラブ活動もしていない。たまに見た目の物珍しさからサークルに勧誘されるけど、苦手なタイプの人しかいないからその場で断ってる。

講義が終わったら、また自転車に乗って二駅分戻る。アルバイト先の弁当屋は、チェーン店に色合いと名前を似せただけの個人店だ。だからバイト代も安め。けれど『白飯食べ放題』という特典がついているため、僕的には満足だ。

あと、なんていうか、似てる。地元にあったコンビニに。「なんちゃって」の感じや、働いている人のゆるい感じ。アマタツとゴーさんがいた、あのコンビニに。

裏口から事務所に入って、調理場に声をかける。

「お疲れさまです」

「ああ、松田くん。お疲れ」

白い帽子に白いマスクに白いエプロン、それに白い腕カバーで防護服みたいになった人物が軽く手を上げる。パートの加藤さんだ。

ちなみに「ザック」こと僕の本名は、松田英太。名前もあまりに普通だから、名簿や履歴書を手に持ったまま、目の前の僕を二度見する人も多い。実際、ここの店長もそうだった。

「ランチ、忙しかったですか」

「ああ、まあまあね。寒いからカレーがよく出たかな。そういう意味では楽だったけど」

髪の毛を帽子の中にぴったりと収め、マスクをするとほっとする。僕は、この制服が世界で一番好きかもしれない。

「店長はさっき、休憩に出たよ」

「了解です」

調理場に入って、壁に貼られたタイムスケジュールを見る。もう少ししたら、夕方の時間に備えて総菜を解凍しなければいけない。それから調理場内を見ると、つけあわせ用のキャベツの千切りが少なくなっていた。

「キャベツ、カットしましょうか」

「あ、助かるよ。今日も腱鞘炎で手が痛くってさ」

加藤さんはおそらく五十代くらいのおばさん。色々あって会社を辞め、今はここでアルバイトをしているのだと聞いた。結婚しているのかとか、子供はいるのかとかは知らない。

「悪いね」

「大丈夫です」

業務用の冷蔵庫からキャベツを取り出してスライサーにかける。簡単な作業だけど、丸ごとのキャベツはバスケットボールくらいの重さがあるから、加藤さんの手にはつらい。

「あのさあ、歳取るのってすごいんだよ。ぼんやり知ってたことがさ、バンバン自分に振りかかってくる。老眼とか、手足の痛みとか」

「そうなんですか」

「もうさ、テンプレすぎて笑っちゃうよ？　マンガみたい」

げらげらと笑いながら、加藤さんは弁当の容器が重なった束に肘打ちをくらわす。持ち上げたときに静電気で何個かくっついてくるのを防ぐためにやっているのだけど、本来は一つずつ手でばらすべきものだ。

「いつか、っても松田くんにはまだまだ先だけどね。楽しみにしてなよ。下ネタって言葉の意味が変わるからね。エロ関係なし。完全なるシモのネタだよ」

ぼこんぼこん。プラ容器の束が波打つ。

「手、平気ですか」

「ああ、肘だから。つかこれをやんないと、スッとしないんだよねえ」

加藤さんが体を動かすと、ちゃりちゃりとした音が聞こえる。白衣の下にキーホルダーでも下げているんだろう。かくいう僕も、あの日の斧をキーチェーンにつけている。

あの夜、誓いのように掲げあった印を。「そういえば、もうすぐ冬休みだよねえ」

加藤さんに声をかけられて、はっと我に返る。何かきっかけがあると、僕はすぐにあの頃の記憶に浸ってしまう。それが悪い癖だというのは、わかっているのだけど。

「そうですね」

この弁当屋は年末の三十一日まで営業し、明けてからは二日が仕事始め。ほぼ休みがない状態だ。

「松田くんさあ、シフトめっちゃ入ってるけど大丈夫なの?」

「はい。実家はいつでも帰れるし、これといってすることもないので」

「そっか。まあどっちにしろ冬休みって短いもんね。大学生的なメインは長ーい春休みか」

ふうん。大学の春休みって長いんだっけ。ぼんやり考えていると、外から声がかかった。

「はい、いらっしゃいませー」

カウンターに出てゆく加藤さんの背中を見ながら、僕はキャベツをスライスし続ける。


何を見ても何をしても、あのときのことを思い出す。

誰と話していても、アマタツとゴーさんを思い出す。

でもそれはしようがない。だってあの時が僕の人生の最高地点だったのだから。

今生きている時間なんて、それを反芻(はんすう)するためだけのものだ。

つまり僕はブタじゃなくて、牛になったんだ。

＊

冬休みは、なんということなく過ぎていった。元日は一応家に帰っておせちっぽいものを食べながら家族と話したし、アマタツやゴーさんからメールで年賀のメッセージも届いた。

アマタツは実家が嫌いだからそもそも帰ってきていなかったし、ゴーさんは就職先の地元のホームセンターが初売りのため、仕事に出ていた。そんな中、一日だけピンポイントで帰ってきた僕。

別に寂しくはなかった。それでいいと思った。


年が明け、初めて僕は春休みについて考えた。加藤さんの言っていた通り、ものすごく長い。二ヶ月以上あるこの休みは、どうしたらいいんだろう。

とりあえず弁当屋で働けばいいか。そう思っていたら、予想外の事件が起こった。

「ごめん。来週からしばらく店を閉めるよ」

店長に言われて、僕と加藤さんは顔を見合わせた。

「実はちょっとした病気が見つかってね。あ、死ぬようなやつじゃないんだけど、手術をしなくちゃいけなくなって。で、その後のリハビリとか考えると一月半くらいは店を開けられないんだ」

「大丈夫ですか？　あたし、店開けましょうか？」

「加藤さん、調理師免許持ってないでしょ」

衛生管理者も。そう言われて、加藤さんは肩をしゅんと落とす。

「防火管理者と危険物取扱者乙四は持ってるんですけどねえ」

それでなぜ弁当屋に。思わず突っ込みたくなったけど、口をつぐんだ。加藤さんも僕と同じで、あまり自分のことを詳しくは話さないタイプだ。だからこそ、居心地がいい。

「一応さ、余裕を持って二ヶ月。そしたらまた店を開けるよ。そのときまた二人には手伝ってほしいんだけど、それぞれの生活もあるし無理にとは言わないよ」

「ああ——はい」

僕らはうなずくと、ちらりと目を見合わせた。


「で、どうなの？　松田くん的には」

店長が去った後で加藤さんがたずねてくる。

「僕は、店長が戻ってきたらまたここで働きたいですね」

「バイト代安いのに？」

「場所がちょうどいいし、ご飯つきなのを考えると得なんですよ」

「まあねえ。それは確かにそうなんだよねえ」

加藤さんはスマホで求人サイトを開くと、指ですいすいとスクロールを始めた。

「そしたら二ヶ月、短期バイトでも探すかなあ」

「ガソリンスタンドとかですか？」

僕の質問に、加藤さんがぴくりと眉(まゆ)を動かす。

「へえ、詳しいじゃん」

「昔、ちょっと資格のこと、調べたことがあって」

いじめがマックスだった頃、僕は未来が不安で仕方なかった。勉強に自信がなく特技もない状態だったので、僕のような人間は資格でもないと就職できないかもしれないと思い込んでいた。そう思って、資格一覧をよく眺めていた。その中でインパクトがあったのが、危険物取扱者の乙種と丙種。なぜならこの二種は『年齢制限がなく、小学生でも受験資格がある』から。

結局実際に取得したのは普通自動車運転免許だけだったけど、資格には今もほんのりとした憧(あこが)れがある。

「とりあえずすぐには困らないけどさ。年齢的に雇ってくれるとこは少ないだろうから、なんとか食いつなぐしかないわ」

松田くんは若いから選び放題でしょ。そう言われて、僕は軽くうつむいた。

「そうでもないですよ」

たとえばコンビニやファストフードだと、この外見が目立ってしまう。それでいじられたり持ち上げられたりするのは嫌だから、不特定多数相手の接客業はなんとなく避けたい。

「——荷分けとか工場系って感じですかね」

どうせ二ヶ月で去るなら、そこで人間関係や仕事の流れを覚える必要はない。だったらいっそ単発で充分だ。

「そっか。相変わらず地味なセンスだね」

「バイトですから」

「もっとこう、なんだっけ『うぇーい』みたいな方にはいかないの？　せっかく大学生なんだし、海の家のバイトとかさ」

「今は冬です」

いやそれは言葉のあやっていうかイメージだから！　加藤さんは笑いながらスマホの画面を見つめ、ふと指を止めた。

「あ。ねえ、あったよ。海の家」

「『ホテルジューシー』……？」

「はは、なんか怪しい名前。ラブホテルっぽいね」

一瞬、僕もそう思った。

「でも、ラブホテルが飛行機代を出してまでアルバイトを募集しますかね」

「あー、そうだね。ええと、業務内容は『清掃、接客、買い出し等の雑用』だって。まあホテルの仕事全般ってことかな」

　清掃と雑用ならいい。むしろ大きなホテルの清掃係みたいな裏方仕事だったら、こっちからお願いしたい。でもフロントの接客は無理だ。人に見られるのは嫌だし、スマイルとかが超苦手だから。

「あ、下に『業務内容は応相談』って書いてあるよ。てことはさ、どうしても清掃は嫌、とか多少の融通が利くってことじゃないかなあ」

　たぶん、小さいホテルなんだろう。だとしたら宿泊客と会うことは避けられないはず。

「やめときます。観光地で接客とか、無理なんで」

「ええー？　もったいないなあ。ただで沖縄旅行だよ？」

「――沖縄？」

　口にした瞬間に、なにかがざわりと揺れた気がした。

「うん。ほら」

　見せられた住所は那覇。『国際通りすぐ』の文字に、気持ちが揺らぐ。

　それはいつかの場所。約束された地。

　でもそれは、三人の――。

「ねえ。迷ってるなら、行っちゃえば」

加藤さんの言葉で、はっと我に返る。

「いやいや、だから無理ですって」

「そのわりには熟考してるみたいだけど」

確かに、ちょっと流されそうになっていた。沖縄は、いいイメージが強すぎてまずい。

「前にちょっと、行きたいなって思ったことがあっただけで」

「へえ。ならいいタイミングじゃん」

そう言われると、さらに揺らぐ。

（もし、バイトで沖縄に行けたら——）

二人のために下調べをして、本番の時に完璧なガイドができるかもしれない。そういうのも、いいかもしれない。

「あとさあ、松田くん接客苦手って言ってたけどさ、今って沖縄的にはオフシーズンだし、お客さん少ないと思うよ」

「……ていうか、なんで僕を沖縄に行かせたがるんですか」

さっきから、なんか押しまくりじゃないですか。そう突っ込むと、加藤さんはへへへと笑った。

「いやあ。なんていうか青春じゃん？　今しかできない感じだし、なんかそういうの、見たいっていうか。あと——」

「あと？」

「これ、失礼かもだけどさ。あたしの印象だと、松田くん、沖縄ならこんな服着ないでいられるんじゃないかなあ」

加藤さんは、マスクをぴよーんと引っ張ってみせる。

「どういう意味ですか」

純粋に意味がわからなかったのでたずねると、「外国っぽい人が多いんだよ」と教えてくれた。

「だってほら、沖縄には、日本最大の米軍基地があるじゃん。アメリカ人、めちゃくちゃいるよ」

「ああ、そういう」

「それとインバウンド。外国人向けのリゾート地としても人気だから、いろんな国の人がいるよ。この辺なんかより、ずっとさ」

言われてみて、はっとした。そうか。沖縄には外国人が多いんだ。

（てことはつまり、働きやすい——？）

僕の外見がここより目立たないなら、確かに行く価値があるかもしれない。僕が考え込んでいると、加藤さんが「あとさ」と言った。

「あと？」

「あと、スパムうまいよね、っていう」

「なんですかそれ」

「あれだよ。夏のゴーヤーチャンプルー弁当に入ってる、厚めのハムみたいなやつ」

「ああ、あの謎肉」

「そうそう。あれさ、いつもは炒め物の中にちょびっと入ってるだけじゃん。でもさ、あれだけスライスして焼くとうまいんだよ。しょっぱくて、ビールがすすみまくり」

「へえ、そうなんですか」

「前に沖縄料理の店で食べて、気に入ったんだけどね」

あー、食べたくなってきた。加藤さんは声を上げながら、伸びをするように手を上に伸ばす。すると次の瞬間、電話の呼び出し音が鳴りはじめた。

「あ」

「え？」

「指が滑って押しちゃった」

やばいやばい。そう言いながら、加藤さんは僕に自分のスマホを押しつける。

「ちょっと、困りますよ」

「まあまあ、松田くん案件だし」

意味がわからない。もみ合っているうちに、スマホから声が聞こえてきた。

『もしもし。こちらホテルジューシーです』

女の人の声。

「ほら、返事しないと悪いよ」

悪いって、悪いのは指を滑らせたそっちの方なんじゃ。

「えっと、あの」

『はい？　どうしました―？　ご予約ですかあ？　それとも道に迷われた？』

のんびりして、優しそうな雰囲気の声だった。ラブホテルというより、民宿みたいな。

「あの、偶然アルバイトのページを開いて」

それで指が滑っただけなんです。ごめんなさい。失礼します。

そう続けようとした矢先。

『ああ、はいはい。じゃあオーナー代理にかわりますね』

「え？」

ちょっと待って下さい。という僕の言葉が届く前に、相手は受話器から耳を離してしまった。「オーナー代理―。お電話ですよー！」という呼び声がかすかに聞こえる。

(今切れば、わからない)

まだ名前も言ってないし、相手は責任者じゃないっぽいし。

でも。

(悪いかな)

優しい対応だったし、ここで切るのは失礼かな。せめて「間違いでした」くらいは言わないといけないかな。

短い間に、考えがぐるぐるっと回った。そして僕が悩み終わらないうちに、相手が受話器を取ってしまう。

『もしもし～？』

少し間延びした、男性の声だった。

「あ、あの」

失礼をお詫びして、断らなければ。そう思って口を開こうとした瞬間。

『いつからこっち来られるのかなあ？』

先を越された。

「えっと」

『学生さん？　それともフリーター？』

「あ、大学生ですけど」

『そっか。じゃあ春休みの間ってことだね。オッケー。待ってるよ』

馬鹿正直に答えてしまった。

「え？」

『じゃ、電話かわるね。詳しいことは彼女から聞いてね』

「いやあの」

『あーはいはい、かわりました』

「あの、そうじゃなくて」

『見られてたのは雑誌？　それともスマホ？』

「あ、スマホですけど」

『じゃあそこに入力して、送ってくれれば大丈夫ですよ』

ところでお名前は、と聞かれてつい本名を答えてしまう。

『松田さんね。私は「ひが」っていいます。お会いするのを、楽しみにしてますね』

「あ、その」

ぷつりと切れた通話。スマホを耳に当てたまま呆然と立ち尽くす僕を、加藤さんがにやにやと笑いながら見ていた。

＊

バイトの帰り道、自転車をこぎながら考える。

本当に嫌なら、送信しなきゃいい。ただそれだけのことだ。いつだってなかったことにできる。相手の電話に残っているのは加藤さんの番号だし、無視すればそれで終わりだ。

そう、わかっている。

なのになんだか、そうできなかった。

それはやっぱり、僕にとって沖縄が特別な場所だったから。ある意味、聖地と言ってもいい。そういう場所に、不義理はできないと思ってしまったのだ。

頰に当たる風が、妙に生暖かい。湿り気を含んで、まるで台風の前のような雰囲気。まだ一月なのに、上から頭を押さえつけられているような、急激な気圧の低下を感じる。

（アマタツ、大丈夫かな）

アマタツは今、僕と同じ東京にいる。ならきっと、ひどい頭痛を起こしているに違いない。お見舞いのメールを送ろうと、僕はアパートの駐輪場に自転車を停めてスマホを取り出す。電源を入れると、さっき加藤さんに入力させられた個人情報の画面がそのまま立ち上がってきた。

（――あとは送信ボタンを押すだけ）

今のところ、押すつもりはない。でもこの画面をすぐに消す気にもなれなかった。だってこれは、沖縄へ続く糸だ。たぐっていけば、そこに行ける。できることなら行ってみたいと思う。でも、一人で行って最高なイメージを壊してしまうのが怖い。アマタツとゴーさんがいなくても、沖縄は楽しいのか。行く意味はあるのか。

ボタンの上で指がさまよう。

（まず、アマタツにメールしなきゃ）

アマタツもゴーさんも僕も、ＬＩＮＥをやっていない。理由は簡単で、かつてのいじめっ子とつながってしまうのを防ぐため。とりあえずメールを開こうとすると、強い風がぶわっとふきつけてきた。

「うわっ」

反射的に顔を背けると同時に、スマホが耳慣れない音を立てて震えた。

「え？」

目を細めて画面を見ると、『気象警報・竜巻注意』という表示が出ている。

（大きな地震かと思った――）

びっくりさせないでほしい。僕は風に背を向けたまま、警報のウィンドウを消そうと×印をタップした。けれど指先が乾いていたせいか、反応しない。しょうがないので続けてタップすると、今度は二回分反応してしまった。瞬時に消える警報。そして現れるアルバイト情報の画面。

「え？」

嘘みたいな偶然で、送信ボタンがその位置にあった。

「あ、あ」

止める間もなく画面は消え、『送信しました』の文字が現れる。

「『ご応募、ありがとうございました』……？」

やってしまった。

僕は暴風に煽られながら、呆然とスマホの画面を見つめる。

部屋に戻ってあらためて考える。送信してしまったけど、まだ合格したわけじゃない。

向こうにだって断る権利があるわけだし。

　そして今度こそ、アマタツとゴーさんにメールを送った。アマタツには『大丈夫か？』で、ゴーさんには『今、何してた？』。そして最後の行、二人に相談したくなったのでこう書いた。

『リゾートバイトで沖縄の那覇っていうのがあるんだけど、どう思う？』

　アマタツは暇な時間だったのか、すぐに返信が届いた。

『大丈夫じゃない。すごい痛いぞ。でもサンキュー』

　あんまりにもらしくて、ちょっと笑う。変わらないな。

『ゴーさんはまだ仕事かな。お疲れさん』

　あ、ホームセンターはまだやってるもんな。

　そして最後の一行。

『いいんじゃないか。リゾートバイトなんて、学生のうちしかできないんだし』

　想像した通りの答え。感傷より実利をとるアマタツは、こう言うだろうと思ってた。

　僕はメールに向かってうなずくと、弁当屋で作ったおにぎりを取り出し、明日の朝と昼用に冷蔵庫に入れた。夕食はまかないで食べてきたから、とりあえず紅茶を飲もうとティーバッグをカップに放り込む。

（もし、行くことになったら）

　服は夏物でいいんだろうか。ぼんやりとそんなことを考える。

沖縄。強い日差しに、青い海。旅行会社の宣伝みたいな景色が頭に浮かぶ。

「日本じゃないみたいだな」

あの誓いの後、コンビニの雑誌で沖縄の写真を見た僕は驚いて言った。

でも僕のそんな感想を聞いて、ゴーさんは笑った。

「日本でしょ。ただ、おれたちが知らないってだけで」

知らないってだけ。なんだかやけに、その言葉を覚えている。

窓の外で、風の音がする。竜巻が近づいているんだろうか。

知らないことの方が多い人生だ。

関東の内陸部、とりたてて何もないところに生まれて、他の場所を知らなかった。今は東京にいるけど、大学とバイト先、半径十キロの中の生活だから知っている場所はこれまた少ない。いじめられなかった人生なんて知らないし、人目が気にならない人生も知らない。ついでに日本人っぽい顔に生まれた日本人の気持ちなんてこれっぽっちも知らないし、かといって他のミックスの気持ちだって知らない。知らないことだらけの人生。

（でも……）

でも、これは言い訳だってわかってる。

本当は知らないんじゃなくて、知ろうとしていないだけだ。

人の気持ちはともかく、この近所から出ることは簡単だし、ＬＩＮＥはやらなくてもツイッターで僕のようなミックスを探すことはできるだろう。でも、やらない。怖いから。

もっと外を知って、また絶望するのが怖い。もっと人と知り合って、また嫌な思いをするのが怖い。「どうせ」という言葉をつぶやくのが怖い。アマタツとゴーさんさえいれば、別にそれ以上はいらない。

そしてそんな僕の気持ちは、アマタツとゴーさんさえ知らない。


『ただいまー』

紅茶を飲んでいると、ゴーさんからのメールが届いた。

『ようやく上がり。こっちは曇りだけど、明日が荒れるっぽい。だから雨関係の品出ししてた』

なるほど。弁当屋と同じで、天気予報が売り上げにかかわるんだな。こっちは雨だとカレーが伸びるが、ホムセンは傘か、それともビニールシートか。

『あとさ、行けばいいじゃん』

うん。ゴーさんならそう言うと思ってた。けれどその次の行を読んで、どきりとした。

『だっておれはさ、今でも、行きたくても行きにくいよ？』

そうだ。

今、ゴーさんは地元で就職してしまったから自由に休みが取れず、アマタツは高校卒業後、さらに親元から離れるために勉強に専念している。つまり、これといった目的もなく大学にはいった僕だけが、行くことができる。

(——行くか行かないか、悩める時点で贅沢だってことを忘れてた)

僕のうちはその後、親の仕事がうまくいったおかげで僕も妹も進学の道を選ぶことができたし、運転免許取得のためのお金も出してもらえた。でも数年前だったら、そもそも選べる立場じゃなかったんだ。

そのことをすっかり、忘れていた。

(嘘みたいだ)

あれほどどんよりとした日々を、未来の見えない道を、すっかり忘れていたなんて。受験勉強と東京での生活が忙しかったとはいえ、信じられない。

——なんで?

つらいことは忘れてしまうものだって誰かが言ってた。でもいじめられた記憶は、今もじゅくじゅくとした傷口のようにここにある。だとしたら、デッドエンドの記憶はどうして忘れることができたんだろう。

欲しいお菓子を買うことをためらい、古いゲームで時間を潰し、進路調査票をもらう意味なんてない人生。たぶん一生、ここから出ることなんてないと思っていた。

一度思い出すと、ずるずると記憶が引っ張り出されてくる。

ストレートパーマをかけたいと言ったら、今月はお金がないからごめんねと親に謝られたこと。太りすぎて近所で売っている年齢相応の服が入らなくて、安売りの通販が頼りだったこと。母親のため息。小さい妹の泣き声。父親のすまなそうな顔。

もちろん、いい記憶だってたくさんある。家族総出で餃子を百個以上包んだ日。車で近県の温泉へ行ったこと。おばあちゃんが作るロシアケーキ。いじめられて泣いている僕を、不器用になぐさめてくれた父親。

（そして――）

アマタツがいた。ゴーさんがいた。

夜の散歩。夜の空気。月。笑い声。どこまでも続く舗装道路。ガードレール。蛾。街灯の光。ひそひそ話。

（そうか）

幸せだったんだ。

アマタツとゴーさんと出会ったことが幸せすぎて、嫌な記憶は塗り潰されていたんだ。そして二人に上書きしてもらった僕のまま、僕は上京した。

突然、窓がばんと音をたてる。記憶の世界にずぶずぶ沈み込んでいた僕は、はっとして窓を見る。何もない。強い風がぶつかっただけのようだ。

（うん）

少し気持ちが落ち着いたところで、メールの返信を打ちはじめる。

『ゴーさん、お疲れ。アマタツ、お大事に。こっちも今、竜巻警報が出てるよ――』

きっと、選べる立場にいられるのなんてほんの一瞬だ。就活のことを考えると、もう二年は切ってる。だから。

選ぶことができるうちに、選んでおこう。

『応募したよ。合格したら那覇に行ってくる。下見だよ。そしたら、二人にガイドできるようになるからさ』

ちょっとフライング気味の応募だったけど、そこは目をつぶってもらうことにして。

するとしばらくして、アマタツから返信が届いた。

『落ちたら笑ってやるよ。な、ゴーさん』

「ひでえ」

自然に顔が笑ってしまう。

次にゴーさんからも返信。

『受かったらなんか送れよ～』

「うん」

窓の外では、風がごうごうとなっている。でも怖くはない。怖いのは、そういうことじゃないんだ。

未来が怖い。進むのが怖い。でも、二人がいれば大丈夫。あたたかくてやわらかい余生の中にいられる。

風の音がうるさい中、もう一度返信の音が響く。メールを開くと、そこには見慣れないアドレスが表示されていた。

題名は『ホテルジューシー　オーナー代理の安城と申します』。

*

『当ホテルへのご応募、ありがとうございました。お送りいただいた情報に問題はありませんでしたので、採用させていただきます。つきましては来られる日に飛行機の席を取りますので、ご希望の日にちをお知らせ下さい』


あっさり合格してしまった。

二月の第一週。大学の後期試験が終わった翌日に、僕は浜松町の駅に立っている。背中にはリュック、手には上京するときに買ってもらった大きなバッグ。こうしていると、上京してきた日を思い出す。デッドエンドから脱出できた喜びと、ゴーさんを置いてきてしまったような後ろめたさ。

始発で家を出てきたけど、それでもラッシュには当たってしまった。ぎゅうぎゅうの車内で、それでも僕の周りはちょっとだけ空く。もしかしたら、旅行中の外国人と勘違いされているのかもしれない。

ホームでは、白い息が出た。空はどんよりと暗くて、昨日の低気圧の名残りを引きずっている。家を出るぎりぎりまでダウンジャケットを着るかどうかで悩んだけど、結局着てきてしまった。それくらい寒い。

(あと数時間で荷物になるのはわかってるんだけど——)

ルート検索では品川から京急というのもあった。けど、できれば外の景色を見ながら行きたかった。結構な勢いでホームに滑り込んでくるモノレールの車両。席に高低差があったりするのが面白い。

(いつか三人で乗りたいな)

今は一人だから、窓際の一人掛け。

ジェットコースターみたいなアップダウンを繰り返しながら、モノレールは河の上を飛ぶように走る。やがてその幅が広くなり、水辺に浮かぶ鳥がカモメになる頃、車両はふっと河口を越えた。

そういえば羽田は海に接してたんだっけ。鈍色に輝く水面を眺めながら、僕はペットボトルのお茶を飲む。だんだん倉庫が増え、陸の景色が殺風景になってくると、もう空港だ。

空港に来ると、なんとなく気分が楽になる。それはたぶん、色々な人が歩いているからだ。中国、韓国といった近い国の人もいれば、いかにも欧米、という見た目の人々。

もちろん日本人が一番多いのだけど、それでも日本人百パーセントよりは、ずっとマシだ。これはすごく個人的な意見なのだけど、海外の観光客が増えたのは本当に嬉しい。もっともっと増えて、僕なんかが目立たなくなればいいと思う。

ホテルが用意してくれたのは、格安のチケット。乗り込んだのは小型の飛行機で、通路は中央に一本しかない。席も狭いし、このまま二時間半はつらい。

(でも、次にドアが開いたら那覇なんだ)

そう思うと、ちょっとわくわくしてきた。

怖さと緊張と、そして期待。旅立てることの嬉しさと、少しの後ろめたさ。

そんな感情を乗せて、飛行機はふわりと飛び立った。

二時間半は、あっという間だった。機内誌を読み、持参したお茶を飲みながらスマホで音楽を聴いていたら「まもなく那覇空港に到着いたします」というアナウンスが流れた。慌てて窓の外を見ると、海が見えていた。濃い青。案外東京と変わらないな、なんて思っていると、いきなり明るい水色が目に飛び込んでくる。ビーチに近い浅瀬は、ガイドブックに載っている海だ。

(沖縄、なんだ――)

空港が見えてくる。格納庫みたいなところに地味な色の飛行機があると思ったら、アメリカの国旗が目に入った。

（自衛隊じゃなくて、米軍か！）

あるのは知っていたけど、まさか同じ飛行場を使っているとは思わなかった。なんだか、すごいところに来てしまったような気がする。

アナウンスに従い席を立ち、手荷物のリュックを提げてドアへ続く列に並ぶ。外気を感じるのは、通路じゃなくてタラップだからだ。

外に出た瞬間、「ごっ」と風が横から吹いた。期待していたほど暖かくはない。むしろ、ちょっと寒い。明るい光に満ちてはいるけど、一応こっちだって冬なんだ。浮かれてTシャツになっていた自分が恥ずかしい。

僕はうつむきながらタラップを降り、空港のゲート行きのバスに乗る。

ここが楽園の入り口、というわけか。

那覇空港は、都会っぽかった。

明るくて開放的で機能的。それは空港全般に言えることかもしれないけど、羽田と比べても引けを取らない感じがすごいなと思う。通路には蘭の花が並んで、南国ムードを盛り上げている。さっきの米軍の飛行機との落差がすごい。

出口前には、熱帯魚の入った水槽。もう「いかにも！」ってほどのリゾート感。そして上を見ればレンタカーやタクシー、バスなど交通機関の標示。僕は再びモノレールのマークを探す。

『ゆいレールの「県庁前駅」から徒歩十分です』

ホテルからのメールを片手に、モノレールの駅に向かう。

ブリッジでつながった駅に着き、切符を買った。外国からの観光客が多いせいか、初めての人にも買いやすくできている気がする。エスカレーターでホームに上がると、ちょうどモノレールが到着したところだった。たった二両。路面電車みたいで、ちょっと可愛い。

初めて乗る、沖縄のモノレール。

（なんか、ゆっくりだな）

数時間前に乗った東京のモノレールとは、勢いが違う。がんがん、じゃなくてとことこ。車内に流れる沖縄っぽい音楽とも相まって、ゆったり感がある。でも窓の外の景色は少しだけ似ていて、川の上に沿って走る。

ただ、その川の色が違った。ライトブルーというのか、明るい青に白を混ぜたようなパステル調の色合い。街中にこんな色の川が流れているなんて、ちょっと不思議な気がする。

『県庁前駅』で降りて、とりあえず地図を見ようと通路を進んで、また驚いた。モノレールの駅がそのまま、デパートのビルにつながっている。

（やっぱり都会だ）

デパートの正面に見える大きなビルは、駅名にもなっている県庁だ。そういえば小学生の頃、全国の県庁所在地を覚えさせられたけど、本物の県庁所在地に立つのってこれが初めてかもしれない。

大きな交差点。これを渡ると、『国際通り』になるらしい。どのガイドにも書いてある、沖縄観光の中心地。そして『ホテルジューシー』は、その国際通りの裏を少し歩いたところにあるのだと書いてあった。

＊

国際通りの入り口は、すぐわかった。県庁の前の道を挟んで隣に、いかにも「観光地です！」みたいな店が集まっているのが見えたから。

有名なキャラクターが沖縄の名産品に乗っているキーホルダー。方言Tシャツ。ちんすこう。シーサー。けばけばしいくらい南国を強調した色使い。

(──なんだかな)

観光地テイストが強くて、逆に沖縄らしさはあんまり感じない。もしかすると、有名すぎて「らしい」場所なんてないのかもしれないけど。

それにしても、同じような店が続く。

(やっていけるんだろうか……)

いかにもな観光地で、観光客の相手。加藤さんじゃないけど「うえーい」にならないとやっていけなかったりして。

勝手な心配をしながら、通りをゆっくりと歩いた。オフシーズンなはずなのに、平日の街にはそれなりに人が歩いている。それを見込んでなのか、路上でアクセサリーや色紙のようなものを売っている人もいた。気づかれない程度に歩道の反対側に避けながら歩いていると、いきなり声が聞こえた。

「はーい」

誰かが返事している。そう思って歩き続けようとしたところで、肩をぽんと叩(たた)かれる。

「はーい？」

（――何!?）

おそるおそる振り向くと、黒いTシャツを着た男の人がにやりと笑っていた。耳から顎(あご)の下まで髯(ひげ)がつながっていて、Tシャツの袖(そで)から出た腕が太い。まるでプロレスラーみたいだ。

「はーい。うぇあゆーふろむ？」

「あ……」

外国人観光客と思われてる。訂正しようとしたら、先を越された。

「どぅゆのー、いざかや？」

「いざかや……？」

「いえす。じゃぱにーずすたいるばー。やきとり、えだまめ、すし、めにーじゃぱにーずふーど。ろーぷらいす」

あ、居酒屋の客引きか。そういえば、腰から下にエプロンのようなものを巻いている。

「あの、すいません。僕日本人なんで」

「え？」

髭の人がきょとんとした顔をする。

「あと、観光客でもないんで」

そう告げると、表情が一気に崩れた。海外の人向けの「スマイル！」がべろりと剝(は)がれて、平坦(へいたん)な顔が現れる。

「なーんだ」

すいませんとつぶやきながら通り過ぎようとすると、「あのさ」と声が追いかけてきた。

「この通りの裏手にある店。『居酒屋・らっしゃい亭』。ランチ安いから今度来てよ」

にっと笑いかけられて、僕は曖昧(あいまい)にうなずく。そういえば、バイト中の昼食はどうなっていたんだっけ。

（朝夕はついていた気がするけど）

いくつ目かの角で、横道に入る。するといきなり人の数が減った。ひと角、ふた角と進むごとに減り続け、ついには誰もいなくなる。ホテルのそばなのに、人が歩いていないなんておかしい。そう思った僕は、送られてきた地図を確認する。間違っていないようだ。

人気のない通りを、そろそろと進む。さっきまでのざわめきが嘘のように、しんと静まり返った空間。店もなく、かといって開け放たれた民家のようなものもない。あるのは、コンクリートでできたビル。駐車場。その間の、草がわさわさと生えた空き地。

光が強いから、影が濃い。ぴかぴかとまっくらが共存している、不思議な景色。影の中に足を踏み入れると、明るい方の景色が遠い夢のように見えた。

(――映画館みたいだ)

そういえば、映画館は好きだった。小さい頃は裕福じゃなかったから、ちゃんと観に行ったのは数えるくらいだけど。あの暗闇。全員が前を向いて、僕のことなんか気にする暇もない感じがよかった。

影から一歩出たところで、ある建物が目に入った。歩道に面した一階には、バーっぽい店。その店の隣には『南海旅行社』という字。地図には、この二つの店の間の通路の奥に、ホテルがあると書いてあった。

通路の奥って言っても、この二つの店は明らかに同じビルの一階に見える。

(通り抜けろってことかな)

しんとした通りから、さらに細い通路へ。正直、ちょっと怖かった。バーっぽい店は明らかに閉まってるし、旅行会社もやってるのかやってないのかわからない。それに声をかけようにも、ガラスに貼り出してある情報がすべて中国語で、通じる気がしない。

(日本なのに、日本じゃないみたいだ)

そろそろと足を踏み出し、細い通路に入ってみる。すると覗き込んだその先に、旅行会社と同じようなガラス張りの部分が見えた。たぶん、一階の店舗部分を前後で二つに区切って使っているんだろう。

そこに向かって進むと、ようやく『ホテルジューシー』という文字が見えた。

「着いた――」

僕は重いリュックを背負ったまま、ガラスのドアを開ける。

*

「こんにちは……」

入ったはいいけど、誰もいない。ここは本当にホテルなんだろうかという疑問が、再び浮かび上がる。南国ムードを出すためなのか、竹で編んだようなついたてと、同じ素材でできた応接セット。でもよく見ればフロントらしきテーブルがあり、そこには『留守の際押して下さい』と書かれたベルが置いてある。古典的な銀色の「ちーん」って鳴るやつ。

何気なく押そうとして、ふと指を止める。

これを押したら最後だ。顔が知れて、今度こそ後戻りできなくなる。

（今ならまだ――）

那覇には着いたけど、体調が悪いとか言って断れる。帰りのチケットを正規運賃で買う余裕なんてないのに、そんなことを考えてしまう。

ギリギリのところで二の足を踏むのは、僕の悪い癖だ。ためらって、迷って、またためらう。だって、嫌な目に遭いたくないから。リスクはできればすべて潰して、石橋は叩かずに、非破壊検査にかけたい。

（でも、押さなきゃ）

せっかくここまで来たんだから。

指を伸ばして、ベルの頂点に置く。

（押すんだ）

力を込めて。自分で自分の背中を押すんだ。

（押せ）

アマタツ、ゴーさん。力を貸してくれ。

（今だ――）

僕は深呼吸をして、指にぐっと力を込める。その瞬間。

「あれえ？　人がいたのー？」

ついたてがたがたと揺れ、横にずれた。そしてその向こうに突然人が現れる。それも、寝転んだ上半身だけが。

「うわー！」

僕は叫び声とともに、指に力を入れてしまう。と同時に響き渡る「ちーん！」の音。

「いやいや、呼ばなくてもここにいるでしょ」

上半身だけの人は、おっさんだった。それも、もさっと長めの髪にアロハシャツという怪しさ満開のビジュアル。ていうか起きない。

「あ、あの……」

「ん？　あ、お客さん？　いらっしゃいませー」

にこにこしてるけど、まだ起きない。もしかして、下半身が不自由とか？

「いえ、そうじゃなくて」

「そうじゃなくて？」

「あ、アルバイトの――」

「あー！　あー、はいはいなんだっけ、えーと町田くん」

「松田です」

「そっか、松田くん。ようこそ、ホテルジューシーへ」

言いながら、ようやく半身を起こして立ち上がる。見ると、ついたての向こうにキャンプ用の低いベッドのようなものが置いてあった。

「あの、体調悪いんですか」

僕がたずねると、おっさんはいやいやと手を振る。

「元気元気。これはさ、ソファーの代わり。前はそっちのソファーで寝てたんだけどさ、怒られちゃったから」

「え……」

それは怒られて当然だ。ていうか、なんで「寝てる」前提なんだろう？

「あ、ぼくはこのホテルのオーナー代理の安城。オーナー代理って呼んでくれていいよ」

「オーナー、代理……？」

「うん。本当のオーナーはさ、このビルの入り口にある『南海旅行社』のオーナーでもあるんだよね。で、業務的にはそっちがメインだから、ホテルはぼくたちにまかされてるってわけ」

だから奥にあるわけか。なんとなくちょっと謎が解けた感じで、僕はほっとした。とはいえ、昼間から寝ているこの人の怪しさは変わらないのだけど。

怪しいと言えば、アロハの柄が本当に怪しい。巨大なイカが船を持ち上げているという、絵本か怪獣映画かというデザイン。こういうのって、どこで売ってるんだろう。

「えーと、じゃあ町田くん」

「松田です」

「あっ、ごめんごめん。松田くん。細かいことを説明するから、とりあえずついてきてくれるかな」

「はい」

ビーチサンダルをぺたぺたいわせながら、オーナー代理は歩き出す。

ビルの中に入っても、やっぱりホテルっぽくなかった。真ん中に吹き抜けっぽい空間があって、見上げると周囲が廊下になっている。

(これ、ただのマンションに見えるんだけど)

一階のさらに奥にはのれんのかかった入り口があって、そこが食堂のようだった。中に入ると大きなテーブルがあり、壁際に冷水のサーバーがある。それを見て、ようやくホテルというか『宿』っぽいなと感じた。

オーナー代理はカウンターに近づくと、キッチンの方に声をかける。

「ひがさーん、いるー?」

「はーい」

エプロンで手を拭きながら出てきたのは、優しそうなおばさん。沖縄っぽい柄の三角巾を頭につけている。

「町田くん、こちらが調理担当の比嘉さん」

「松田です」

「あ、ごめんごめん。えーと、朝と夜は比嘉さんのご飯を食べてね。昼は自由だよ」

「比嘉です。どうぞよろしく」

「こちらこそ、よろしくお願いします」

あ、この人が電話に出てくれた「ひがさん」か。僕はちょっと嬉しくなって、ぺこりと頭を下げる。

「比嘉さんはこのホテルのこと何でも知ってるから、わからないことがあったら彼女に聞いてね」

「オーナー代理、すぐそうやって人に丸投げするのはやめて下さいねえ」

「ええ～？　だってぼくがいない時間とかも、あるでしょ？　そういうときに町田くんが困ったらさあ」

「オーナー代理、松田さんでしょ」

「あ、またやっちゃった。本当にごめん！　実はちょっと前まで、町田くんって子がいてね。ちょうど同じ大学生のアルバイトでさ」

要するに、似てるからこんがらかってると。

「別にいいですよ」

間違われるくらい、何の問題もない。ひどいあだ名で呼ばれたり、からかわれるのに比べたら。

「あ、じゃあ新しい名前で呼ぶのはどう？」

「はい？」

「あだ名、っていうかニックネーム。居酒屋とかでよくあるじゃん。下の名前だけ書いてる人とかさ」

ここに来て、もう一度あだ名問題が出てくるとは思わなかった。

「友達に呼ばれてたのでも、これから呼ばれたいのでもいいよ。なにかない？」

「あ、じゃあザックで」

「おお、カッコいい名前だね。そしたら『ザックくん』でいい？」

「え？」

「だって『ザックくん』は呼びにくそうでしょ。だから『ザックくん』」

「オーナー代理……元のお名前のカッコよさが消えてますよ」

比嘉さんがため息とともにつぶやく。

「松田さん、これでいいの？　違うのでもいいのよ？」

「大丈夫です」

確かに『ザックくん』は呼びにくそうですし。そう答えると、比嘉さんはほっとしたようにうなずいた。

「じゃあ、ザックくん。後のことは比嘉さんに聞いてね」

「オーナー代理！　言ってるそばから」

「ぼくはフロントがあるから～」

くるりと背中を向けると、ペンギンのような足音と共にオーナー代理は去っていった。

「あの」

「ごめんね、松田くん――じゃなくてザックくん。驚いたでしょ？」

「はい」

「オーナー代理はね、いつもあんな風。不眠症でね、昼はいつも眠たいみたい」

「そうなんですか」

「でも悪い人じゃないし夜はしゃっきりするから、安心して。って、安心はできないか」

あはは、と笑いながら比嘉さんは奥の壁にかけてある鍵束を取った。

＊

ホテルっぽくないことは、さらに続く。

「え？　ホテルはこのビルの一部だけ？」

「そうそう。下から五階までね。その上ワンフロアは中国系の旅館が入ってる。で、残りの階は部屋それぞれ。住んでる人もいれば、事務所もある。まあ、雑居ビルってやつね」

雑居の意味が、リアルすぎる。そういえば以前テレビで、こういうビルの中で麻薬の取引をする映像を見た気がする。比嘉さんは怖くないけど、夜になったらどうなんだろう。

「まず、あなたの部屋ね」

案内されたのは一階、バーの裏手あたりにある部屋。鍵の一つで開けると、ごく普通のマンションの部屋だった。でも驚いたのは、今住んでいる部屋より広いこと。しかもトイレとシャワーが別々だ。僕がシャワールームを見つめていると、比嘉さんがうなずく。

「バスタブがないのが気になるんでしょう。内地の子は、みんなそこ気になるみたいだからねえ」

「え？　いや、そこは全然。でも『内地の子』ってどういう意味ですか」

「ああ、ごめんねえ。古い言葉で、沖縄以外の日本のことを指すのよ。こっちは基本的にシャワーだけど、他はお湯につかるところがほとんどだからね」

暑い地域だし、それはそれで自然なんだろう。その部屋に荷物を置き、鍵をもらってさらに案内は続く。

「部屋の清掃は、私と同じように通いの人がやってます。で、通いの従業員室がこっち」

食堂の隣のドアを開けると、一段高いところに小さな畳のスペースがあった。そこにちゃぶ台のようなテーブルが置かれ、おばあさんが座っていた。

「えっ？」

一瞬、そこに鏡があるのかと思う。だって同じ顔のおばあさんが、対になってたから。

でもよく見たら、服が違った。

「あれえ、こんにちはあ」

「こんにちはあ」

「あ、こんにちは……」

反射的に頭を下げると、おばあさんたちがひゃっひゃっとサラウンドで笑う。

「こちらは清掃担当のクメさんとセンさん。双子でびっくりしたでしょう」

「あ、はい」

「クメばあとセンばあでいいよう」

次に会ったら、どっちがクメさんでどっちがセンさんなのかわからない。困った。

「こちらは松田さん」

「あれえ、町田さんと似てるねえ」

「そうなんですよ。だからオーナー代理があだ名で呼ぶことに決めました。『ザッくん』です」

「ざっくん。あい。かわいい名前」

「ざっくん。よろしくねえ」

にこにこと微笑まれて、僕もなんとなく笑い返す。うん、ここは一見変わってるけど、案外いい職場かも。

しかしドアを閉めた後、比嘉さんは小さい声で僕に告げる。

「松田さん──いえ、ザッくん」

「はい」

「クメばあとセンばあには気をつけてね」

「え？」

「あの二人は、都合の悪い時だけ『お年寄り』になるから」

「はあ……」

「調子がいいってことよ」

あとは客室の案内ね。そう言って、比嘉さんはエレベーターへ歩き出す。

やっぱり普通のマンションだ。

部屋を見て、心の中で深くうなずく。部屋にはいくつかのタイプがあって、僕があてがわれたようなワンルームのものから、リビングダイニングのついた2LDK、それにさらに和室のついた3LDKまである。

「清掃はクメばあとセンばあがしてくれるから、ザッくんは最後の確認をしてね。宿泊規約のファイルがきちんと置かれてるとか、忘れ物がないとか、鍵をかけるとか、そういうとこ」

「はい」

「基本はフロントにいて、清掃が終わったって言われたら確認に回って。詳しいことは、後で渡すファイルに書いてあるから」

こういう仕事は好きだ。人がいなくなった後に、黒子のようにやる仕事。なんなら、僕も清掃がいい。

エレベーターで一階に降り、フロントに戻る。ついたての後ろをそれとなく見ると、オーナー代理はサングラスをかけて簡易ベッドに横たわっていた。

「オーナー代理。ザッくん、上の案内してきましたよ」

比嘉さんが声をかけると、「ああ、うん」ともぞもぞ起き上がる。

「私はこれから休憩と、その後買い出しですから。フロントのこと教えてあげて下さいよ」

「えー、ぼくがあ？」

「はい。ぼくですよ。ぼくしかいませんからね」

さっくりと言われて、オーナー代理はぶつぶつ言いながらも立ち上がった。

「えーと、町田くん」

「ザックんです」

「あ、そうだった。ごめんごめん、ザッくん」

なんか色々怪しい上に、頼りにならない感じの人だ。

「これね。とにかくこれ持っててくれればいいから」

そう言って、机の引き出しからネックストラップつきのガラケーを出す。

「フロントにかかってくる電話は、誰もいなければこれに転送されるから。あと外出したときは短縮の1でホテルにかかるから、迷子になっても大丈夫だよ」

「はあ……」

「あとほらあれ、出さないと。柿生さんのファイル」

「ああ、はいはい」

比嘉さんに言われて、オーナー代理は下の大きい引き出しから、『ホテルジューシーで働く人へ』と書かれたファイルを引っ張りだす。

「これはね、前にアルバイトに来てくれていた子が、オーナー代理があまりにも頼りにならないからって作ってくれたマニュアルなの。帰ってから作って、わざわざ送ってくれたのよ」

「柿生さん、本当にしっかりしてたよねえ」

たぶんだけど、きっとその柿生さんていう人も、この流れに戸惑ったんだろう。そして後続のバイトのためにこれを作ってくれたと。いい人だ。いや、というよりバイトが終わった人に心配されるほどの職場と考えると、怖いような。

「これを読めば、大体わかると思うから」

それじゃ私はこれで。そう言って、比嘉さんはキッチンへと戻って行った。

フロントに残された、オーナー代理と僕。

「あの」

「じゃ、そういうことで」

「え?」

「それ読んでね」

「えっと、ここでですか?」

ていうか仕事は、もう始まってるんだろうか。それをずっと聞きたかったんだけど、聞くチャンスがなかった。

「ここじゃダメ? あ、ぼくが気になるなら、どこか出かけようか?」

いそいそと外出しようとするオーナー代理を、僕は慌てて止める。

「いえ、気になりません! ぜひここにいてください!」

「えー、そう?」

僕はぶんぶんとうなずく。なんか、本能がこの人を逃がしてはいけないって言ってる気がする。

「はい! あと! 聞きたいことがあります!」

「なんだろ」

「仕事はもう、始まっているんでしょうか?」

するとオーナー代理はにやりと笑って、ファイルを指さした。

「まあそれ、開いてごらんよ」

オーナー代理は再びついたての向こうに横たわり、僕はその気配を感じながらフロントのデスクについてファイルを開いた。

「ん？」

最初のページが、目次じゃなくて手紙のような文章になっている。

『ホテルジューシーに働きにこられた方へ。まず、驚きましたよね。そして今、何をしていいのか、何をしてはいけないのか、仕事はいつから始まっているのか、混乱してはいませんか？』

してる！　まさに今、ものすごく混乱しています！　僕は心の中で叫びそうになった。

『先に言っておくと、昼間のオーナー代理は当てになりません。昼間の場合、そのときにいる先輩のアルバイトの人か、いなければ比嘉さんに聞いて下さい。夜はオーナー代理で大丈夫です』

ああ、だから比嘉さんが案内してくれたわけか。

『ホテルジューシーのアルバイト初日は、基本的に午後。あなたは自由にお昼を食べに行ってかまいません。携帯電話を渡されているでしょうが、十四時まではフリータイムです』

よかった。ありがとう前のバイトの人！

『というわけで、私のお薦めのランチスポットを書いておきます』

ん？

＊

ファイルに挟んであった手描きの地図を写真に撮って、それを見ながら道を歩く。

『節約コース』と『リッチコース』が書いてあったので、迷わず節約に進む。

『市場付近のお弁当が安いです。横道を入った方がより安くなりますが、迷いやすいので気をつけて！』

なんか色々親切な人だな。感心しながら歩いていると、少しずつお店が増えてきた。とはいえそこものんびりとしたムードで、店番の人も奥にいるらしく、人気のない感じは続く。

そこからこちゃこちゃした路地に入ると、先の方にアーケードっぽい屋根が見える。たぶん、あそこが市場だ。

屋根の下についたとたん、急に人が増えた。ざわざわとした人の話し声がやけに大きく聞こえるのは、さっきまで静かな場所にいたからだろうか。

（みんな、どこから来てるんだろう）

あたりをきょろきょろ見回すと、人が流れてくる方のアーケードの端が明るい。たぶん、あれが国際通りだ。

（じゃあ、反対側は）

振り返ってみて、驚く。アーケードの屋根は、僕が見る限りずっと先まで続いている。間に道路があって信号まで見えるのに、その先にもまだ屋根の入り口があるのだ。

（……これ、絶対迷うやつだ）

どれだけ長い商店街なんだろう。とりあえず奥には近寄らず、明るい方から探検してみることにした。


しばらく歩いてみたけど、残念ながら『お薦めのランチスポット』に書いてあった弁当屋は見つからなかった。どこかで道を間違えたんだろうか。

（地図、手描きだしな）

それにもし合っている場所を歩いたとしても、その店を探し出せたかどうかわからない。なぜなら、店先がこちゃこちゃとしすぎて店名そのものが見えにくいから。

食べ物の店は多い。『沖縄そば』ののぼりを立てた観光客相手っぽい店や、公設市場の中にある食堂。店先におかずを並べた総菜屋に、焼き肉屋。タイやベトナムなどアジア系の店。そしてもちろん弁当屋もたくさんある。

（横道を入った方が安い、か）

その言葉に従い、メインの大きな通りから、脇の細い通りに折れてみる。しかしそこに弁当屋はない。なので今度は反対側で折れてみる。あった。店先に、パックが並んでいる。

「へえ」

確かに、さっきよりちょっと安い。大通りの弁当が七百円から八百円くらいだったのに対して、こっちは六百円からある。

（ということは、もしかして）

横道もそうだけど、ザ・観光地の国際通りから離れたらもっと安くなるんじゃないか。そう考えた僕はさっきの決意を翻し、賑わいに背を向けて市場の奥へと進むことにした。

（一本道だし。いつでも後戻りできるし）

緊張しながら、横道に入っては大通りに戻ることを繰り返す。そうしたら、本当に弁当が安くなっていった。六百円が五百円。ちなみに基準値にしたのは、ゴーヤーチャンプルー弁当とタコライス弁当。この二つはどこでも置いていて、値段も安かったから。

メインの通りをさらに奥へと進むと、シャッターを閉めたままの店が増え、次第にしんとした雰囲気になってくる。笑顔で試食を差し出す人は消え、真顔でこちらを見つめるお年寄りが現れる。

弁当の値段はさらに下がり、四百円。そして次の道ではついに三百円となった。他人事ながら、これでもうけがあるのかと心配になるレベルだ。

進むほどに観光客らしき人の姿は消え、さらには人影自体がまばらになってくる。

静かだな。

市場通りは国際通りからずっと屋根が続いていて日陰になっている。けれどもっと進むと脇道の屋根がなくなり、中央の大通りに左右から光が射し込むようになった。薄ぼんやりとした日陰の中を、僕はゆっくりと歩く。

閉まった店の前に置かれた古い椅子。シャッターに寄り添うように寝ている猫。枯れた植木鉢。割れた敷石。その隙間から生える雑草。

(夏の放課後の教室みたいだ)

とろんと静かで影に満ちた室内。たまに横切る荷運びの人や、宅配便の台車が校庭から聞こえる声のように空気を揺らす。

なんだか懐かしい。

僕はずっと、こんな空気の中にいた。

通学路でいじめられるのが嫌で、早朝に登校した日。あるいは、先に帰ったいじめっ子に会わないように時間差を作っていた日。誰もいない教室に、僕はよくぽつんと立ち尽くしていた。

「なんで座らなかったの?」

ゴーさんに聞かれて、僕は泣き笑いのような表情を浮かべた。

「座れないよ」

だって先生に声をかけられたとき、「いま帰るところです」って言えない。それにいじめっ子が戻ってきたとき、すぐ逃げられない。

「疲れるだろ」

アマタツに言われて、喉にぐっと熱いものがせり上がってきた。でも、黙って首を横に振る。

本当は、ずっと疲れてた。すべてに。


世界のすべてが水没していたようなあの頃。あの静けさだけは、好きだった。

その静けさを壊さないように、ゆっくりと足を動かす。すると、次の角に総菜屋らしきものが見えてきた。店先には『今日の弁当』と書かれた紙が貼ってある。

「ゴーヤーチャンプルー弁当、二百円――」

歩いただけあった、と思っていいんだろうか。

＊

総菜屋で弁当を買い、自販機でお茶を買おうとして悩んだ。百五十円って、この弁当の値段と五十円しか変わらないじゃないか。

(今度は、スーパーとかで安いペットボトルを買おう)

ホテルに戻れば水くらいもらえるかもしれないが、今は歩いて腹が減っていた。それでも百五十円は悔しかったから、百円の自販機を探すことにした。

歩いている間、ずっとそこらへんにあった気がするのに、いざ買おうとすると見つからない。ようやく見つけた格安自販機で、僕は一番安い『さんぴん茶』というお茶を買った。さっきからずっと値段に振り回されてる気がするけど、初日だし、あんまりお金を使いたくない気持ちが先に立っている。弁当だって、本当はもうちょっと肉っぽいものが欲しかった。でも、ゴーヤーチャンプルーは名物だってことで無理やり納得してるわけだし。

無人の店先に置いてあった縁台に腰かけて、弁当を食べた。ぼんやりした味。ゴーヤーが苦くないのはいいかもだけど、肉がスパムとかいう謎肉じゃなくて、普通の豚肉でなんか家っぽい味だった。値段のせいか量も控えめで、すぐに食べ終わってしまう。

特に、すごい期待をしてたわけじゃないんだけど。

でも、前のアルバイトの人のファイルには『沖縄のお弁当は量が多いです』とか『味が濃くて揚げ物が多いです（でもおいしい！）』とか書かれてたから、なんか、こう――肩すかしっていうか、そんな感じはした。

すごくまずくもないし、すごくおいしくもない。

（これはハズレってことなのかな）

値段の問題か、店の問題か。んなのか。あるいは僕のバイト先の弁当屋が東京風のレシピで作っていたのか。考えてみても、正解はわからない。だって僕は、比べられるほど沖縄料理を食べてないから。

さんぴん茶のキャップを開けて、恐る恐る飲む。

(あれ。なんか飲んだことある——?)

花っぽい匂いのするお茶。いつもじゃないけど、どこかで飲んだことのある味だった。気になってラベルを見ると『ジャスミン』と書いてある。そうか、ジャスミン茶か。でもあれって、中華料理で出てくるやつのはず。

(沖縄って、中国っぽいのかな)

そういえば料理の名前も変わってるし、日本語っぽくない。他の県にあまり行ったことがないからわからないけど、沖縄ってやっぱり変わってるような気がする。

お茶を飲み終え、時計を見ると一時を過ぎていた。そろそろ戻って、部屋で荷物を開けながらバイトの時間に備えよう。そう思って歩き出そうとしたところで、僕は首をかしげた。どっちの道から来たんだっけ?


迷った。すごくわかりやすく迷った。

『横道を入った方がより安くなりますが、迷いやすいので気をつけて!』

まさに忠告の通り。安さにつられて、うろうろしすぎた。

でもスマホがある。マップを出そうとスマホの画面を見て、それが真っ黒なことに気づく。

(充電、忘れてた……!)

痛恨のミス。しかもバッテリーはホテルに置いた荷物の中だ。

でも地図があるし。慌てて件のファイルを開いて、僕は絶望する。この地図に、主要の場所以外は載っていない。

（当たり前だ。手描きなんだから——）

地図にはおすすめの弁当屋さんやスーパーの場所が書いてあるけど、それはホテルからの道順とともにあるわけで、今、ここがどこかはわからない。

僕は、自分の馬鹿さ加減に呆れた。そういえば以前大学で、驚かれたことがあったっけ。

「バッテリー持ち歩かないの？　マジで？」

ソシャゲにハマったというクラスメイトは、予備の小型バッテリーだけでなく、大容量のバッテリーまで日常的に持ち歩いていた。

「だって重いから」

それにスマホをそんなに使わないいし。僕の答えに、クラスメイトは「え。ミニマリスト？」と怪訝そうな表情を浮かべた。

「別にそうじゃないよ。ただ、あんまゲームとかもしないし」

「ネットニュースとかSNSは」

「見ないし、してない」

「じいちゃんかよ」

いや、じいちゃんでもスマホ使いこなしている人はいるか。クラスメイトはぶつぶつとつぶやいていた。

うん。今の僕はきっと、じいちゃん以下だ。

（まずは大きな通りに戻らないと）

とにかく国際通りが見えるところまで戻れば、手描きの地図が使える。そう考えて、日よけ屋根のついた大きな市場通りまで戻った。でも、そこで足が止まる。この通りを、どっちに進めばいいんだろう？

通りの先を見ても、どちらも賑わっている感じがしない。歩きすぎたんだろう。こうなったらもう、誰かに聞くしかない。

（最後の手段に、したかったんだけど……）

人に声をかけるのは苦手だ。そんな僕の気持ちに応えるように、通りに人の姿がない。先の方に銅像のように座り込んでいるお年寄りが見えたけど、返事が聴き取れなかったらどうしよう。

（なんか、店はないかな）

飲食店じゃなくてもいいから、開いている店。あたりをきょろきょろと見回したら、小さな洋服屋があった。店先に出ている服を見ると、おばさん向けっぽい。入りにくさマックスって感じだけど、しょうがない。

「すいませーん……」

声をかけると、奥の方から「はーい」と声がした。

「はいはい、いらっしゃい」

ぱたぱたと出てきたおばさんは、僕を見て一瞬動きを止める。

「あの、すいません。お客じゃなくて、道を聞きたいんですけど」

「ああ、そういうこと」

おばさんはほっとしたように笑う。

「どこに行きたいの？」

「あの、国際通りっていうか、ここなんですけど」

僕はファイルを出して、手描きの地図を見せた。するとおばさんの表情がきゅっと引き締まる。

「もしかしてあなた、『ホテルジューシー』に行くの？」

「え？　あ、はい——」

あのホテルを知ってるんだ。変わってても、一応ホテルだからかな。よかった、これでもう安心だ。そう思った瞬間。

「泊まるの？　それとも働くの？」

「はい？」

いきなり言われて、混乱した。なんでここでその二択？

「あ、アルバイトで……」

「そう。なら、やめた方がいいわよ」

「え……」

「あそこ、本当に適当だから」

それはもう、そこそこわかってる。でも地元の人からも言われるなんて、よっぽどひどいんだろうか。

「悪いこと言わない。少なくとも、比嘉さんはまともに見えたんだけど。

道順をメモに書きながら、おばさんは言った。

「あと、帰ったらあの人、安城さんに言っといて」

「はい」

「アロハの代金、いいかげん払ってちょうだいって」

もう三着ぶん、たまってるのよ。ぶつぶつ文句を言いながら、おばさんは道を教えてくれた。ていうかここ、メンズものも扱ってたんだ。にしても、三着って。

「覚えといて。うちは『ブティック花』」

「はい」

「なんかあったら、来なさいね」

おばさんは、そのときだけふっと眉間(みけん)の皺(しわ)を緩めた。

「ありがとうございます」

お礼を言って時計を見ると、もう一時五十分。僕は慌てて走り出す。

境界

息をきらし、だらだらと流れる汗を拭う僕を見て、オーナー代理は不思議そうな表情を浮かべる。

「生真面目だねえ。五分くらい遅れたっていいのに」

「あ、はい」

でもスマホの充電が切れてて。そう言うと、今度は首をかしげた。

「え。だって携帯、持たせたよね?」

「あ」

忘れてた。なくしてはいけないとバッグに入れたきり、思いっきり忘れてた。

僕ががくりと肩を落とすと、オーナー代理はひやひやと笑う。

「でもまあ、時間にきっちりしてるのはいいことだよ。うんうん」

じゃあ後はよろしく。ビーチサンダルをぺたぺた鳴らしながら、オーナー代理は外へ出ていった。

受付にぽつんと残されて、もう一度「あっ」と思う。アロハシャツのこと、言い忘れた。

（──なんだかなあ）

もともと器用なタイプじゃないけど、ここに来てから、それがさらにひどくなっている気がする。せめて仕事ではミスをしないように気をつけないと。

（そういえば、何をするんだっけ）

受付の椅子に座り、あらためてファイルを開く。すると午後は主に接客だと書いてあった。宿泊客のチェックインに、部屋への案内。予約の電話が来たら予定表を見て返事をする。

接客か。苦手分野がいきなり来た。

『お客さんが入ってきたら、先方のお名前を確認。不安な時は、予約時の電話番号をそらで言えるかさらに確認』

その文章の後に、矢印が引いてある。最初の字と、筆跡が違う。

『パソコンの画面で確認できます／２００８』

からの、また矢印。また違う筆跡。

『予約番号での確認ができるようになりました／２０１０』

そして最後に。

『宿泊サイトに登録したので、そちらからも予約番号が確認できます／２０１２』

なるほど。これは歴代のアルバイトによる、ファイルの更新ということか。そこで僕は受付の机の上に置いてあるノートパソコンを開いた。画面の端にはふせんが貼ってあって、宿泊サイトへのログイン情報が書き込まれている。個人情報とか色々気になるような感じはするけど、まあ現場的にはこんなものなのかもしれない。

エンターキーを押してみると、パソコンがスリープモードから立ち上がる。予約が打ち込まれたカレンダーを開くと、今はちょうど宿泊している人がいなくて、これから来るのは一組。男性二人のグループだ。

(何かあったら、比嘉さんに電話しよう)

緊張してきた僕は、ホテルの携帯電話を首から下げる。

と、そのとき入り口のドアが開いた。驚いて顔を上げると、二人組の男性が入ってくる。

(予約の人だ)

僕が立ち上がると、向こうも驚いたような顔で足を止める。それを見て、不意に思った。そういえば、こういう表情をされたのはこっちに来てから初めてだ。オーナー代理も比嘉さんもおばあさんたちも、みんな僕の見かけで動きを止めたりはしなかった。『ブティック花』のおばさんも、気にしたのは僕がお客かどうかだけだったし。

「あ、いらっしゃいませ。ご予約の方ですか」

大丈夫ですよ。ニホンゴできますよ的な意味で、先に声をかける。すると二人はほっとしたように「ああ、はい」と答えた。

二人とも若い。僕と同い年か、ちょっと年上ってところかもしれない。一人は黒いフェス系、もう一人は黄色いアウトドアブランドのロゴが入ったTシャツを着て、二人ともバックパックを背負っている。全体的に小綺麗な印象で、裕福な大学生といった感じだ。

「こんちは。冬でもこっちは暑いっすね」

黄色いTシャツの人が笑顔で言った。

「田町と倉本です。二泊、サイトから予約しました」

黄色が田町さんで、黒が倉本さんらしい。

「はい。お受けしてます。朝食つきですね」

パソコンの画面に部屋番号が書いてあったので、その部屋のキーを探す。ファイルには『携帯電話のストラップについている小さな鍵で、受付の机の引き出しを開けること』とあったけど、引き出しがなかなか開かない。

（まずい）

鍵はきちんと開いているのに、中で何かが引っかかっている。僕が引き出しと格闘しているのを、二人は怪訝そうな表情で見ていた。

「あ、すいません。ちょっとなんか開きにくくて」

愛想笑いをした瞬間、ばきんと音をたてて引き出しが開いた。

（絶対何か、壊した……）

音は二人にも聞こえていたので、怪訝そうな表情が不安そうな表情に変わっている。なので、できるだけ平静を装ってみた。僕のガイジン顔には、真顔にするだけで落ち着いて見えるという唯一の利点がある。

手で引き出しの中を探ると、まとめられた鍵束と共にビニールで包まれた何かが出てきた。

「あ。うまい棒」

倉本さんがつぶやく。

「え？」

手元を見ると、信じられないことに鍵束のループにうまい棒が引っかかっている。音の正体は、これだったのか。

「つか、なんでそこに」

それは僕も聞きたい。

予約された部屋は、広めの2DK。

「一人一部屋で寝られるって贅沢だなあ」

田町さんが満足そうにうなずく。

「普通のホテルでシングルを二部屋とるより安いのに、風呂とトイレが別っていいな」

倉本さんはうなずきながら、ちらちらと僕の方を見ている。

「何か、わからないこととかありますか？」

声をかけると、「あー、いや」と笑う。

「えーとその、やっぱ地元のヒトは、なんかカッコいいっすね」

「え？」

「ラフなカッコなのに決まってるっていうか」

その服、どこで買ったか教えてもらえますか？　そう聞かれて、僕は焦った。どこって、ユニクロかジーンズメイトか地元のスーパーのどれかなんだけど。

「首元がルーズで、ほどよく色あせてて。サーフブランドですか」

これはただの、経年劣化。でも馬鹿正直に言うのも雰囲気を悪くしそうだった。

「いや、ノーブランドです。ただ古いだけで」

けれどこれが、失敗だった。

「ああ、古着ですか」

倉本さんが、深くうなずく。

「え。いやその」

「ヴィンテージか。やっぱ違うな」

田町さんまで、うなずいている。誤解です。心から誤解です。

しかしそんな僕に向かって、倉本さんは言った。

「俺たち、服が好きなんですよ」

うん。そんな気はしてました。

「でも今の服って、量産品である以上、結局誰かと被るじゃないですか。だから最近古着を攻めてるんですけど、もう都内とかじゃ満足できなくなって。で、払い下げ品の多い米軍基地のあるところを回ったんですよ。福生とか、横須賀とか」

「すごいですね」

「でもなんかこう、違って。払い下げ品は面白かったけど、服の方はスカジャン以外いまいちだったんですよね。古着が、ただの古着で」

すいません。古着って、ただ古ければ古着なんだと思ってました。首をかしげる僕に、田町さんが説明してくれる。

「古着屋って、結局は買い付ける人のセンスなんですよ。わざわざ海外に行って仕入れてくるような店はセレクトショップと同じだし」

「確かにそうですね」

「でも基地のある町だと、ただの『帰国時の残り物処分』を並べた店とかもあるわけです。服のこととか、なんも考えずに」

基地で働く人が置いてゆく荷物。それをただ同然の値で引き取って、観光客相手に売る。そんな店も多いのだとか。

「まあ、それはそれでいいんですけどね。宝探しみたいな気分にはなるし、地元の人にとってはただの『安売り古着屋』ってだけで」

こないだ行った店なんか、去年の夏の新作があったもんな。田町さんの言葉に、倉本さんもくくくと笑う。

「沖縄は違うんですか」

「大体は他と同じで、むしろ観光客目当ての適当な店は多いです。でもネットで何軒か、すごくいい感じの店を見つけて」

それで春休みだし、来てみようって話になったんですよ。二人の話に、僕はうなずく。なんだか、すごく新鮮だった。海とか世界遺産とか料理とか、そういうのだけが沖縄に来る理由だと思ってたから。

「目的のある旅っていいですね」

僕の言葉に、倉本さんがまた笑う。

「ていうか目的でもないと、野郎の二人旅ってキツいでしょ」

「いや、まあ――」

目的のない三人旅を思い描いている僕としては、はいともいいえとも言えない。

「俺ら、結構旅とか好きなんですけど、行き先が難しいんですよ。なんか大抵の観光地って女子旅っぽくて」

まあそれは、なんとなくわかる。

「かといって車やバイクに乗るわけじゃないし、キャンパーでもないから『大自然！』みたいのも違うし」

だよな、と田町さんがのっかる。

「でも沖縄って、そういう意味でもいいんですよ。男の二人旅が不自然じゃなくて、安宿もあって」

なるほど。確かに僕だって同じような気分を味わっている。

「別に男二人で京都行こうが温泉行こうが、かまわないんですけどね。ただ、なんかこう、『パフェ～！』とか『インスタスポット～！』みたいな盛り上げ方されてると、ねえ」

それがすべてじゃないんだろうけど、言いたいことはよくわかる。

「なんで、今回はここをベースにして、那覇から北谷(ちゃたん)の方を攻めようかなと」

「気に入ったものが見つかるといいですね」

じゃあ、どうぞごゆっくり。僕が頭を下げると、二人もぺこりと頭を下げてくれた。

(初めてのお客さんが、いい人たちでよかった)

ほっとした気分で、僕は部屋を後にする。

夕食の開始時間は、六時から七時の間。二人の希望を聞いたら七時だったので、比嘉さんが先にまかないを出してくれた。

「終わるまで待ってたらお腹へっちゃうでしょ」

出された丼の中には、ご飯とゴーヤーチャンプルー。思いっきり昼食と被った。

「ありがとうございます」

まあ、作った人は違うし。そう思いながら口に運ぶと、すごく香ばしい。

（あれ？）

肉がスパムだからだろうか。それにしても、なんだかおいしい。焦げ目がつくほどに焼いたスパムはしょっぱくてかりっとして、そこに卵がふわっとからみつく。ゴーヤーはしゃきしゃきで、でも苦くはない。

おいしい。すごくおいしい。

（ゴーヤーチャンプルーって、こんな料理だったのか？）

わしわしとご飯をかき込む。水分がほしくなって汁物に手を伸ばすと、これがまたおいしい。透明な出し汁の中にもずくが浮かんでいて、つるつると喉を滑っていく。

（もずくって、酢の物でしか食べたことなかった）

あっという間に食べ終えてしまい、ちょっとびっくりした。沖縄料理、すごいな。いや、比嘉さんがすごいのかもしれないけど。

「あの、ごちそうさまでした」

トレーを厨房に持って行くと、比嘉さんが振り返る。

「松田くん――ザッくんは、沖縄料理食べたことあるの？」

「あ、はい。バイト先が弁当屋だったので、そこでゴーヤーチャンプルーくらいは。でも、もずくの汁は初めてでした」

「そうなの。どうだった？　初めての味は」

「おいしかったです」

よかったわー。比嘉さんはそう言って、丼を水に浸けた。


ところで、どうしたらいいかわからない。

田町さんと倉本さんが食堂に来て、トレーで料理を運んで、二人が食べはじめて——

それから、僕はどうすべきなんだろう。そこまで広くない食堂で端に立ってるのは邪魔っぽいし、かといって厨房に引っ込むのも声をかけづらそうに思う。

悩んだ末、厨房との間にある受け渡しカウンターにいることにする。するとさっそく、田町さんから声がかかった。

「すいません、ここって泡盛とかないんですか?」

「あ、ええと——」

確かなかったはず。僕が言葉に詰まっていると、奥から比嘉さんが答えてくれる。

「ごめんなさいねー。ここには置いてないんです。でも入り口の脇がバーだから、そこで飲めますよ」

なるほど、そういうことか。二人の食器を片付けていると、倉本さんが「よかったら一緒にどうすか」と声をかけてくる。

(バー⁉)

僕の人生になかった単語におののく。二十歳は過ぎてるからお酒は問題ないんだけど、そもそもお酒は特別好きじゃない。同じ値段を払うなら、コーラの方がいい。ていうか居酒屋ならともかく、バーなんて大人の行くところだと思っていたから。

内心の動揺を、またしても『ガイジン的』な真顔で押し隠す。

「ありがとうございます。でも仕事中なので」

「あー、そうですよね」

迷惑かけんなよ。田町さんが笑いながら倉本さんをどつく。その二人の背中を見ながら、バーって行って何をするところなんだろうと思う。

「お疲れ様。ここはもういいわよ」

テーブルを拭き終わったところで、比嘉さんから声がかかる。

「私はここの片付けしたら帰るから。ザックんは九時までフロントにいて、後はオーナー代理にかわってね」

「はい」

「朝は六時に来て、七時には朝ごはんを出せるようにしておくから。ザックんはそのちょっと前に来て、ご飯を食べなさい」

九時で上がり。朝は六時半起きってとこか。結構長い。もしかして、かなりブラック寄りのアルバイトだったんだろうか。そう思っていたら、比嘉さんが笑う。

「『長いな』って思ったでしょう？　でも大丈夫。午前中にもお十時の休憩があるからね」

「お十時？」

「あれ。今の子は言わなかったかな。午前中のおやつの時間のことよ」

なんかものすごく小さい頃に、聞いたことがあるような。

「その日の予定によって変わるけど、九時から十時のあたりで一時間休めるから」

それを聞いて、ちょっと安心する。オーナー代理の放り投げ感はあるけど、ブラックってほどでもないらしい。

フロントに戻って、明日の予定をチェックする。田町さんと倉本さんは引き続きステイ。そこに新しく二名のお客さんが来る。宿泊サイトの要望欄を見ると『昼頃着予定です。荷物を預かってほしいです』と書いてあった。

で、やることがなくなった。八時。夜になったばかりの時間なんだけど、テレビがあるわけじゃないし、暇で眠たくなる。

（一日、長かったな――）

朝、東京にいたのが嘘みたいだ。それから迷ってここにたどり着いて、また市場で迷って。さらにお客さんの前で慣れた風を装ったのも、疲れた。

（だって、同じ日に東京から来たとか）

お客さんの旅感っていうか、旅情みたいなものが台無しになる気がして。

スマホでアマタツとゴーさんにメールを送ろうかと思ったけど、バイトの時間中だからやめておいた。どうせあと一時間だし。

けど、一時間たってもオーナー代理は姿を現さなかった。

（……一晩中、一人でここにいなきゃいけないんだろうか）

さすがにそれはつらい。僕はそこでようやく「もしものための」携帯を手にした。

（でも、もう来るとこかも）

かける勇気がなくて悩んでいたら、僕はいつの間にか机に突っ伏して寝てしまっていたらしい。

「――くん、松田くん」

軽く肩を叩かれて、がばりと身を起こす。するとそこには、オーナー代理が立っていた。

「悪いね。初日だっていうのに一人で長いこといさせて」

軽く微笑まれて、僕は「いえ」と首を振る。なんだろう、何かすごく違和感を覚える。寝起きだからとか、寝違えたとか、そういうのじゃない。

（背、伸びた？）

昼間会ったときは普通の身長だと思ってたけど、今は少し背が高く思える。これは、僕が座っているからなんだろうか。

「お疲れ様、かわるよ。ゆっくり休んで」

「あ、はい――」

僕が立ち上がると、オーナー代理は目の前にコーラの缶を差し出す。

「ありがとう――ございます」

ものすごい違和感。でも、何がおかしいのかがわからない。心の中に浮かんだ疑問符を抱えたまま僕は自分の部屋に戻り、すぐにアマタツとゴーさんにメールを送った。報告したいことは、山のようにある。

*

朝。不安でちょっと早めにかけたタイマーに起こされる。

見慣れない天井に、一瞬ここがどこかわからなくなった。

「あれ……」

けれど布団から出て、ふと気づく。寒くない。

(――沖縄だ)

ほんの少し肌寒さも感じるけど、それは薄着で寝たからだ。朝、暖房を入れないと起きられなかった昨日とは違う。

窓に近寄り、カーテンを開ける。見えるのは、打ちっ放しのコンクリートの壁。そこに意味のわからない落書き。このあたりのコンクリートは古ぼけていて、それが余計に不穏な雰囲気を募らせる。

(でも昨日は、静かだったな)

緊張と疲れで倒れるように寝てしまったのだけど、特に外が騒がしいようなこともなかった気がする。一階のバーも静かだったし、拍子抜けしたというか。

「ああ、それはオフシーズンだからよ」

フライパンをゆすりながら、比嘉さんが笑う。

「夏なんか、ひどいもんよ。集団で連れ立って酔っぱらった人が、前の道路に座り込んで宴会はじめるし、夜中まで外で騒いで花火飛ばして通報される人もいるし」

「そうなんですか」

オフシーズンでよかった。心の底からそう思う。

「はいおまたせ」

差し出されたお皿には、オムレツのような卵焼きとスパムを焼いたものが載っている。それにご飯と。

「スープ？」

「ああ、それね。手抜きかと思うかもしれないけど、こっちのお決まりのメニューだから、一応出してるの」

比嘉さんは、元の缶詰を見せてくれる。すごく有名な赤と白のスープの缶詰だけど、僕は飲んだことがなかった。

「ポークと卵と、このクリームチキンスープ。マッシュルームスープに変わることもあるけど、定番っていうのかしらねえ」

お椀に入っていたので、そのまま口をつける。とろみがあってしょっぱくて、うまい。

「へえ」

でも、缶詰ばっかりの料理だな。

「後は沖縄『らしい』からパインもつけとくの。本当はタンカンが旬だけどね」

「タンカン……」

「小さめのみかんみたいな柑橘ね。甘くておいしいから、ザックんは食べるといいわ」

単語のひとつひとつが異文化感ありすぎて、言葉が通じるのに違う国に来たような気分になる。ちょっと酸っぱめのパイナップルを齧って、僕は顔をしかめた。

「すっぱ！」

田町さんと倉本さんも、僕と同じ顔をした。けれど田町さんは前向きだ。

「まあでも、熟れてない感じも沖縄っぽいよな」

倉本さんが「まあな」と苦笑する。

「あ、今日は北谷の方に行ってきます」

トレーを下げる僕に、田町さんが言った。

「いいものが見つかるといいですね」

「見つけますよ。でも、ちょっと遠いから戻るのが遅くなるかもしれないです」

だから夕食はナシでお願いします。そう言われて、僕はうなずく。

朝食の仕事が終わったので、フロントへ行く。けれどそこにオーナー代理の姿はない。

ちょうどクメさんとセンさんが来たので、彼の姿を見ませんでしたかと聞いてみる。

「いやあ、見てないねえ」

「でもこの時間は、いつもいないよう」

「いつも？」

僕の言葉に、二人同時にうんうんとうなずく。

「いっつもだよう。比嘉さんが来たら、すぐにふらっとさあ」

ふらっと、どこへ？

「その辺で寝てることもあるし、外へ行くこともあるよう」

「屋上とか、どっかの日陰とかさあ」

猫？　それとも犬なのだろうか。

「あの、その後、帰ってくるんでしょうか——？」

「んー、お昼には帰ってくるみたいだよう」

でも私ら、その頃には帰るからねえ。クメさんかセンさんが、にこにこと笑う。

（つまり、交替の時間になったとたんに消えると）

一晩中、フロントにいるのだから眠いのかもしれない。だとしたら昼まで寝て、お昼を食べて、また夕方まで寝る、というサイクルを組んでいるのかな。

（……申し送りはしてほしかったけど）

でもいないものはしようがない。僕はフロントの机に着くと、スリープモードになっていたパソコンの画面を立ち上げた。するとマウスのあたりにふせんが貼ってあることに気づく。

『11：30　明日宿泊の永井(ながい)様、吉岡(よしおか)様から問い合わせあり。荷物が届いているかの確認』

時間からして、これはオーナー代理が書いたものだろう。下に小さく書かれた文字を読むと、その荷物はまだ届いていないらしい。

『ハチさん便の営業所が開いたら電話して確認してください』

時計を見ると九時を回っていたので、さっそくかけてみる。お客さまの名前を伝えると、今日の昼頃に配達予定だという。そのことを伝えようと宿泊の代表者になっている永井さんに電話をかけたが、移動中らしくつながらないので伝言を残しておいた。

というよりも、つながらなくてほっとした。知らない人にいきなり電話をかけるのは、基本的に苦手だから。

そして昼になり、再びオーナー代理と交替する時間になった。けれど、いない。

(もしかして、朝から何か緊急の用事でもあったんだろうか)

少し不安になったところで、ようやくガラスのドアが開く。

「あーあ」

大きなあくびをしながら、オーナー代理は頭をぐしゃぐしゃとかき回した。昨夜はきちんと結んであった髪の毛が、四方八方に爆発したパーマみたいになっていて、フリースタイル感がすごい。

「あ、ザッくん、おはよ」

だらんとした喋り方に、サンダルをぺたぺたと引きずって、とどめは信じられない柄のアロハ。吠えてるブルドッグとロケットって、意味がわからなすぎる。

(これも、あの洋服屋で買ったのかな)

そう思った瞬間、伝言を思い出した。

「オーナー代理。『ブティック花』の方が、アロハ三着分の代金を払ってほしいって言ってましたよ」

「え。なに、ザッくん。もうあの人と知り合ったの？」

「昨日、迷って偶然道を尋ねたときに」

「市場通りの隠れキャラみたいな人なのに、攻略早いね」

もしかしてゲームうまい？　そう聞かれて、僕は首を横に振る。

「じゃあちょっと、返してこようかな」

ふらりとドアの方へ向かうオーナー代理に向かって、僕は慌てて声をかけた。

「ちょっと待って下さい！」

「ん？」

「僕、これから休憩ですよね？」

「そうだねえ」

「でも、ここに誰もいなくなったらまずいですよね」

「携帯があるよね」

「ありますけど——」

休憩中に出るんですか？　という雰囲気を顔に出してみる。するとオーナー代理は、しぶしぶドアにかけた手を離した。

「わかったよ。ここにいるから、休憩行きなよ」

「はい」

「あ、でもやっぱ携帯は下げといて。何かあったら不安だから」

その「不安」は僕を心配してくれているのか、あるいはオーナー代理自身のそれなのか。たぶん、後者のような気がするけど。

にしても、また印象が違う。髪型のせいなのか、昨日の夜から比べると背が低くなったように感じるし、喋り方も違う気がする。

(寝起きの悪い人なのかな)

一晩中起きていて、朝に眠るということを繰り返していたら、体内時計は狂うかもしれない。夜に向かって頭が冴えるなら、この時間はぼんやりすることもあるだろう。

よくわからないけど、それを面と向かって聞く勇気もなく、僕は休憩に出かけた。

*

今日は少し近めの店で弁当を買い、公園の木陰にあるベンチで食べてみた。タコライス。イカタコの蛸じゃなくて、タコスの中身をご飯に載っけてあるというもの。ピリ辛のひき肉に、トマトとレタス、それに細切りのチーズがかけられている。ざっくり混ぜて口に運ぶと、肉とご飯の熱でチーズが溶けてうまい。そこにレタスのシャキシャキとトマトの酸味が合わさると、さらにうまい。

(これは大成功！)

昨日のリベンジをしたような気分で、僕はタコライスをわしわしとかき込む。そして食べながら、アマタツとゴーさんにも食べさせたいなと思った。そして次の瞬間、つかの間二人のことを思い出していなかったことに気づく。

(忘れるなんて)

初めての場所でバタバタしていたとはいえ、これはない。人生で最高の頂点。絶対に忘れたくない、忘れるはずのない約束。それがほんの少しの間でも自分の中から消えていたことが、僕はショックだった。

たった一つの想い出さえ取りこぼす僕は、もう記憶の危ういおじいちゃんなんじゃないだろうか。じゃなきゃ、今の自分はそんなおじいちゃんになった僕が見ている夢とか。

る。

（忘れたくない）

お守りのように輝く、ただ一つの記憶。僕はそれを補完したくて、二人にメールを送
る。

『今日はうまいタコライスを食べた。タコライス、食べたことある？』

昼時だったので、休憩中らしいゴーさんからすぐに返事が来た。

『おー、お疲れ！　そっち暑い？　タコライスってなんだっけ？』

『ご飯の上にタコスの具をのっけたやつ。ひき肉とレタスとトマトとチーズ』

『めっちゃうまそう！　おれ、今コンビニ牛丼』

するとしばらくして、アマタツからも返信があった。

『お疲れ。ホテルの仕事は大変か？　コンビニ牛丼いいよな。こっちは自分で握ったおにぎりだぞ。あと、タコライスはたぶん食べたことないと思う。でも、なんで急に？』

さすがアマタツ。

『二人ともサンキュ。日向は暑いけど、夕方や夜は少し寒いよ。パーカー必須って感じ。コンビニでも牛丼はいいな。自作おにぎりは、僕もしょっちゅう作ってる。タコライスは、うまかったから聞いてみた』

ちょっと考えて、追加する。

『できれば作り方を覚えて、今度ごちそうする。正月に会えなかったリベンジってことでさ』

うん。下見役としては、それがいい。それにタコライスは簡単そうだし。

『うん、いいな！』

『リベンジ、期待してる』

じゃーな、みたいな感じでせわしなくメールをやりとりする。LINEのグループトークができれば楽なんだろうけど、それでも僕らはこっちを選ばざるを得ない理由があるし。


「あ、ザッくんお帰り」

ホテルに戻ると、お客さんが来ていた。瞬間的に緊張する。

「ちょうどいいところだったよ。こちら、永井さんと吉岡さん」

二人の女の子が、同時に振り向く。若い。昨日の二人と同じく、僕と同じかちょっと上くらいに見える。

「こっちはバイトのザッくん。困ったことがあったら、何でも彼に言ってね」

「え」

何でも、って。

「よろしくお願いしまーす」

女の子たちが、ぺこりと頭を下げる。

「あ、こちらこそ……」

こういうとき、なんて言えばいいのかな。そんなことを考えていたら、頭を上げた二人がじっと僕の顔を見ている。

「あのう、もしかしてハーフですか？」

来た。いつもの流れだ。

「いえ。色々混ざってるのでミックスです」

適当にハーフと答えると「じゃあどことどこ？」というチャート図が始まるので、ここはきちんと言っておく。

「なんかオキナワっぽくていいですねえ」

「……ですかね」

「ですよう！」

ねー、と二人は笑いあう。そんなもんか。

「じゃあザッくん、後は任せたよ」

そう言うなり、オーナー代理は妙に素早い動きで僕の脇をすり抜ける。

「え。ちょっと待って――」

「チェックインはやっといてあげたから！」

サンダルをぺたぺた鳴らしながら、早歩きでオーナー代理は出ていった。時計を見ると、二時ちょうど。「やっておいてあげた」って、言うほどの時間じゃないような。

「あの」

女の子に声をかけられて、我に返る。

「あ、ええと、もう部屋のキーは受け取りましたか？」

「はい。それは。でも荷物がどこにあるのか」

そういえば、配達が昼頃って言ってた。僕は慌ててデスクの内側に回り込み、あたりを見回した。するとオーナー代理が寝ていたついたての向こうに、それらしきトランクがある。

「これでしょうか」

「あ、そうです」

着いててよかったー。二人がほっとしたように笑った。

「今回の旅行、結構ギリギリに決まったから荷作りも遅くて」

「そうなんですね」

二つのトランクを両手でガラガラと引きながら、エレベーターを目指す。彼女たちの部屋は五階だ。

「こちらになります」

キーでドアを開けると、昨日と同じ部屋、つまり田町さんと倉本さんと同じタイプの部屋だった。友達との旅行に2DKの部屋はぴったりなんだろう。

「思ってたよりきれい」

女の子の一人、黒髪でセミロングの方が言うと、もう一人のロングでウェービーヘアの方が「失礼だよ」と注意した。

「あ、ごめんなさい。心の声が出ちゃって。でもほめてますから」

「はい」

僕がうなずくと、セミロングの彼女はにっと笑う。

「私、吉岡です」

するとウェービーの彼女も「永井です」と続いた。それを聞いた吉岡さんはさらにけらけらと笑う。

「面白ーい」

「りな、何が面白いの？」

「今ってさ、こういうとき『りなでーす』『るいでーす』みたいな感じじゃない。でも名字って、学校みたいで」

「ここはホテルっていうか、旅行先じゃん」

「でもなんか、ウケる。だってお兄さん『ざっ君』とか呼ばれてるし。なのに私たち、『吉岡さんと永井さん』だよ？」

その呼び方が笑いのツボにヒットしたのか、吉岡さんは笑い続ける。そんな彼女を見て、永井さんが「すいません、悪気はないんですけど」と謝ってくれた。

「いえ、大丈夫です」

別にひどいことを言われたわけじゃないし、何も気になりません。そう告げると、永井さんはほっとしたように笑みを浮かべる。ちょっと、可愛かった。

夕食はなんとタコライス。昨日と同じ被りっぷりに、比嘉さんは僕の昼食をどこかで見ているんじゃないかという気になる。というのはたぶん違って、有名な沖縄料理をローテーションで出しているだけなんだろう。

（だとしたら、明日は何だろう？）

比嘉さんの作ったタコライスを食べながら、考える。でも、僕の知っている沖縄料理はあとは沖縄そばくらいしかない。

（にしても、やっぱうまい）

昼に食べたものもうまかったけど、比嘉さんの料理は違ううまさがある。気になって皿の中を見ると、ひき肉の中に赤っぽい豆が入っていた。それに、チーズも色の違う二種類のものがかかっている。

まかないがおいしいのはいいことだ。僕は弁当屋から引き続き、食に恵まれていることに感謝する。

そしてそう思っていたのは、僕だけではなかった。

「わあ、これおいしいですねえ！」

「うん。すごく好みの味」

吉岡さんと永井さんも、笑顔で比嘉さんのタコライスを頬張る。その声が聞こえたのか、比嘉さんが顔を出した。

「ありがとうねえ。おかわりもあるから、たくさん食べて」

「はい！　ありがとうございます！　じゃあホントにおかわりで！」

吉岡さんが元気に突き出した皿を、比嘉さんは嬉しそうに受け取る。けれどそんな吉岡さんを見て、永井さんは顔をしかめていた。

「二回目の、いただきまーす！」

リズミカルにスプーンを動かす吉岡さんと、浮かない表情の永井さん。さっきまではなごやかな雰囲気だったのに、どうしたんだろう。

(女の子同士は、よくわかんないな)

とりあえず僕はホテルの人として、やるべきことをやるだけだ。


女の子二人は食事を終えた後も、フロントにある椅子でお喋りを続けた。正直なところ、部屋に戻ってほしかったけどそれは言えない。しかも、自販機で買ってきたジュースまでもらってしまうと、余計に。

「ねえ、ザックんさんはこっちのヒト？」

「いえ。春休みのバイトです」

旅行の気分を壊してしまうかと思ったけど、嘘をつくのはよくない。

「どこから来たの？」

「関東地方です」

「ざっくり広すぎじゃないですか」

今は永井さんもゆったりした表情で笑っている。さっきのあれは、何だったんだろう。

「大学生ですか？」

「はい」

「どことか、聞いていいです？」

意外と永井さんがぐいぐい来る。

「仕事なので、そこまでは」と答えると、吉岡さんが「そうそう、あんまり突っ込まないの」とフォローしてくれた。

「るいは、人のこと聞きまくるんですよ。歳は？　どこ住み？　どこ大？　インスタのアカウントは？　もう、悪い癖だって」

「だって、人間観察が趣味なんだもん」

観察って、見てるだけのことじゃないんだろうか。僕は心の中でため息をつく。悪い人たちじゃないけど、一緒にいるのはやっぱり疲れる。

そんなとき、ガラスのドアが開いた。

「ただいまでーす」

田町さんと倉本さんだった。

「あれ」

二人は大きなビニール袋をいくつも提げたまま、立ち止まる。そんな二人に永井さんが「こんばんはー」と声をかけた。

「こんばんは。あー、今日来たんですか？」

「はい。二泊するんで、よろしくお願いしまーす」

吉岡さんが会釈すると、二人もぺこりと頭を下げる。

「あ、よろしくです。俺は田町で、こっちが倉本です」

「私は吉岡で——ふふっ、そっちが永井です」

吉岡さんは、名字の名乗りがまだおかしいらしい。

「あの——なんか楽しそうなんで、荷物置いてきたら俺らも合流していいですか？」

田町さんの言葉に、二人は顔を見合わせる。

「いいけど、ここに五人は狭くない？」

吉岡さんの言葉に僕は心の中でぶんぶんうなずく。そうです、狭いです。だから四人でどこかお店にでも行って下さい。なのに永井さんは、また例の不機嫌そうな表情を浮かべる。

「——私は、ザッくんさんを仲間はずれにしたくないなあ」

ぜひ、仲間はずれにしてほしい。そんな僕の願いも空しく、男子二人が「それもそうだな」とうなずく。

「今日、宿泊するのはこの四人だけなんですよね？　だったら少し持ち場を離れても大丈夫なんじゃない？」

「でも、フロントにいないと」

軽く嘘をついた。バーにでも連れて行かれたら困るし。

「わかった。じゃあホテルの前の石段にしませんか？　少し寒いから、私たち羽織るもの持ってきます」

永井さんの言葉に、吉岡さんがうなずく。そして二人はエレベーターに向かって歩いて行った。

それを呆然と見送る僕に、倉本さんが話しかけてきた。

「えっと、彼女たち、今日着いたんですよね」

「あ、はい」

「すげえ、可愛くないっすか」

「あー……」

なんだこれ。「そうですね」って言ったら狙ってるみたいだし、「そうですか？」って答えたら失礼さマックスだし。

（正解がわからない）

僕が答えに詰まっていると、田町さんが「イケメンは満ち足りてるんだろうから、困らせるなよ」と笑った。

満ち足りてない。そもそも、満ち足りようなんて思ってない。

生きてるだけでいっぱいいっぱいなのに、これ以上誰かとどうこうなんて、考えるだけで無理だ。

（早く枯れたい）

そんなことを思いながら、石段に腰を下ろす。慣れた感触だった。

ほんのり冷えたコンクリート。不自然な低さと、尻（しり）に感じる固さ。

アマタツやゴーさんと夜道を歩いていた時は、よく歩道の段差に腰をかけて休んだ。低すぎてヤンキー座りみたいになったけど、それでも僕たちはそこで長い間喋った。コンクリートの段差は僕たちにとってリビング、いや部室の椅子のようなものだった。それなのに。

今僕は、ホテルの前に数段ある同じような段差に腰かけ、なすすべもなくジュースの缶を握っている。楽しさは、まったくない。

（もらっちゃって、よかったのかな……）

あの後、「ジュースくらいおごりますから」と田町さんが全員の分の飲み物を近くのコンビニで買ってきてくれた。四人が沖縄限定のビールを手にしているのを見ると、合コンに紛れ込んでしまった中学生のような気分になる。

「いやあ、『オキナワ』ってカンジするなあ」

田町さんが陽気な声で言うと、吉岡さんも「ですよねえ。そんな感じしますよねえ」と返す。

「それってつまり、どういう感じなんですか？」

永井さんがつっこむと、田町さんは笑いながら軽く首をかしげる。

『ゆんたく』って言うんでしたっけ？　なんか宿のフリースペースで、だらっと飲みながら喋るみたいなやつ。あれ、やりたかったんですよ」

「あー、なんか読んだことあるかも」

永井さんがうなずくと、倉本さんが「でもそういうのって、民宿とかゲストハウス限定なんじゃなかったっけ？」と混ぜっ返す。

「細かいことはいいだろ。それより、偶然そこで出会った人と飲むのがいいんだって」

いい感じだ。このまま四人で仲良くすればいい。

（それじゃあ僕は、この辺で――）

気配を殺しつつそっと腰を浮かせかけた瞬間、永井さんがくるりと僕の方を見る。

「そういえばザックんさんは、春休みのバイトで来たんですよね？」

（なんでいきなりこっちに振る⁉）

「え？　あ、はい――」

逃げ出せる機会を失って、僕は上げかけた腰を下ろす。

「もう何回も沖縄に来てるんですか？」

「いえ。今回が初めてです」

「あ、そうなんだー」

　軽くうなずく永井さんの後に、倉本さんが「それじゃおすすめのスポットとか聞けないかー」と笑う。

「初心者なので……」

「初心者って」

　げらげらと笑われて、ですよね、と思う。

　いつでもどんなジャンルでも、慣れた人は尊重される。でも僕は人生全般に慣れてないし、慣れることはないだろうと思う。いつまでもびくびくとした初心者の魂で生きている。

　そんな中、吉岡さんが違う雰囲気で笑った。

「でも、私たちも似たようなレベルじゃない」

「そうだね。一回来たことはあるけど、自分たちで来るのは今回が初めてだし」

　永井さんがうなずきながら、斜め掛けした小さなバッグからスマホを取り出す。

「行きたいところ、ブックマークしてきたんですけど。ザッくんさんはこっちにいる間に、行きたいとこありますか？」

　画面を見せるために、永井さんがふっと近づいてきた。

「え。いや、特に考えては」

　スクロールで見せられる、首里城や美ら海水族館。でもそれより気になるのは、顔がぐっと寄せられていること。

こういう距離感が本当に苦手で、僕は居心地が悪い。

(避けたら、まずいだろうし)

困ったまま固まっていると、倉本さんが立ち上がって後ろからスマホの画面を覗き込む。

「あれ、定番のところばっかですね」

「やだ、バレた。でもしょうがないんですよ。私たちが一回目に来たのって、修学旅行だったから」

「あー、そうなんですね」

「そのとき、いくつかコースがあったんですけど、那覇はいつか来るかもって一番遠いやんばるの森コースを選んじゃったんですよ」

「やんばる、ってどこでしたっけ」

思わずたずねると、吉岡さんが「この本島の端っこです」と教えてくれた。

「そしたらずっと森の中で、修学旅行に来たって感じがしなかったんですよ。植生や生態系は面白かったんですけど」

「ああ、マングローブとか珍しいですよね」

倉本さんがうなずくと、吉岡さんがぱっとそちらを振り返る。

「そうなんです。でも離島とは違って亜熱帯常緑広葉樹林地帯が広いのが珍しくて」

「あねったい……何?」

　田町さんの質問に吉岡さんが答えようとしたとき、それを遮るように永井さんが口を開いた。

「亜熱帯の植物って、フルーツがおいしいですよね！　マンゴーとかパイナップルとか」

「るい、違うよ。やんばるはあんまりフルーツ感なかったでしょ。あっても、ヤマモモとかだよ。西表島ならサルナシがあるだろうけど」

「サルナシ……？」

（猿の、梨？）

　聞き慣れない名前に、僕も思わず聞き返してしまう。すると永井さんがものすごい表情で吉岡さんを睨みつける。

「違うのはそっちでしょ、りな。私たち、マンゴーのたっぷり載った台湾風かき氷とか、食べたじゃない」

「あ、うん。そうだけど――でも、マンゴーはもともと沖縄の在来品種じゃないよね。明治時代に輸入されて……」

「りな、いいかげんにして」

　ぴしゃりと言い放つ永井さんを見て、吉岡さんはなぜか「あっ」と小さな声を上げる。

「りながフルーツおたくなのは知ってるけど、それにしてもマニアックすぎだよ。ほら、みんなぽかーんってしてる」

「あ、ごめんなさい……」

「それよりほら、川でジャングルクルーズみたいなカヌー体験した話とかしたら？」

それを聞いた瞬間、頭の中にネットで見た風景がよみがえった。川でのカヌーに、ジャングルめいた濃い緑。ぽかんと抜けた青空。（確かに、あれだけ見たら「オキナワ」って感じはしないよな）

むしろアマゾンとかボルネオとか、違う国に行ったようなイメージになる。

「だから二回目は、行きそびれた定番スポットに行こうってことなんですよ」

「それで首里城かあ」

でもあそこ、世界遺産ってこと以外になんかあったっけ？　田町さんが首をかしげると、永井さんが「おごえが」とつぶやく。

すると次の瞬間、吉岡さんがそれをさえぎるように言った。

「えー？　なにるい、大声って」

突っ込まれた永井さんは、つかの間ぽかんとした表情を浮かべる。しかしすぐにはっと何かに気づいたような顔をした。

「あ、いえ。なんか噂で、首里城には大声で叫んでも声が吸い取られるように消える、深い井戸があるって聞いたんですよ」

「それ、怖い系のやつですか？　都市伝説みたいな」

「ですです。それでちょっと興味があって～」

そんなホラーな場所があったなんて知らなかった。僕は心の中で、首里城には絶対行かないことを誓う。

「なるほどー。でも修学旅行が沖縄っていいよなあ。ていうか、もしかして二人、お嬢様学校行ってたりします?」

　田町さんが軽く突っ込むと、吉岡さんが「お嬢様なわけないですよー」と笑う。そして永井さんが、その後をつないだ。

「でも田町さんも倉本さんもお洒落だし、お二人こそお坊ちゃんだったりしません?」

「いやいや、お坊ちゃんだったら階段でビール飲んでないですよ。ていうか次のいります?」

　田町さんが苦笑いを浮かべながら、永井さんたちにたずねる。彼女たちが笑いながら「はい」とうなずくと、ビールのプルタブを上げて差し出した。気が利く人だ。

「でも大学生ですよね? バイトとかしてるんです?」

「え。うん、まあ」

「何系の仕事ですか?」

「ええと、まあ地味なやつをちょいちょい」

「地味って?」

　なんかすごいな。さっき吉岡さんが「るいは聞きまくる」って言ってたのはこれか。

「ええと、その——交通量調査とか、荷分けとか」

　その勢いに押されたのか、田町さんはぼそぼそと答える。

「そうなんですね」

　じゃあ倉本さんは？　永井さんは返す刀で切りかかる。

「俺は、カフェの店員」

　そう言って、有名なコーヒーのチェーン店の名前を挙げた。

「でね、ちょっと特技があるんだ」

「えー、何ですか？」

　にこにこと笑う吉岡さんに、倉本さんは笑顔を返す。

「うちの店、コーヒーの種類多いでしょ。その一番長い名前が言えるんですよ」

　そう言って倉本さんはコーヒーの名前をすらすらと暗唱した。なんとかラテのなんとかカフェ。それに何かをトッピングして、何かを抜いたり足したりする。ほぼ呪文（じゅもん）のようなそれを聞いて、僕は素直に感心した。

「ミルクだけでも牛乳なのか豆乳なのか、泡立てるのか脂肪抜きなのか、細かい指定ができますからね」

　すごーい、と女子二人が驚く中、田町さんは面白くなさそうな顔をしている。なるほど、同じアルバイトでも格差があるものだ。

「毎日お客さんの数がやばいから、自然と覚えるんですよ。受験のときの公式よりは楽だしね」

　チェーン店とはいえ、お洒落なカフェ。人が多いということは、都心か大きな駅にあるんだろう。そういう場所でバリバリやってるんだ、という雰囲気が思いっきり伝わってくる。

ちなみに僕は、いまだにそのカフェに足を踏み入れたことはない。コーヒーの値段が高いし、なによりさっきの呪文のようなメニューと、フレンドリーでお洒落な店員さんが怖いから。

（ファッションが好きな人だし、向いてるんだろうな）

けれど、永井さんの追及はやまない。

「すごいですね！　ところでお店、週何日で入ってるんですか？」

「あ、二日だけど――」

あれ。「毎日」とか言ってた割に少ないような。それを自覚したのか、今度は倉本さんがばつの悪そうな表情を浮かべる。

いたたまれない。うまく言えないけど、この空気がつらい。

そこで僕は、思わず口を開いてしまう。

「あの、田町さんと倉本さんは、今日、北谷の方に行かれたんですよね」

「え？　ああ、そうですそうです」

「お二人は、すごく古着に詳しいんですよ」

苦しまぎれに話題を振ると、田町さんが飛びつくように乗ってきた。

「俺たち、アンティークっていうかユーズド系の、一点もの感が好きなんですよ。それで沖縄の米軍基地の近くなら、いいものがあるんじゃないかって」

　それを聞いた吉岡さんが、「へえ、すごい！」と声を上げる。

「そういう目的って思いつきませんでした。新しいです」

　永井さんも、ちょっと感心したように二人を見た。

「なにかいいものは見つかりましたか」

　司会のようにたずねると、倉本さんがうなずく。

「ありましたよ。革ジャンで、すごく状態のいいやつ。米軍のワッペンもついてるし」

「俺は古いバンドTシャツ。もう解散したバンドので、日本ではあまり見たことないのを何枚か」

　好きなもののことを語りだした二人は、さっきより格段にいきいきとしている。うんうん、この雰囲気で仲良くやってほしい。仕事用の携帯をちらりと見ると、あと三十分で交替の時間だ。そこで僕は堂々と「引き継ぎがあるので」と立ち上がることができた。

（長かった――）

　パソコンで明日の予定を確認したり、フロント周りを軽く片づける。けれど約束の時間になっても、オーナー代理が姿を現さない。ついたての後ろを確認してみてもいないし、携帯を鳴らしても出ない。

　まだどこかで寝てるのかもしれない。そんなことを考えていたら、突然入り口のガラスのドアが勢いよく開いた。

じゃなくて、永井さんだった。そしてなぜか吉岡さんの手を引いている。

「るい、いたいって」

「いたいじゃなくて、いたいんだよ!」

なんだろう。田町さんと倉本さんと揉めたんだろうか。だとしたら、仲裁に入らないといけないのかな。

(でも、どうしたら)

僕がおろおろしているうちに、女子二人はエレベーターホールへと去ってしまった。そこで僕は、ドアから外の様子をおそるおそるうかがう。すると男子二人は、怒るどころかぽかんとした表情で座り込んでいる。

「あの、大丈夫ですか」

そっと声をかけると、二人ははっとしたようにこっちを見た。

「あ、はい。大丈夫——なのかな」

「なんか正直、よくわかんないんですけど」

「揉めてたわけじゃないんですか」

「うーん、なんかそこ、ホントわかんないんですよね。俺たち、なんか地雷踏んじゃったのかも」

地雷。言ってはいけない言葉。あるいは、本人たちにとっては不快だったこと。でも、それがなんだったのか二人にはわからないらしい。

「なのに、また明日、って言われたんですよ」

「え？」

「ザックんさんが戻った後、いい感じで明日の約束して、その後なんか話して、そしたら急に永井さんが怒りだして。だからもう約束は駄目になったんだろうなって思ってたら、立ち上がって『じゃあ明日、よろしくお願いします』って」

「怒ったけど約束はそのままって、どういうことなんですかね――」

一体何があったんだろう。でも正直、激しい揉め事ではない感じだったので僕はほっとした。二人はそのまま立ち上がり、のろのろと階段を登る。

そのとき、道路の方から声が聞こえてきた。

「ねえ、忘れてるよ」

揃って振り向くと、暗闇の中からぺたぺたとサンダルの音が近づいてくる。オーナー代理だ。

「え。誰――」

田町さんのつぶやきに応えて、オーナー代理が片手を上げた。

「こんばんは。ホテルジューシーのオーナー代理、安城です」

「ああ……こんばんは」

「ホテルジューシーにようこそ。で、もう一回言うけど、それ、忘れてるよ」

オーナー代理は、僕らの足もとを指さす。そこには、ビールの缶が二本。場所からして、永井さんと吉岡さんが忘れていったものだろう。

「あ、片づけます」

それを一本持ち上げようとして、驚いた。中身が、少しも減っていない。

(飲んでるように見えたのに)

確か一本目は、本当に飲んでいた。だって空になった缶をまとめて、自販機の横のゴミ箱に入れたのは僕なんだから。

(でもその後、二人とも何度か缶に口をつけてたはず)

缶に手をかけたまま動きを止めた僕に、倉本さんが不審そうな表情を浮かべる。

「どうかしたんですか」

「あ、いえ別に。ただ、中身がまるっと残ってて……」

「二本は多かったのかな」

それが気に食わなかったんですかね。首をかしげる倉本さんの背中を、田町さんが軽く叩く。

「気が利くカフェのイケメンでも、外すことはあるんだなあ」

「なんだよそれ」

「俺はさ、ちゃんと吉岡さんに『もう一本どうですか』って聞いて、『はい』って返事をもらってから渡したからね。しかも、ネイルのこと考えて蓋(ふた)まで開けてさ」

「いや、俺だってそれはわかるよ？　女子ってプルタブ上げるのつらいってよく聞くし」

すごいな。女の人の爪のことなんて、僕は考えてみたこともない。そんな僕から見れば、田町さんと倉本さんはすごく優しくて気が利く人たちのように思える。でも、もしかしたらこれが当たり前なのだろうか。

自分とは違う世界で生きる人を目の当たりにした気がして、僕は驚きながらもう一本の缶に手をかける。すると。

「え――こっちも？」

上まで、たぷんたぷんに残っている。ほんの少し傾けただけで、中身がこぼれてしまいそうだ。

「――好きな銘柄じゃなかったんですかね」

田町さんが寂しそうにつぶやく。沖縄のビールとして有名なブランドらしく、僕もここに来るまでに何度か目にしたものだ。

「でもそれ、一本目と同じやつだぞ」

しかも『はい』って受け取って、飲んだような動きまでしていた。

（なんなんだろう）

「つきあいで、飲むフリをしてたとか？」

考えても、よくわからない。というか僕には、こういう人間関係の細かい部分は理解できない気がする。なので黙って缶を持ち上げ、中身を道路脇の側溝に流そうとした。

そんなとき、再びオーナー代理が口を開く。

「薬でも盛られたと思ったんじゃない？」

――え？

＊

「え？」

自分の声かと思ったら、倉本さんたちの声だった。

「どういうことですか」

「だから、薬でも盛られたと思って警戒して残したんじゃないかなって」

それを聞いた田町さんと倉本さんの表情が、ぎゅっと険しくなる。

「いきなり失礼じゃないですか」

「俺たち薬なんてそもそも持ってないし。飲み物に入れるなんて、そんな犯罪みたいなことしませんよ」

そうだそうだ。僕は心の中で激しく相づちを打つ。するとなぜか、オーナー代理がうんうんとうなずく。

「わかりますよ。お客さまがそういうことしないタイプだっていうのは」

「じゃあなんで」

「ただ、女性の身になって考えてみたら、違うんじゃないかなと」

女性の身になる。人生でかなり縁遠い部分なので、想像力が試される。でも一般的に考えて、自衛をしなきゃいけないんだろうなということくらいはわかった。

「女性二人旅で、メジャーで大きなホテルでもない、裏道のゲストハウスすれすれのホテル。そこで今日初めて会った男性二人に、飲みに誘われる。用心のため従業員も誘ったけど、仕事の時間で彼は退場」

「あ」

僕が誘われたのは、そういう理由だったのか。座る場所が近かったのも、僕を挟みたかったから？

「人通りは少ないし、隣のバーは頼りになるかわからない。つまり、監視の目はほぼゼロ。その状態で、先に封を切られた飲み物に口をつけるのは、なかなかに勇気がいると思うんだけど」

そこまで言われて、田町さんと倉本さんもしゅんと肩を落とす。親切心で開けてあげたのに、こんな結果になるなんて。

「この辺って、いわゆる暴力的な犯罪は少ないけど、性犯罪は多いんだよ。夜遅くまで店が開いてるし、旅先で気が大きくなったりもあるしね」

薬まで使わなくても、疲れで酔いが回ってふらふらになる人も多いよ。そう言いながら、オーナー代理は僕の手から缶を取り上げて中身を側溝に流した。

「リゾート用に買った慣れないヒールのサンダル。普段使わないバッグ。飲みつけない銘柄のビール」

歌うようにつぶやきながら、ビールの流れてゆく先を見ている。

「――出番のなかった古着。買ったものの、都内じゃ被る勇気のなかったキャップ。そして慣れないナンパ。からの成功。これもリゾートマジックってやつかな？」

オーナー代理の横顔は、なぜか昼間よりきりりと引き締まっていて、ぼさぼさの髪もちょっとバンドマン風に見える。

「……なんでわかるんですか」

倉本さんが、居心地悪そうに肩をすくめた。

「んー？　だって荷物のバッグ、まだ真新しい匂いがしてたから。キャップも頭のサイズに合わせてないで、デイパックの飾りにしてたでしょ。あと、君たちはたぶん、女の子に慣れてないだろうなって」

それを聞いた田町さんの顔が、アルコールとは違う意味で赤くなる。

「適当なことばっか言って、失礼すぎるだろ。いいかげんにしろよ」

気持ちはわかる。でもその態度は、「当たってる」ことがまるわかりだ。

にしても、初対面であろう二人を見て、なんでオーナー代理はそこまでわかるんだろう？　ホテルで働いてると、観察眼が鋭くなったりするとか？

「だってあの女の子たち、爪は長くなかったよ」

「え？」

「色はついてたけど、そこに気を取られて長さは見てなかったんじゃない？　あれは、お洒落よりも実用的なことを重視した手って気がするな」

爪は長くなくて、実用的な手。それってつまり。

「開けてあげる必要は、なかったってことですか――」

僕のつぶやきに、オーナー代理は「うん」と答える。

「相手を見ないで『女の子はこうだ』って思い込んでるのは、慣れてない証拠だよ。でも」

缶を両手に提げたまま、オーナー代理はにやりと笑う。

「でも君たち二人には、希望がある」

「希望って、なんですか」

むっとした表情のまま、倉本さんがたずねる。

「教えてほしい？」

「なんだよそれ」

失礼なことを言われても立ち去らないのは、オーナー代理の言うことがそれなりに当たっているからだろうか。

「じゃあ宿泊者特典で教えてあげよう。君たちは明日、彼女たちと約束をしたんだよね？」

「そうだけど――」

「ビールは残したけれど昼間の観光はＯＫ。それが意味するところは、一般的な〝男性〟としての君たちに警戒はするものの、個人としての君たちは嫌いじゃないって感じじゃないかな」

この答えを聞いた田町さんは、ぱっと顔を上げた。

「え。マジっすか」

「うん。マジマジ」

すごく適当な返事だけど、倉本さんも嬉しそうだ。

「じゃあ俺ら、明日、どうしたらいいですかね？」

「そうだねえ。行き先は決まってるの？」

「あ、一応、首里城か国際通りの焼き物を見に行って、沖縄そばかステーキ食べようって話になってましたけど」

なるほど。どちらも近くて『ザ・観光地』。誰と行っても安心な場所ではある。とはいえ半日一緒に過ごすというのは、オーナー代理の言うとおり嫌いな相手とはしない気がする。

「うーん、そうだねえ」

考え込むオーナー代理を見て、倉本さんがさらに目を輝かせる。

「ところでそのアロハ、すごくカッコいいですね」

「え、そう？ ありがとう」

「そんな柄、見たことない」

よく見ると、今日のアロハはタツノオトシゴと昆布が絡まりあう柄だった。そんな意味のわからないデザインも、街灯に照らされた薄闇の中では目立たない。むしろ複雑で格好良く見えたりするから不思議だ。


身の置き所がないって、こういうことを言うんだろうな。

宿泊者四人が再び顔を合わせた食堂で、僕はカウンターにへばりついたまま動けないでいる。

先に食堂に来たのは、女子二人。「おはようございます」と声をかけられて振り返ったら、笑顔。

「昨日、楽しかったですね」

そう話しかけられて、困惑した。

だって二人は最後、ばたばた帰っていったし。そのとき「いたいって」「いたいんだよ」なんてケンカっぽい感じまであったのに。

（すごい勢いで通り過ぎたから、僕のことは見えてなかったのかな）

挨拶（あいさつ）もなかったし、きっとそうだ。つまり、僕は二人のケンカを見ていないということになってるんだろう。そう理解した僕は、無理やり笑みを浮かべる。

「はい、楽しかったです」

そして男子二人。倉本さんと田町さんが食堂に入ってきた瞬間、雰囲気がぴっと張りつめた気がした。

「あ、おはようございます……」

それでも倉本さんが口を開いてくれたおかげで、一応なごやかなはじまりにはなった。

（でも——）

なんていうか、いたたまれない。男子二人は地雷を踏まないように会話に気をつかいまくりだし、女子は女子で昨日のことと今日の約束についてまったく触れない。ていうかほとんど相手の顔を見てない。「お天気よさそうでよかった」とか「このおかず、おいしい」とか話はするけど、女子同士で顔を見合わせている。

（無視してるわけじゃ、ないみたいだけど……）

このまま約束はなかったことになるのだろうか。僕はいたたまれない気持ちで、テーブルから目をそらす。しかしその直後、ぱちりと箸を置く音が響いた。

「あの、ごめんなさい」

見ると、永井さんが前を向いている。やっぱりキャンセルだ。そう思って再び目をそらすと、永井さんは予想外の台詞を口にした。

「昨日はすみませんでした。私、ビールでお腹冷えちゃって」

え？　男子二人と僕は、揃ってマンガのような反応になってしまう。

「それで急に帰っちゃって、ごめんなさい」

ぺこりと頭を下げられて、倉本さんと田町さんは慌てたように首をぶんぶん横に振った。

「あ、全然気にしてないんで。大丈夫です」

ていうか体調、大丈夫ですか？　二人の言葉に、永井さんはうなずく。

「部屋に戻って薬飲んで、あったかくしてたら治りました。でも、言い出すのが恥ずかしくって」

なるほど。あれはお腹が痛くての「いたいんだよ」だったのか。すると、少しなごんだ場を吉岡さんがさらになごませる。

「そうそう、るいは緊張すると、お腹痛くする癖があるんですよ」

「ちょっと」

永井さんがむっとしたように吉岡さんを睨んだ。

「だって、私はまだあそこにいたかったのに」

あ。これはもう一つの「いたかった」だ。確か吉岡さんは「いたいって」と言っていた。つまり二人は、同じ「いたい」という言葉を挟んで揉めていたんだろう。

「(私はここに)いたいって(ば)」

「(その)いたいじゃなくて、(私はお腹が)いたいんだよ」

同じ響きで、違う意味。さらに恥ずかしさから言葉を省略しているから、余計にわかりにくい。

「日本語って、本当に難しい――」

思わずつぶやくと、四人が揃って僕の方を見た。

「え？」

あらぬ誤解を与えた気がする。慌てて「あ、違うんです」と言う僕に、田町さんがうなずく。

「ですよね。でもザックんさんの日本語、すごくうまいですよ」

いやそのフォローは嬉しいけど、違いますから。

「うん、すごく上手。まるでずっとこっちに住んでるみたい！」

吉岡さん、僕は生まれたときから日本に住んでいるのですが。

今度は違う意味で身の置き所がなくなった僕は、曖昧な微笑みを浮かべる。ああ、日本語って本当に難しい。

＊

誤解が解けて再び雰囲気の良くなった四人は、朝食後にフロントのそばで今日の予定を立てはじめた。正直、別のところでやってほしい。でもそんなこと言えるわけもないので、僕はフロントのデスクについて事務作業をしていた。

「首里城と壺屋の焼き物、どっちがいいかな」

田町さんの質問に、女子二人は顔を見合わせる。

「うーん、どっちも行ったことないから悩むね」

永井さんが首をかしげると、吉岡さんが笑う。

「なに言ってんの。るいは首里城一択でしょ」

それを聞いた永井さんは、瞬間的にすごい表情で吉岡さんを睨んだ。しかしその表情を見ていたのは僕だけで、男子二人も吉岡さん本人も気づいていない。

(これが「地雷」なのかな)

それにしても、永井さんはずっとピリピリしているような気がする。オーナー代理の言うように、旅先で慣れないものに囲まれて、緊張しているのだろうか。

「なんで首里城一択なの?」

歴史好きとか? 倉本さんの質問に、永井さんはぎこちない笑みを返す。

「あ、そうですね……。歴史は、まあ好きかも。でも首里城がいいのは——そう、可愛いから」

「可愛い?」

驚く田町さんに向かって、永井さんは微笑む。

「ガイドブックで見たんです。赤いお城ってすごく綺麗で、可愛くないですか」

「確か、復元されてそうなったんだよね」

倉本さんがスマホの画面を検索して、皆に見せる。なぜか、僕にまで。

(へえ。本当にきれいだ)

下からあおるように撮影された首里城は、真っ青な空にきっぱりと赤い建物がよく映える。

「じゃあ首里城に決定ってことで」

何時に出発する？　田町さんの言葉に、吉岡さんが首をかしげた。

「開くのって、何時なのかな。ザックんさん、わかります？」

「え？」

突然たずねられて、僕は慌てる。お願いだから、僕を頭数に入れて会話をするのはやめてほしい。

「ええと、首里城は——」

フロントのファイルを開くと、そこに首里城のパンフレットがあった。ていうか、スマホでも同じだと思うんだけど。

しかしパンフレットの情報を見て、僕はまた声を上げてしまう。

「ええっ？」

「どうしたんですか」

「いえ、あの。もう開いてます」

全員が、壁の時計を見上げる。

「まだ、八時過ぎだけど——」

倉本さんのつぶやきに、僕もうなずく。こういう施設って、十時くらいに開くところが多い気がする。

「首里城は八時開門で、中の資料館も同じ時刻に開くそうです」

「すっごい早起き」

吉岡さんが軽く目を見開いた。

「でも、さすがに今からじゃ早いですよね」

永井さんが不安そうな表情を浮かべる。

「他のお店が開いてないだろうし、出るのは九時とかでいい気がしますね」

田町さんがフォローするように言った。

「ザッくんさん、ここから首里城までって、おすすめのルートあったりしますか」

だから、それってスマホに「ここから首里城まで」って聞けばいいやつじゃないかな。しようがないのでもう一度パンフレットを開くと、アクセスの欄に『ここから首里城はタクシーがおすすめ・所要時間十分ちょっと』とボールペンで書き込んであった。なるほど、普通に行ったらモノレールの駅から十五分ほど歩かなければいけないのか。

「タクシーが——」と僕が言いかけたところに、「ゆいレールとの併用がおすすめですよ」と声がかかった。比嘉さんだ。

「普通ならタクシーが早くて安くて楽なんだけどねえ。ほら、今日は平日だから」

沖縄にもラッシュアワーがあるのよう。そう言って比嘉さんは笑う。

「ラッシュって、モノレールが混むんですか？」

吉岡さんが首をかしげた。

「そっちも混みますけどね、もっと混むのは、道路。沖縄は車社会ですから」

「ああ、そっちですかあ」

「一人一台で通勤すると、道路がいっぱいになっちゃうんですよ。国際通りが詰まって動かなくなってね。九時台はまだちょっと混んでるから、ゆいレールで首里まで行って、そこからタクシーがいいと思いますよ」

あそこまで行くと、もう通勤ラッシュの流れからも外れてますからね。比嘉さんはそう言いながら、帰っていった。

「やっぱり地元の人の情報が一番だな」

倉本さんの言葉に、全員がうなずく。うん、本当に。

「でもラッシュアワーじゃなきゃ、タクシーも正解だったんですよね」

永井さんのフォローに、僕はがくりと肩を落とす。なんかもう、いたたまれなさがすごい。

四人はその場で待ち合わせ時間を決め、しばらくしてから楽しそうに出かけていった。

しかしその直後、男子二人がばたばたと戻ってくる。

「忘れてました。あの、もう一泊ってできますか」

「え？」

倉本さんに言われて、僕は慌てて予約画面を開く。

「予定としては今日、チェックアウトしてゲストハウスに泊まろうかと思ってたんですけど。でもここ居心地いいし、値段もゲストハウスよりちょっと高いくらいなんで、できたらこっちに泊まりたいなって」

「わかりました」

幸い、部屋は空いていたのでそう伝えると、田町さんがほっとしたように笑った。

「よかった。買って来た服も多いし、荷物まとめて移動するの、正直めんどかったんですよ」

「そうそう。ここなら部屋に置いておけるけど、予定してたゲストハウスじゃ私物はロッカーに入れなきゃいけないって書いてあったから」

相部屋の宿なら、貴重品をはじめとする私物の管理はそうなることもあるかもしれない。そういう意味では、彼ら二人にとって服を広げられるスペースのあるこの宿がちょうどよかったんだろう。

（でも延泊の理由は、もう一つありそうな気がするけど）

二人の後ろ姿をぼんやりと見ながら、僕は予約画面に情報を打ち込んだ。

ところで、オーナー代理が来ない。

*

「お十時の休憩があるのよ」

確か比嘉さんはそんなことを言っていた。でも思い返せば昨日、午前中にオーナー代理は来なかった。そして今、午前十時をまわったところでここにいるのは、清掃担当のおばあさんたちだ。確かクメさんとセンさん。でも双子なので、どっちがどっちかわからない。

午前休憩のことをたずねてみると、どっちかのおばあさんはひやひやと笑った。

「なら、今休めばいいよう」

「でも、そうしたらフロントに誰もいなくなるんじゃ」

「だあいじょうぶさあ。心配なら、そのちいちゃい電話首に下げてればいいさあ」

なんでも、フロントの電話の短縮ダイヤルでこの携帯にかかるらしい。机の引き出しを見てごらんよと言われて探ると、留守のとき用のパウチされたメッセージカードが出てきた。

「『御用の場合は、こちらへご連絡を。すぐ戻ります』――」

「それ、電話にセロテープで貼っとけばいいさあ」

オーナー代理もよくそうしてるよう。もう一人のおばあさんに言われて、力が抜ける。

ものすごく好意的に考えれば、アルバイトの手配ができないときの方法として、ありなのかもしれない。けどたぶん、あの人は人がいようがいまいが、これを貼ってどこかへ出かけている気がする。

「でも、鍵とかありますよね」

「それは平気よう。今はあたしらがその鍵束を持ってクリーンに入るんだからさあ」

そうか。じゃあパソコンの情報は？

「あー、それはわっかんないねえ。気になるなら、電気のコード抜いとけばいいさあ」

いやさすがにそれは。そう言おうとして、ふとたずねてみる。

「オーナー代理は、どうやってますか？」

「あの人は、コード抜いて持って行ってたねえ」

ノートパソコンだから、持ち歩きはできる。ということは。下の大きな引き出しを探ると、案の定ケーブルが出てきた。

連絡用の携帯とパソコン、それに鍵はおばあさんたち。これで僕は、どこに移動してもフロント業務に対応できるというわけだ。

「清掃が終わったら、この携帯に連絡をもらうことってできますか？」

そうたずねると、二人は揃って首を縦に振った。

「オーナー代理にも、いっつもそう言われてるよう」

なんか色々まずいような気もするけど、とりあえず休憩の手段はわかった。僕は二人にお礼を言って、携帯とパソコンを持ち出す。

とはいえ、遠くに行く勇気もないので、近くのコンビニでアイスコーヒーを買うという贅沢をして、自分の部屋で休むことにする。

(はあ……)

畳の上にごろりと寝転がると、どっと疲れを感じた。ここ数日、ずっと緊張していたからだろうか。眠い。

室内の日陰は、ほんの少し涼しくてそれがまた眠気を誘う。

窓からは、まるで天国からのような光が射し込んでいる。

きらきらと舞う埃。

目を動かすと、窓の外に見たこともない緑の葉っぱが揺れている。

なんとなく話したくなって、アマタツとゴーさんにメールをした。でも返事は来ない。しばらくたってから、この時間、二人は忙しいのだと気づいた。

(やっぱり、来なきゃよかったかな)

アルバイトなんて、どこでやっても同じだ。なのに想い出につられて、こんな遠くまで来てしまった。

僕だけが、遠く離れて。

つん。

（ん？）

つんつん。何かが触れる感触で目が覚めた。

（——寝てた！）

横に置いたスマホの時間を見ると、四十分くらい経っていた。まだ休憩時間中だ。

「ああ、よかった」

思わず声に出すと、「よかったねえ」と返事が聞こえる。

「え？」

僕は自分の部屋で寝ていたはず。寝ぼけているのだろうか。

しかし、声はさらに続いた。それも、耳元で。

「よかったねえ、ざっくん。鍵、持ってきたよう」

「はいっ⁉」

がばりと身を起こすと、真横におばあさんがちょこんと座っていた。クメさんかセンさんだ。そしてそれに驚いていると、今度は反対側で声がする。

「こっちにもいるよう」

「ええええ⁉」

寝ている僕を挟むようにして、左右に同じ顔のおばあさんが座っていた。軽くホラーな光景。

「はいおはよう」

左側のおばあさんが、僕にペプシのペットボトルを差し出す。

「あ、ありがとうございます……」

「あとこれ。鍵ねえ」

そう言いながら鍵の束を差し出したのは、右側のおばあさん。

「あ、はい。ありがとうございました」

わけがわからないまま受け取ると、いきなり頬をつんとつつかれた。さっきのは、これか。

黙っていると、さらにつんつんされる。ついでとばかりに、左側のおばあさんまでもが細い指を伸ばしてきてつんつん。

「なんなんですか」

さすがにおかしいと思ってたずねると、二人は同時にひやひやと笑った。

「賭けてたんだよう」

「はい?」

「だから、ざっくんが何回つんつんしたら起きるか。それを賭けてたんだよう」

三回だったねえ。左側のおばあさんが、にやりと笑う。

「ああ、負けたよう。くやしいねえ」

右側のおばあさんが、エプロンのポケットから五百円玉を出した。

「ざっくん、三回で起きちゃだめだよう」

そんなこと言われても。

双子のおばあさんが仕事を終えて帰っても、オーナー代理は現れなかった。

（なんだかなあ）

やっぱり、すごく適当な人なんだろう。昨日の夜はちょっとしゃきっとして見えたけど、それもきっと気のせいだ。

パソコンで予約を確認すると、今日は新規のお客さんが一人。夕方に着くらしいから、いま特にやることはない。

（すっごい、ヒマかも）

机の前で思わず伸びをする。ガラス戸の外はぴかぴか光が跳ね返っていて、絶好の外出日和だ。

（昼、今日はなに食べよう）

タコライスがおいしかったからもう一回？　それとも違う沖縄料理にチャレンジするべきだろうか。ぼんやり考えていると、ガラス戸の向こうに人影が現れた。

「どうも！　たねひでです～！」

日に焼けた業者さんぽいおじさん。でも宅配の服は着ていないし、そもそも『たねひで』って何だろう？　するとおじさんは、「ああ」と声を上げる。

「お兄さん、新しいアルバイトの人ね？」

「あ、はい。そうです」

「うちはね、『スーパーたねひで』。ホテルジューシーさんには、お水や米に乾物みたいなものを届けてるわけさ」

言いながら、「じゃあ荷物入れるからドア押さえといてくれる？」とおじさんは外に出ていく。

「置き場所は厨房の端の台と、食堂の壁際って決まってるから」

おじさんは、食材の入った箱をひょいひょいと運ぶ。蓋の開いた箱の中には、僕も食べたスパムの缶詰やそうめんなんかが見えた。

「あの、手伝います」

「ああ、ありがとね」

残った箱を持ち上げると、見た目よりもかなり重い。見ると、ジュースが入っている。

「それはね、自動販売機の補充用さあ。生ものは比嘉さんが自分で買ってくるからさ、うちは重いのと日持ちがするもの専門だね」

だから毎日来るって訳じゃないんだよ。そう言われて、なるほどと思う。ここは食事を出すけどそこまでの量じゃないし、肉や野菜はそのときどきで買った方がいいんだろうな。

「じゃ、比嘉さんによろしく言っといてね」

受け取りにサインをすると、おじさんはガラガラと台車を押しながら帰っていった。

荷物はそのままでいいと言われたけど、興味があったのでちょっと覗いてしまう。スパム缶にそうめんの他は、水や油、それから乾燥もずくにお麩。びっくりしたのは鰹節で、とんでもない大袋だった。

(枕かよ)

少人数の宿なのに、この量はすごい。しかも中の削り節は僕が知っているものより肉厚で、なんか赤茶色というか血の色が濃い。小分けパックの鰹節と比べたら、色々な意味で戦闘力が高い感じ。

(そもそも沖縄料理って、鰹節使ってたっけ？)

イメージがわかないまま袋をどけると、今度は大量のスープ缶とツナ缶が出てきた。缶だらけだ。ここだけ見ると、ホテルというより山小屋の品揃えっぽい。海で囲まれた島なのに、なんだかおかしな感じだ。

そしてやはり、十二時になってもオーナー代理は現れない。このまま待つべきか。それとも例の『すぐ戻ります』プレートを電話に貼りつけて出かけるべきか。待っていてもいいけど、腹が減った。でも食べ物はないし、走ってコンビニに行ってくるくらいなら許されるだろうか。そんなことを考えていると、オーナー代理がのんびりとガラスのドアを開ける。

「遅くなっちゃった？」

十二時五十分。空腹で少し気が立っていた僕は、むっつりとした顔でうなずく。

「そもそも、午前中の休憩のときもいませんでしたよね」

するとオーナー代理はぱんっと両手を合わせる。

「ごめん！　実はさ、昨日っていうか今朝？　久しぶりに大河マンガ読みはじめちゃったんだよね。そしたら止まんなくて、寝坊しちゃった」

ホントごめん！　そう言いながら、オーナー代理はついたての後ろに折りたたみ式のアウトドアベッドを広げた。まだ寝る気らしい。

「おわびに昼休み二時間とっていいからね」

「ありがとうございます」

そのまま外に出ようとすると、オーナー代理が僕の胸元を指さした。

「また迷子になったら、それ使いなよ」

ずっと一人だったから、首にかけたままだった携帯。僕はうなずくと、今度こそ外に出る。

＊

腹が減っていた。でもそれは「あー、腹減ったー！」と爽快感のある感じじゃなくて、「ま、時間ですから」みたいな適当な感じ。働いてはいるけど、よくわからないまままだらだらする時間が多かったからかもしれない。

（なに食べよう——）

わかりやすく疲れていないぶん、「これが食べたい！」という欲求もない。弁当は安いけど、三日連続となるとちょっと考える。名物とは言わないまでも、地元の店に入ってみたいような気もするし。

横道から市場の大通りに入る。そのままメインの国際通り方面に進むと、人の数が徐々に増えてきた。オフシーズンとは言ってもそれは日本に限ったことで、他の国の観光客はそれなりにいるのだ。

流されるまま、国際通りに出てしまう。土産物屋が何軒も並び、その間にコンビニやレストラン、アイスクリームショップ。流行り物の台湾スイーツなんかもあった。

食べ物系は、高いのから安いのまで色々。ステーキなんて別世界の話だけど、安い方には立ち食いのホットドッグとかタコライスが五百円でドリンクつきなんてのもある。

そのとき、正面にすっと人が現れた。

「はーい。うぇあゆーふろむ？」

黒いTシャツを着た、髭面の男の人。このインパクトには覚えがある。

「あの。確か一昨日も会ったと思うんですけど」

僕の言葉に、男の人は「あー！」と声を上げた。

「悪い悪い！　毎日大勢に声かけてるからさ」

にかっと笑いながら、手に持ったラミネート加工のメニューを指さす。

「ランチなら、うちにしな。安いぜ」

気乗りはしなかったけど、内容を見て驚いた。フライ定食が五百円に、ハムエッグ定食は四百五十円。タコライスと同じ価格帯だけど、こっちはご飯と味噌汁に小鉢がついている。そして駄目押しのように男性が囁く。

「メシはお代わり自由。漬け物とふりかけも食べ放題！」

もはや、行かない理由はなかった。


『居酒屋・らっしゃい亭』は国際通りを挟んで反対側の裏通りにあった。雑居ビルの二階、狭い階段を登るとこれまた狭いドアが見えてくる。おそるおそる開けると「いらっしゃーい」と声がした。店内には、黒っぽいカウンターとテーブル席がいくつか。一人なのでカウンターの端っこに腰かける。

あらためてメニューを見て、さらに驚いた。さっき見たメニューよりも安い物がある。チャーハンセットは四百円で、沖縄そばも同じ値段だ。

（これで利益は出るんだろうか……）

弁当屋の原価を思い出しながら、フライ定食を注文した。から揚げとコロッケ、それに素揚げしたウインナーと揚げシューマイがそれぞれ一個ずつ載って、キャベツの千切りまでついている。

お客は、近くで働いているような人が多い。ワイシャツ姿の人もいれば、観光スポットにいそうなアロハ系の服を着た人や、タトゥーとピアスがばりばりなお兄さんもいた。

「はいお待たせ〜」

カウンター越しに渡されたお盆を受け取ろうとして、手が止まる。

「ん？」

お盆を差し出したまま首をかしげたのは、思いっきり黒人系の青年だった。しかもたぶん、歳も近い。

「あ、いえ」

動揺したままお盆を受け取る。だってイントネーションとか完璧日本人だったし、顔を見るまで気がつかなかったから。

「お兄さん、観光で来たの？」

動揺を悟られた。観光で来たの？」

動揺を悟られた。それがわかった瞬間、僕は恥ずかしくなった。自分だって同じような動揺を、死ぬほどされてるくせに。

「あ、いえ。バイトで……」

小さな声で答えると、青年はにやりと笑う。

「あっそ。じゃあ幻滅とかしないでね」

「え、いや、そんな幻滅なんて」

「いるんだよ、たまに。呼び込みの奴がさ、『イザカヤ・ジャパーン』みたいにテキトーなこと言ってるから。『ニホン』期待して来る観光客とか」

「ああ――」

「ま、実際夜はそういう客も多いから、俺はカウンターには立たないけど」

わかるだろ、という目配せ。

「沖縄、マジ不況だからさ。近所の人相手だけじゃやってらんないんだよ」

僕がうなずくと同時に、何かのタイマーが鳴った。彼は「ごゆっくり」と言うと、背後のレンジに向かう。

そういえば、僕もずっと誰かを幻滅させている。あの呼び込みの彼にはじまり、ホテルのお客さんにも。『オキナワ・基地・国際色豊か』みたいなイメージを抱いている人に、一瞬だけ期待を持たせてはがっかりさせて。

「それは君のせいじゃない」的なこともよく言われたけど、今回に至っては百パーセント自分のせいだ。だって、僕自身が「ここならこの見た目が目立たないかも」と思ったんだから。

なんとなく食べはじめて、コロッケを齧った瞬間、むはっと笑ってしまう。

（これ、弁当屋で使ってたコロッケと同じやつ――！）

いわゆる業務用の大袋入り、冷凍コロッケ。もしやと思いながらから揚げを食べると、やっぱりよく知っている味だ。たぶん、同じ会社に発注してるんだろう。

（なんだかなあ）

「ここがいっちばん安いんだよ！」と言っていた店長を思い出す。

食べながら、妙に落ち着いた気分になる。それはコロッケの味だけじゃなく、カウンターの彼や僕のことを、誰も気にしていない雰囲気だったから。

皆、普通に食べて普通に出ていく。

（働いてる人は、慣れてるのかもな）

こういうところにいたいな。そんなことを考える。いや、別に今のホテルに不満はないけど。

（いや。不満は――あるかも）

とりあえず責任者にはいてほしい。それだけなんだけど。

店を出て、また国際通りに戻る。ゆっくり食べたつもりでも、休憩時間がまだ一時間以上余っていた。どうしよう。ホテルに帰ろうかとも思ったけど、そうするとオーナー代理があっという間に姿を消しそうだし。

ぶらぶらと、通りを歩く。お土産を買うにはまだ早いしお金もないし、ただ眺めるだけ。ゴーヤー、雪塩、ちんすこう、面白Tシャツ。するとまた、黒いTシャツの男性に会ってしまった。通り過ぎたかったけど、ばっちり目が合っていたので会釈する。

「あの――食べてきました。通り過ぎたかったです」

「お、ありがとね！　また使ってやってよ」

ちなみにお兄さんはどこで働いてんの？　そう聞かれてホテルの名前を告げる。すると男性は「あそこかー！」と天を仰ぐ。

「知ってるんですか？」

「知ってるも何も、常連だからさ。安城さん」

あの人さあ、ランチ終わってから来るから困るんだよねえ。男性はため息とともにつぶやく。

「うちは二時で一旦閉めるのに、二時半すぎに来るんだよ。でもって腹減った腹減ったってうるさいから、あの人が来るといっつも閉店が延びるんだ。その上、ちょくちょくツケ溜めるし」

あれ、払いに来てって言っといてよ。そう言われて、僕は黙ってうなずく。またか。すると、男性は僕の肩をポンと叩いた。

「あの人が上司じゃ、大変だろ。バイトがつらくなったらうちに来な。時給はホテルよか安いけど、とりあえず喰うには困らないから」

「――ありがとうございます」

この間の『ブティック花』といい、オーナー代理を知っている人に会うと、もれなく同情される。もしかしたら、歴代のバイトさんも苦労していたんだろうか。

僕が暗い顔をしていると、男性は慌てたようにつけ加える。

「でもあれだよ。安城さん、テキトーだけど根はいい人だから。あと、案外困ってるとき役に立つこと言ってくれることもあるから。ま、夜限定だけど」

「夜限定？」

「ああ。どういうわけかあの人、夜のがしゃっきりしててまともなんだよ。昼はずっと半分寝てるみたいな感じだし、夜型なんだろうね」

そういえば、昨日の夜はずいぶんしっかりしてたっけ。

でも夜型であることと支払いは、関係ないような。

＊

三時前にホテルに戻ると、オーナー代理は起きてプリンを食べていた。

「おやつの時間だからね」と言いながら、三連のうちの一つをぱきんと割って僕にくれる。僕はお礼を言ってソファーに腰かけた。

「――『らっしゃい亭』の人が、ツケを払いに来て下さいって言ってましたよ」

「えー？　ザッくんあそこにも行ったの？　花さんとことい、ヒキが強すぎない？」

もしかしてぼくと、めちゃくちゃ気が合うのかな。オーナー代理はへらへらと笑う。

「『らっしゃい亭』はともかく、『ブティック花』は偶然ですから」

「にしてもさあ、運命感じるよね。こう、なるべき方向へ流れてるっていうか」

「運命って」

「あ、今『ベルサイユのばら』って漫画読んでるんだよね。運命の波がすごくてさ。ザックくんは知ってる？　『ベルばら』」

「いえ……」

「ああ、もったいないなあ。あれは読んでおくべきだよ。ホントに」

オーナー代理は、『ベルばら』の良さについてしみじみと語りはじめた。それにぼんやりと相づちを打っているところに、倉本さんと田町さんが帰ってきた。

時計を見ると、もう四時になっている。

「お帰りなさい」

「あ。ただいま、です――」

なんだか元気がない。

「あれ、吉岡さんと永井さんは」

僕がたずねると、二人は気まずそうに目をそらした。

「えっと、午後は別行動で」

「一応、そういうことになって」

もしかして、何か揉めたりしたのだろうか。

微妙な沈黙。の後に、田町さんがぼそりとつぶやいた。

「――なかったんですよ」

「え？」

「昨日、永井さんが言ってたホラーな井戸。大声を出しても吸い取られる、みたいな」

そういえば、心霊スポットみたいなのがあるって言ってたな。

「井戸はあったけど普通に湧き水で、全然怖い感じもなくて。そもそも平たくて、覗き込めるような形じゃなかったんですよ。だからおかしいなって思って、係員の人に聞いてみたんです。そしたら、そんなの聞いたことないって」

田町さんの言葉に、倉本さんがうなずく。

「そのとき二人は先の方歩いてて、後でそれ伝えたら表情が凍りついたみたいになって――おかしくないですか？　間違ったんだったら、『ごめん』って言えばいいだけなのに」

「俺はなんかそういう反応が、井戸より怖かったかも……」

田町さんが軽く腕をさする。

「どういうことですか？」

「あ、いや。やっぱまずいですよね。二人に悪いし。ていうか、悪口言うつもりじゃないんですけど」

田町さんは慌てた様子で、ちらりと背後を振り返る。彼女たちが帰って来ないか気にしているのだろう。

「でも、田町がそう思うのもしょうがないですよ。だって、様子がおかしかったから」

朝は普通に見えたけど、何があったんだろう？

「首里城に着くまでは楽しかったんです。ゆいレール乗ってはしゃいで、首里の駅でタクシーつかまえて四人でぎゅうぎゅうになって。

でも入り口の守礼門をくぐってから、急に永井さんが無口になって。赤いお城が可愛いから楽しみ、って言ってたのに、全然楽しそうじゃなくて。むしろ怖い顔であちこち睨みつけはじめて」

倉本さんは溜まっていた物を吐き出すように、一気に喋りはじめる。

「そんな怖い顔してるくせに、やけに『～もん』って可愛こぶった喋りするんですよ。しかもろれつが回ってないっていうか、聴き取れない感じの喋りも増えて。店のないところでいきなり『買い物したいんだもん！』って言ったときには、正直ちょっと引いちゃって――」

「なのに吉岡さんはそれに驚かないで、フォローしてたんです。だとすると、永井さんはいつもそうだってことじゃないですか」

田町さんも暗い表情で続けた。

「それでもなんとか首里城の本殿まで行って。そしたら永井さん、開いてる門の前で立ち止まって『ここは通れない』とか言い出したんすよ。心霊ネタはもういいよって言ったら、さすがにはっとした顔してましたけどね」

「でもその後にも、意味不明なダジャレとか急に言って――なんなんだろう、あれ」

倉本さんが不気味なものを見たような表情で首をかしげる。

「あれも、可愛こぶってたのかな」

「そのダジャレって」

怖いもの見たさでたずねてみる。

「ただ『〜もん！』を何回も繰り返してたんですよ。確か『これもんだけど、もんじゃないもん！』みたいな。あと、いきなり『サッポロ……サッポロ一番が食べたい！』っていうのもありました」

沖縄と真逆だから、あえてのギャグだろうか？　でも、それにしても唐突だ。

この流れで来たら、笑えないでしょう。そう言われて、思わずうなずく。心霊ネタというより、精神的な危うさを感じてしまう。

「さすがの吉岡さんも、そのダジャレには笑わなかったな。フォローに疲れてたのかも知れないけど」

田町さんがため息をつく。

「そのくせ、二人とも写真は死ぬほど撮ってて。城はともかく、どうでもいい石とか地面とかまで。吉岡さんは『アリが可愛かったから』って言ってたけど、沖縄まで来て、撮りますかね？　アリ」

それは――なんとも言えない。女子の「カワイイ」を理解するには、僕では力不足だ。

「写真、インスタに上げてたみたいだけど。あんなつまんなそうな顔してても、楽しそうなハッシュタグつけるんですかね」

「そのとき、俺らはどうせいないことになってると思いますけど」

話しながら、田町さんと倉本さんはどんどん落ち込んでゆく。

「わけわかんなくて。でも俺たち、地雷踏んだ覚えはないんですよ」

それで、と田町さんが続ける。

「約束してたから、昼は一緒に食べたんですよ。でももう気力なかったから、適当な店で沖縄そば頼んで。でも、食べてたら永井さんが普通の感じに戻ってたから、俺、雰囲気上げようと思って言ったんです。『サポイチじゃなかったね』って。そしたら永井さん、すっげえきょとんとした顔してて。

『え？　なんで今サポイチ？』って言われて、なんかもう――無理だなって」

無理というか、やはりサイコホラーっぽい。急にふさぎ込んだりはしゃいだり、その上自分の言った冗談すらも忘れているなんて。

「こう言うと悪いんですけど、永井さん、ちょっと二重人格っぽくないですか」

倉本さんの言葉に、田町さんがぽつりともらす。

「なんかクスリとか、飲んでるみたいだった――」


ぺきん。

軽く乾いた音に、田町さんと倉本さんと僕は振り向いた。

「あー、ごめん。残り一個だから分けられないや」

オーナー代理が最後のプリンの蓋を開けたところだった。

「田町さんと倉本さんも食べたいよねえ？」

「え、いや。俺らは、別に」

「そお？　でもさ、実はもう一セット買ってあるんだよ。ザッくん、キッチンの冷蔵庫から取ってきてくれる？」

言われるがままに、三連プリンを取ってくる。

クスリ。それはいわゆる違法ドラッグのことか、それとも何かの治療薬のことか。どちらにしろ、憶測で言っていい部類の話じゃない。

（でも、それならちょっとわかるんだよな……）

急に立ち去ったり、それを何ごともなかったかのようにしてみたり。永井さんの感情的で不安定な印象ばかりが頭の中に浮かび上がる。

「ありがと、ザッくん」

オーナー代理はプリンを受け取ると、ぱきぱきと切り離して二人に配る。

「あ、どうも」

「ごちそうさまです」

田町さんと倉本さんは、もそもそと会釈した。さっきまでの愚痴を、恥ずかしく思っているんだろうか。

それを知ってか知らずか、オーナー代理はのんびりと話しかける。

「あのさあ。二人とも、『ベルサイユのばら』って漫画、知ってる?」

またそれか。僕は心の中でため息をつく。そしてふと、オーナー代理の手元を見た。

「――それ、三つめじゃないですか」

「え? いいじゃん。これ小さめだし」

子供みたいなことを言いながら、未開封のプリンの容器をもてあそぶ。

「いや別にいいですけど」

健康に悪いってほどでもないし、それをあえて言うような関係でもないし。僕が口ごもっていると、ドアを開けて誰かが入ってきた。

田町さんと倉本さんが、びくりと身をすくませる。

けれどそこにいたのは、永井さんと吉岡さんではなかった。

「あ、どうもこんにちはー」

明るい声で話しかけてきたのは、小ぶりのボストンバッグを持った中年の女性。

「あー、軽部さん。久しぶりー」

オーナー代理の知り合いらしい。

「安城さん、またお世話になりますねー」

お世話になる、ということは。

「あ、今日のお客さまですね」

「はい。お客さまですよー」

にこにことうなずかれて、場の雰囲気がぱっとなごんだ。

「軽部さん、こちらはお客さんで田町さんと倉本さん。それから新人アルバイトのザッくん」

「ザッくん、よろしくね」

「はい！」

似てないし、年齢もたぶん違うんだけど、お母さんを思い出した。

「あ、軽部さん。プリン食べる？」

手にもっていた最後の一つをオーナー代理が差し出すと、軽部さんは「あら、嬉しい」と受け取った。ソファーに詰めて腰かけたところで、オーナー代理はまたあの話題を持ち出す。

「ところで軽部さん、『ベルサイユのばら』って漫画知ってる？」

「知ってるわよ。有名じゃない。それがどうかしたの？」

初めてそれを知っている人がいた。ということは、かなり昔の漫画なんだろう。

「いやあ、あの名作をみんな知らないんだよ。だから読んでほしくて」

「もしかして、久しぶりに読んだでしょ」

「あっ、わかったあ⁉」

ほのぼのと進む会話に、田町さんと倉本さんと僕はついていけていない。さっきまでサイコホラーだった話題と、あまりに違いすぎる。

「あら、安城さん。その言い方はひどくない？　オスカルは潔癖だからこそ孤高の美しさがあるんだから」

「最近、思うんだよねえ。オスカルって潔癖すぎてイタいって」

　思わずたずねると、軽部さんが説明してくれた。

「あの――オスカルってどういうキャラですか」

「『ベルサイユのばら』はね、フランス革命を題材にした少女漫画の名作よ。いえ、歴史漫画って言ってもいいわね。その主人公が、男装の麗人オスカル」

　男装の麗人って意味わかる？　と聞かれて僕らは首を横に振る。

「男装ってことは、女の人ってことですか」

　倉本さんの言葉に、軽部さんはうんうんとうなずいた。

「そう、オスカルは男児が生まれなかった貴族階級の家で男として、軍人として育てられた女性。真面目で潔癖で、それゆえに苦悩するのよね。男として家や国のために尽くすべき自分と、女として愛する人と結ばれたい自分。潔癖だから、その仮面を簡単につけたり外したりはできないの」

「仮面――」

「正しくなければいけない。強くなければいけない。忠誠を破ってはいけない。そして男として生きるからには、男らしくあらねばならない。オスカルは、仮面でがんじがらめになりながら、もがくように生きたの」

でもそれこそが、漫画のドラマチックな部分なんだけどね。苦笑すると、軽部さんはプリンをそっとすくい上げる。

「でもね、この歳になって思うのよ。『でなければいけない』ことなんて、本当は何もないんじゃないかって。仮面なんて、苦しくなったらすぐに外しちゃえばいいのにって」

だから安城さんの言うこともちょっとわかるわ。軽部さんの言葉に、僕たちはうなずいた。

「若いときって、誰からどう見られるかをすごく気にするでしょう？　でもそのせいでつらくなったり無理したりするなら、恥ずかしくても仮面はいらないんじゃないかしら」

オスカルに、そう言ってあげたかったわねえ。軽部さんはプラスチックのスプーンを持ちながら、ふふふと笑った。

誰からどう見られるか。その言葉が地味に刺さる。だって僕は、そのことを気にしまくって生きてきたようなものだし。

（歳をとったら本当に、気にならなくなるんだろうか）

確かにオーナー代理も軽部さんも、のびのびして見えるけれど。でも、見た目を気にするおばさんやおじさんも世の中的にはいるような気がする。

（個人差。じゃなきゃ沖縄の人はそうとか？）

少なくとも、二人のおばあさんはものすごく自由に見える。比嘉さんは、どうなんだろう。

て防がれた。

夜。ものすごく気まずいはずの夕食。でもそれは、田町さんと倉本さんの欠席によっ
「さすがにあれだし。俺ら、外で食べてきます」
二人はそう言って、早めに出て行った。そして軽部さんは知り合いの店で食べてくる
からいいと、これも欠席。なのでテーブルに着いたのは、永井さんと吉岡さんの二人。
だけど気まずいのは、あまり変わらなかった。
どよんとした顔で食堂に入ってきた二人。あたりを見回して、永井さんがぽつりと
「あ、いや。なんか、行きたいお店があったみたいですよ」
「私たち、避けられちゃったんですかね……」とつぶやく。
苦しまぎれに言ってみたけど、全然フォローになってない。だってそもそも、その
「お店」に誘われてないわけだし。
(でも、おかしな言動をしたのはこの二人の方なんだよな)
昨日のオーナー代理の話みたいに考えると、わざと嫌われるようなふるまいをした気
さえする。これ以上つきあいたくないから、誘われたくないキャラを演じたとか。
(なのに、落ち込んでる――?)
やりすぎたと思っているのか、それともさすがに失礼だと思ったのか。なんにせよ、
目の前の女の子たちから感じられるのは「後悔」という雰囲気だ。

（どうしよう）

というかどうしようもないんだけど。そもそも、自分が口を出す問題じゃないような気もするし。

そんなとき、またのほほんとした声が聞こえてきた。

「比嘉さーん、なんか食べるものあるー？」

オーナー代理が、食堂に入ってくる。

「こんばんはー」

オーナー代理の挨拶に、永井さんと吉岡さんはちょっと緊張した表情で会釈を返す。

「ちょっとお邪魔するねえ。なんか小腹が減っちゃってさあ」

カウンターに近づくと、比嘉さんが「これしかないですよ」と言いながら、夕食のおかずを小皿に盛って出す。ゴーヤーチャンプルーに似てるけど、なにか違う炒め物だ。

「あー、これ好きなんだよねえ。嬉しいなあ」

オーナー代理の言葉に、吉岡さんがうなずく。

「これ、なんかふわふわしてて、すっごくおいしいですね。卵と野菜を炒めてるんですか？」

「これはねえ、フーチャンプルー。炒り卵っぽいけど、それは溶き卵をからませたお麩だよ」

オーナー代理の説明に、僕は驚く。先に食べさせてもらっていたけど、お麩だとは思っていなかった。なんか出汁がしみておいしい卵だな、としか。そしてそれは二人も同じだったようで。

「えー？　お麩？　すごく食べ応えありますね」

吉岡さんがお麩をつまみ上げて、まじまじと見ている。

「お麩を炒めるなんて、予想外すぎる。沖縄って、やっぱり面白いなあ」

するとと比嘉さんが、カウンターからひょこりと顔を覗かせた。

「沖縄は台風が多いから、お買い物に行けなくても作れるような料理も多いんですよ。お素麺とツナ缶で作るソーミンチャンプルーや、小麦粉で作るお好み焼きみたいなヒラヤーチー、それにお麩で作るこのフーチャンプルー。全部、保存食。お野菜はその時にあるものを入れれば上等よ」

「そうなんですね」

永井さんがお皿を見つめる。

「ほら、ゴーヤーチャンプルーだって本来は豚肉で作るけど、便利なポーク缶が入ってきたらそっちが主流になってるくらいだし」

「え？　ゴーヤーチャンプルーって、スパムメインじゃなかったんですか？」

僕が思わず声を上げると、オーナー代理が口をチャンプルーで一杯にしながらもごもごと話す。

「ポーク缶は、米軍が持ち込んだ文化だからね。当然、戦前はそんなもの存在しなかったわけだよ」

ああ、そういうことか。基地が身近にあるということは、アメリカの生活が近づく。どうしたって影響はあるんだろう。

「へえ、面白い。食文化の違いは気候や立地、植生だけじゃなくて歴史も関与するんですね。頭でわかってたつもりでも、こうやって食べると実感できるっていうか」

永井さんは何かを思いついたように、はっと顔を上げる。

「うわ、本当に面白い。だって琉球王朝の時代は中国から影響を受けてて、次が日本、でもってアメリカでしょ？　あと移民先もあったよね。ブラジルとかハワイとか」

チャンプルー文化って気軽に言えないわ、これ。ぶつぶつとつぶやく永井さんを見て、オーナー代理が言った。

「永井さん、沖縄の歴史に詳しいねえ」

すると永井さんはなぜか、ぎょっとしたような表情を浮かべる。

「あ、いえ。ガイドブックに、書いてあったんで」

そして、それきり黙ってしまった。

またきたこれ。微妙な沈黙。耐えきれなくなった僕は、つい余計な質問をしてしまう。

「ガイドブックといえば、観光はいかがでしたか」

すると吉岡さんが「楽しかったですよ～」と笑った。

「首里城、すごく面白かったです。特にるいにとってはツボだったみたいで」

そうなんだ。それならよかった。と思った瞬間、永井さんがまた険しい表情を浮かべる。けれど今度は吉岡さんが「るい」とたしなめるような声を出した。

「あ、ごめんなさい。なんか私、はしゃいじゃって恥ずかしかったんです」

「そうなの？」

オーナー代理が最後のもやしをつまみあげながら首をかしげる。

「観光で楽しかったなら、はしゃぐのは当たり前だしいいことなんじゃないの？」

「ありがとうございます。でも首里城にはうたきもあるし、儀式や信仰の場だから本来は敬虔(けいけん)な気持ちで接するべきなのかなって」

うたきもあるし。その意味がわからず、僕はおうむ返しのように「うたきって何ですか」とたずねる。すると永井さんは、少しためらった後にこう続けた。

「うたきは、沖縄の古い時代――琉球王朝の頃からある信仰の儀式を行う聖域のことです」

なるほど。神社のような場所ではしゃぐのは、確かにちょっとためらわれる。

「ていうか、はしゃいでたのはあっちも同じだったよね」

吉岡さんが、テーブルに肘(ひじ)をついてつぶやく。「あっち」というのは、やはり田町さんと倉本さんのことだろうか。

「だって急にサポイチがどうとか言ってたし。意味わかんないし、おかしくない？」

（ん？）

それは、彼らの話が正しければ永井さんの言動が元だった気がするのだけど。

しかし永井さんは吉岡さんの言葉にうなずく。

「あの人たち、首里城なんかほとんど見てなかった。見てたのは、金髪のお姉さんばっかり。そういうのが好きなら、私たちなんか誘わなきゃよかったのに」

(んん?)

この二人の前で、金髪のお姉さんばかり見てた? それは田町さんと倉本さんにも問題があるような。

「……まあ、気をつかって誘ってくれたのはありがたいんですけど」

永井さんは、少し寂しそうな顔で笑う。

「女の子扱いしてくれた点に関しては、感謝しかないよね」

吉岡さんは、ため息をついた。

(——わからない!)

楽しかったのか楽しくなかったのか。嬉しかったのか嬉しくなかったのか。あるいは自分で墓穴を掘ったのか、相手が自滅したのか。

(ギャグがすれ違ってたって可能性はあるかも)

どんよりとした雰囲気。しかしその沈黙は、吉岡さんの言葉によって破られる。

「あのう、おかわりいいですかあ」

さっきまで沈んだ雰囲気だったのに、いきなりにこにこと笑ってお皿を掲げていた。

わからない。女子の心が、わからない。

　けれどその吉岡さんに向かって、永井さんは再び声を上げた。

「もう、いいかげんにしなよ」

「え〜、いいじゃん。だっておいしいし」

「そういう問題じゃないでしょ。胃袋と雰囲気は別ものなんだから」

　そんなに食べてはいないと思うんだけど、なんで永井さんは急に刺々(とげとげ)しい雰囲気を出すんだろう。さっきまでは反省しているみたいだったのに。

(二重人格とか、クスリとか——)

　そんな単語が浮かんだ瞬間、がらんと音がした。見ると、オーナー代理が皿をテーブルの上で取り落としたところだった。

「あー、危なかった。床の上じゃなくてよかった」

「大丈夫ですか」

「うん。油ですべっちゃって」

　そう言って、オーナー代理はカウンターに行って自分の皿を返す。と同時に「はいこれ」と比嘉さんから差し出された新しい皿を受け取ると、なぜかそれをそのまま食べ始めた。

「え？　あのそれ、吉岡さんのじゃ」

　驚いている二人の前で、オーナー代理はもぐもぐとフーチャンプルーを平らげる。

「あーおいしかった。あー楽しい。こうやって勢いよく食べると、作った人も嬉しいんじゃない？」

ねえ比嘉さん？　オーナー代理の言葉に、比嘉さんは首をかしげる。

「まあ、楽しく食べていただけるのは嬉しいですけど。でもそれ――」

「そう？　じゃあもう一回おかわり！」

「オーナー代理、いい加減にしてください」

比嘉さんがうんざりしたような顔で応える。

「はーい」

オーナー代理はそこでようやく、カウンターの前を離れた。

「あ、ところでえーと、吉岡さんと永井さん」

「はい」

「この後、『ゆんたく』ってやつをやってみようと思うんだけど、どうかな」

いきなりの提案に、二人より僕が混乱した。

「すいません、その『ゆんたく』って何ですか」

昨日、田町さんと倉本さんがその言葉を使っていたような気がするけど、正確な意味がわからない。従業員としては、何をすべきなのか。

「あー、まああれだよ。だらだらのんびりおしゃべりすること」

あ、お酒必須じゃないから安心して。そう言われて、僕もほっとする。

「ゆんたくは、飲み会ってわけじゃないんですよ。お茶とお菓子でもいいし、時間も朝だって昼だってかまわない。ただおしゃべりをするだけで」

そう、比嘉さんが説明してくれた。

「そうなんですね」

「だから、ジュースでもアイスでも好きなもの持ってくればいいよ。あ、気に入ったなら首里城の話もするから」

そう言われてさらに安心したのか、吉岡さんと永井さんはうなずいた。

「場所は、やっぱり道路前の階段の方が気分出るかな」

じゃあ九時にあそこでね。田町さんと倉本さんは、ぼくから誘っとくから。オーナー代理はそう言うと、のんびりとした足取りで食堂を後にした。

*

室内じゃなくてよかった。そう思ったのは、二組が顔を合わせたときの空気がものすごく重かったから。男性と女性は同じ段の右と左に分かれて座って、挨拶も硬い会釈のみだった。

(それでも、全員来るってすごいな)

もしかしたら、双方とも仲直りしたがっているのかもしれない。でなければ、オーナー代理の沖縄らしい誘いに興味を惹かれたのか。

ほのかな湿気と、微風。パーカーを羽織ってちょうどいいくらいの気温。僕は皆より一段後ろに腰を下ろす。

「こんばんは。今宵はこのゆんたくの場にお集まりいただき、ありがとうございます」

オーナー代理の声に振り向くと、なんだかさっきとは雰囲気が違う。洗いっぱなしで四方八方に広がっていた髪の毛が、後ろで結ばれているからだろうか。

(なんだか、ちゃんとした人っぽい——)

と思ったのもつかの間。

「ところで吉岡さんと永井さんは、『ベルサイユのばら』って漫画を知ってる?」

またその話題か。僕と男性二人は、思わずオーナー代理の顔を見る。ていうか他に話題はないんだろうか。

「ええと、題名は知ってます。有名な作品ですよね」

吉岡さんが答えると、永井さんが続けた。

「確か、フランス革命の時代のお話ですよね。読んだことないですけど、宝塚でやってたのは知ってます」

「夕方、ザックんとこっちのお二人に、その話をしてたんだけどさ。主人公のオスカルって、男装の麗人なわけ。だから対外的には男という仮面を被ってて、部下もいる立場の人間。でも中身は女で、恋をしてる。その板挟みに苦しむんだよね」

「それは面白そうですねー」

グアバジュースの缶を開けながら、吉岡さんがうなずく。

「そうそう、だからすっごくおすすめなんだよ。オスカルは孤高で潔癖なタイプだから、偽りの仮面と素の自分の間で悩みまくる。正体がバレてはいけないけど、バレなければ恋人にはなれない。でも偽りの仮面も大事で、仕事も部下も大事。言いたいけど言えない。本当の自分を見てほしいけど、それで嫌われたらどうしよう――」

僕らは二度目だから、オーナー代理のドラマチックな説明を「ふーん」な気分で聞いていた。しかし吉岡さんと永井さんにとっては何か響くものがあったらしく、真剣な表情で聞いている。

「――いっそ全部捨てられるような仮面だったら、どんなに楽だったか」

「そういうの、わかります」

永井さんがうなずく。

「うん、わかる。『本当の自分』も大事だけど、『表面上の自分』だって大切だもん」

読んでないのは同じなのに、なんていうか僕たちより作品への理解が深いような。

「ところでフランスといえば、凱旋門だよね」

「ああ、エトワール凱旋門」

永井さんがさらりと答えて、僕たちはさらに首をかしげる。

「あの――エトワール凱旋門って、あの有名なパリの凱旋門のこと？」

倉本さんがおそるおそるたずねると、永井さんははっとしたようにこちらを見た。

「あ、はい。ええと、その――凱旋門って、戦いに勝って帰って来た人が建てるものだから、固有名詞じゃなくて、たくさんあるって聞いたことがあって。だから覚えたんです。で、パリのはエトワール凱旋門」

「へえ。詳しいんですね」

倉本さんの言葉に、永井さんは小さく「いえ」とだけ答える。

また沈黙。

それを破ったのは、これまたオーナー代理。

「てことは凱旋門は、門だけど入り口としての門じゃなくて戦勝記念の建物って意味もあるわけだ」

「そうです。パレードでは実際に門としても機能しますが、国家行事を行う場としても機能します。なので凱旋門には、広場がセットで作られることが多いんです」

へえ、本当に詳しいんだな。僕は感心しながら、心の中で首をかしげる。なのに永井さんは、その知識をずっと否定しているように見える。

（あれ？）

ほんのりと引っかかるものがあった。こういうことをしゃべるとき、永井さんは言葉遣いが変わる。なんていうか、しっかりする感じ。

そのとき、オーナー代理が突然意味不明なことを言った。

「これもんだけどもんじゃないもん！」

「え？　今なんて――」

「そうだもん！　もんじゃないもんはおおいんだもん！」

なんだその「もん」の連発。大のおっさんが子供みたいな言葉遣いで。正直ちょっと気持ち悪い。

（言葉遣い――？）

田町さんと倉本さんは、それがよほど気味悪く見えたのか、幽霊に出会ったような表情でビールの缶を握りしめている。

（ですよね……）

二重人格。というよりは、何かよくない薬でもやっているような唐突さ。こんな人がやっている宿に当たるなんて、彼らも僕も不運としか言いようがない。

（ん？　この流れどこかで聞いたような）

「～だもん」って言ってて、なんかおかしい。急に言動が変わって、二重人格みたい、からの「なんかクスリとか、飲んでるみたいだった――」。

（――これ全部、田町さんと倉本さんが永井さんについて言ってたことだ！）

それに気づいた僕は、永井さんと吉岡さんを見た。すると二人もまた、驚いたように目を見開いている。

「ザックん」

「えっ？」

いきなり呼ばれて、どきりとした。

「これ、読んだんだよね」

オーナー代理はいつの間に持ってきていたのか、首里城のパンフレットをひらひらと振ってみせる。

「あ、はい」

「じゃあクイズ。もんはもんでももんじゃないもんはなーんだ？」

言われた言葉が、頭の中で字に変換されない。

「もんはもんでも……、すみません、もう一回お願いします」

「もんは、凱旋門の門だよ。で、門は門でも、門じゃない門はなーんだ？」

（あ、その「門」か）

気持ち悪い語尾が「門」だとわかって、少しほっとする。

（あれ？　だとしたら——）

永井さんもまた、「門」について話していたのだろうか。

「あの、すみません。そこまでは読んでませんでした。でも首里城には『門だけど門じゃない門』があるってことなんですよね」

「そうそう。正確には『門の形をしてるけど、門じゃない建造物』があるんだ」

「それって、守礼門とかのことですか」

田町さんがたずねると、オーナー代理は笑って首を横に振る。

「残念。じゃあ正解は彼女に教えてもらおう」

そう言って、永井さんを示す。指名された永井さんはすっと息を吸うと、背筋を伸ばした。

「正解は、そのひゃんうたきいしもん」

またしても、声が言葉に変換されない。呪文みたいだ。

「そのひゃん、うたき、いしもん、です」

うたき。それはさっき知ったばかりの単語。確か聖域って意味だったような。

「うたきは、聖域。だとしたらその門は、普通の人は入っちゃいけない場所ってことですか」

僕の言葉に、永井さんはうなずく。

「はい。園比屋武御嶽石門（そのひゃんうたきいしもん）は、国王が外出するときに安全祈願を行った礼拝所です。門の形はしていますが、実際に人が通ることはなく、神様へ通じる門、あるいは神様が通る門とされています」

流れるような説明に、僕らはぽかんと口を開ける。

「ガイドさんとか、やってたんですか……？」

田町さんの質問に、永井さんは「違うんです」と答えた。

「おかしな態度が多くなってしまって、ごめんなさい。私、大学で歴史と建築を研究のテーマに選んでるんです」

「あ、そうなんだ」

ほっとした顔で、田町さんは肩の力を抜く。

「でもなんで、隠してたんですか？」

早く言ってくれれば、あんな変な感じにならなかったのに。それを聞いて、倉本さんもうなずく。

「そうですよ。歴史と建築なんてカッコいいテーマだし、隠すことなんてないのに」

二人の好意的な発言を聞いて、永井さんと吉岡さんは顔を見合わせた。そして、吉岡さんが大きなため息をつく。

「私たち――普通の女の子みたいにして、普通に声かけてもらいたかったんです」

「普通って、普通じゃないですか」

普通に可愛いっすよ。田町さんが小さな声でつぶやく。それに対して吉岡さんはありがとうございます、と応えた後でさらに続けた。

「でも、私たち、度が過ぎているんです」

度が過ぎる？　つまり、勉強にのめり込んでお洒落とかしてこなかったってことなんだろうか。

「研究に打ち込んでるなんて、すごいじゃないですか」

倉本さんもフォローする。しかし吉岡さんは首を横に振った。

「すごくなんかないです。その――オーナー代理さんは」

「安城でいいよ」

「はい。安城さんはもうわかってるみたいなので言いますけど、私たちは自分の研究が好き過ぎて、オタクっぽいって言うか――おかしな言動をしてしまうことが多いんです」

ね。と吉岡さんと永井さんはうなずきあう。

「ああ、だから門を見て『なんとかもん！』ってアガってたわけか」

倉本さんが納得したように声をあげた。

「じゃあもしかして、『買い物したいんだもん』も？」

田町さんの質問に、永井さんは「語尾でごまかそうと思って」と照れくさそうに笑う。

「私は門は専門じゃないんですけど、もう趣味として古い門が好きで、旅行先でそれがあったら絶対に見るっていうか。

でも今回の園比屋武御嶽石門は、異界への門という存在がリアル世界に存在してしまった感じが最高で、びっくりしました！　それまで冷静でいようって思ってたのに、興奮しちゃってもうどうしようかなって。ホントすごいです！

だって彼岸と此岸を分ける、いえそもそも彼岸と此岸は門によって設定されるもので、だからこそそこは元々神の道なわけですけど、あえて実用的な見た目をしてるっていうのが、また最高っていうか――」

「あーはいはい。るい、みんな引いてるよ」

吉岡さんが永井さんの背中を叩くと、永井さんははっと我に返って僕たちを見る。ドン引き、とまではいかない。ただ「あー……」みたいな感じが田町さんと倉本さんから漂っている。

「――すみません。すぐこんな風になっちゃうんです、私。だから彼氏なんて夢みたいな話で。でもせっかくの沖縄だし、なんか女子っぽくしてたらナンパとかされないかな？　ってりなと話してて」

ね。と吉岡さんとうなずきあう。

「ちなみに私は気候と植生を研究してるんですけど、趣味的には地衣類――苔が大好物で、いい苔があったらどこでも地面に寝そべります」

「それで『アリの写真』……」

田町さんががっくりとうなだれる。

「他に無難な言い訳がなくって。あと、今回はなかったのでよかったんですけど、鳥の糞が落ちてたら必ず内容物を見ますね。その地域で運搬される種子が知りたいから」

うわあ。絶妙に嫌そうな表情を倉本さんが浮かべる。それを見た吉岡さんが、ですよね、とつぶやいた。

「さすがに糞は控えられますけど、私たち、ホントそういうのが我慢できないっていうか、ダダ漏れっていうか……。他の人から見たら意味わからないことで盛り上がって、前、『すごくオタクっぽいね』って言われたことがあるんです」

「だから、こんな私たちを知ってる人がいない場所なら、普通の女子っぽくできるかなって思って」

それを聞いた瞬間、僕にも閃くものがあった。

「いたいんじゃなくて、いたいんだ……」

「え？」

「あの、昨日言ってた『いたい』って、どこかが痛いんじゃなくて、『イタい言動』の『イタい』だったんじゃ」

「やだ。ザッくんさんにまで見透かされた。私たち、本当にイタすぎ」

「そ、そんなことないですよ。イタくなんかないです。むしろ好きなことや、やりたいことが決まってて羨ましいくらいです」

しまった。従業員の立場を超えた発言だ。けれど吉岡さんと永井さんは顔を見合わせて、ふふふと笑う。

「ありがとうございます。でも偽りの仮面は、やっぱり無理があったみたい。ただ――」

永井さんがちらりと田町さんと倉本さんの方を見る。

「ただ、頑張って『女の子』したら、お二人に誘ってもらえて、すごく嬉しかったです」

その言葉を聞いて、田町さんが「あの」と声をかけた。

「じゃあさ、もしかして『大声が吸い取られる井戸』もなんか理由があった？」

「ああ、それは『おごえが』です。漢字では御に後に絵って書くんですけど、琉球王朝の王様が亡くなった後に描かれる絵のことです」

「それも、見れて嬉しかったんすよね」

「はい。死後に描かれる肖像画っていうのが、個人的にヒットしました。写実的なものもあれば、権威や家臣まで一枚に収めようとしてデフォルメされてしまったものもあったりして、それがすごく興味深くて」

「家臣まで——ってピラミッドみたいですね。あれって王様の周りに、家臣も一緒に埋葬されたとか聞いたことあります」

田町さんの言葉に、永井さんは目を輝かせる。

「そうですそうです。副葬品と同じ扱いって感じなんです」

「エジプトと日本って遠いのに、王様の考えることは一緒なんだなあ」

「ですよね！」

急激に盛り上がった田町さんと永井さんを見て、倉本さんはちょっと面白くなさそうな表情を浮かべる。

「『大声が吸い取られる井戸』はわかったけどさ、そしたら『サッポロ一番』だってなんか理由があったわけ？」

「あ、それは——」

永井さんが答えようとしたところで、オーナー代理が立ち上がって倉本さんに首里城のパンフレットを渡した。

「ここのページに、大ヒントが書いてあるよ」

指差していたのは、首里城正殿より手前にある遺跡のページ。倉本さんは立ち上がって、街灯の明かりでそれを読む。

「あ。もしかして、これか。『さっぽうしちひ』」

さっぽうしちひ。さっぽろいちばん。そこそこ違うけど、とっさにごまかす言葉としてサッポロ一番は悪くない。でも、これはこれで単語が変換されない。

「冊封使(さっぽうし)、っていう中国皇帝からの使節がいたんだな。日本の遣唐使みたいなものかな」

「いえ。その頃中国は進んだ大国だったので、遣唐使は使節であると同時に文化を学んで帰る留学生的な位置付けだったと思います。それにくらべて冊封使は、琉球の王が即位するときに来てその宣言を伝える役割だったので、もっと上からの役人っぽい立ち位置ですね」

倉本さんからの質問に、永井さんはすらすらと答える。まるで先生みたいだ。

「その冊封使が沖縄に来たときに読んだ漢詩や書が七つ、石碑になって残ってる――で、合ってる？」

「はい。使節はやはり学のある人がなるので、はるばる琉球まで来た記念に、色々したためたんでしょう。でもそのほとんどは、戦争で壊れてしまって、再現できたのがこの七つだけだと言われています」

他にも冊封使だけがくぐる門とかあって——と言いかけた永井さんを、吉岡さんが「るい」とたしなめる。

「やだ、またやっちゃった。ごめんなさい」

「いいよ。ていうかちょっと面白かったな。今まであんま興味なかったけど」

それを聞いて、永井さんが嬉しそうに笑った。歴史とか、今までわざとらしい笑顔と険しい表情が多かったせいか、その笑顔はとても素敵に見える。

「あと、もしよかったら植物的に沖縄はどの辺が気になってたのかも、聞いてみたいな」

倉本さんが話をふると、今度は吉岡さんが瞳を輝かせた。

「嬉しい。じゃあちょっとだけ語らせてもらおうかな。沖縄本島は、もともとはユーラシアプレートから分離した島なんですけど、そのときの固有種が残ってたりして面白いんですよ」

「えっ？　大陸移動の時代から話が始まるわけ？」

倉本さんの言葉で、全員がどっと笑った。

＊

夜風がゆるく吹いている。

僕はジャスミン茶のペットボトルを片手に、みんなの笑顔を見ていた。

いい雰囲気だった。

「あの、ところで安城さんはどうして、私が門オタクだってわかったんですか？」

「最初はわからなかったよ。でも慣れてない靴や服を着てるなって思ったから、『そういう女の子』になりたいんだろうなとだけ思ったんだ。そしたら『門だけど門じゃない門』とかサッポロ一番とか言ったって彼らから聞いたんだ」

田町さんと倉本さんは、告げ口をされた小学生のように小さくなる。

「勝手に話して、すいません」

「いいですよ。そもそも私が変なこと言ってたのが原因なんですから」

「うん。そこが解消できたのはよかった。悪い印象のまま旅を終えるのは、もったいないからね。でももう一つ、問題が残ってる」

「それって、俺たちのことですか？」

田町さんが不安そうにオーナー代理を見る。

「いやいや。君たちはすごくわかりやすいから大丈夫。外国の女子ばっかり見てた理由なんて、ザックくんだってわかるよ」

「え」

失礼に失礼を重ねたような発言だけど、こうなると考えなければいけない。

「まあ、むしろザックくんだからこそわかる、とも言えるかな」

僕だからこそわかる？　それは『外国の女子』からの外国つながりということだろう

か。

（つまり、田町さんと倉本さんは外国人を見るってことだよな。その、見る理由は——）

「あ」

わかった。

「服、じゃないですか」

「おお、正解。やるねザッくん」

田町さんと倉本さんには、会って早々に「それどこのですか」と服のブランドを聞かれた。そしてその理由は、僕が外国人的な顔立ちだったから。

「お二人は古着が好きで、そのために沖縄に来られたと言っていました。だから外国の女性を見ていたのは、ナンパというよりは服を見ていたんじゃないでしょうか」

「うん。服を見ていた、は当たりだよ。でもそれだけじゃない。おそらく二人は女性よりもその彼氏、ないしは同行者の男性のファッションを見ていたんじゃないかと思うけど」

「あ、そうか」

「男性だけのグループがいたらそっちを見てたはずだけど、偶然女性もいるグループだったってことじゃないかな」

田町さんと倉本さんは、オーナー代理をぽかんとした顔で見ている。

「え。俺らの後とか、つけてないですよね」

「さすがのぼくも、そこまで暇じゃないよ」

いや。昼間のオーナー代理なら「そこまで」暇だ。とはいえ、首里城までついていく気力と体力はないだろう。

「実際、見たかったんすよ。古着っていうか、外国の人の着こなし。でも国際通りとかは、案外外国人が少なかったんです。なのに首里城行ってみたら世界の観光地になってて、山ほどいたから」

観察したんだよな。田町さんがそう言うと、倉本さんもうなずく。

「ただやっぱアジア系の方が多かったんで、欧米っぽい人たちを選んで見てたんです。俺らの好きな古着は、アメリカンなやつだし」

「なんだ。他の女の子を見てるわけじゃなかったんですね」

からかうように永井さんが言った。

「いや。さすがに自分たちから誘っといてそんなことしないですって」

慌てた田町さんは、手をぶんぶん体の前で振る。しかし倉本さんは「うーん?」と首をかしげていた。

「さっき安城さんは『君たちはすごくわかりやすいから大丈夫』って言ってましたよね? そしたら俺ら以外で、問題が残ってる人がいるってことですかね」

その瞬間、オーナー代理を除く全員が僕の方を見た。

(え?)

いやいやいや、ないですって。そう言おうと思ったけど、いや、もしかして自分が気がついてないだけでなんかあるのかも、と思い直す。

けれどオーナー代理はあっさりと「ザックんじゃないよ」と言い放った。

（ホッとしたような、残念なような――）

誰かに自分の知らない自分を言い当ててもらいたかったような。そんな不思議な欲求がぐるりとうごめく。

「ザックんさんじゃなくて、俺らじゃないとしたら、やっぱり永井さんか吉岡さん？」

田町さんの質問に、二人は首をかしげる。

「もう、オタクなことはバレちゃったし。他になんかある？」

「じゃあ質問を変えよう。今日、四人で昼ごはんを食べたんだよね。そこで、誰かお代わりしなかった？」

え？　男性二人が不思議そうな顔をする中、女性二人ははっとしたような表情を浮かべた。

「ええと、沖縄そば食べたんだよな。で、サポイチの話題で変な空気になって。でも誰もそばはお代わりしなかったような」

田町さんが言うと、すかさず倉本さんが「そばは、だよ」と返す。

「そばはお代わりしなかった。でも沖縄そばについてきた炊き込みご飯みたいなやつ。あれ、おいしいって吉岡さんがお代わりしてたよ」

沈黙。離れた大通りから、クラクションの音が聞こえる。

(そういえば、昨日のタコライスもお代わりしてた――)

「さっきの夕食も、お代わりって言ってたね」

　オーナー代理が静かに告げた。

「吉岡さん、もしかして大食いを隠してた?」

隠すことなんてないのに。倉本さんは笑う。

「食べ物だけじゃない。君たちが誘ったとき、吉岡さんはどうだった?」

「嬉しそう。っていうか、断られませんでしたよ」

「ちなみにだけど、もし断ったらどうなってたと思う?」

「いや、どうって。どうもしないでしょう。俺たち、断られたからって逆恨みとかしませんよ」

　確かに二人は、そういうタイプには見えない。でも実際に断ったとしたら、このゆんたくはなかったんじゃないだろうか。

(まあ、宿の居心地は悪くなったかも)

そう考えると、断らないのが得策だったのかもしれない。

倉本さんも僕と同じように思ったのか、はっと顔を上げた。

「まさか、雰囲気を壊さないために、断らなかった――?」

吉岡さんは、軽く俯いている。薄明かりで、表情は見えない。

「私……ダメなんです。いつも相手の顔色ばっかり見ちゃって」

「俺たち、悪者に見えた？　変な気をつかわないでほしかったな」

「ごめんなさい。倉本さんと田町さんが悪いんじゃないんです。私、とにかくその場にいる人が喜ぶようなことをしがちなんです」

ああ、だから比嘉さんの前で「おいしい」「お代わり」が繰り返されたわけか。それが二人からの誘いにも表れ、さらにはこのゆんたくにも参加させた。

「――中学の時、雰囲気壊さないで、って言われたんです。オタクっぽい喋りで、自分の好きな気候と植生の話をべらべら喋ってたら、りなは他人のことなんて何も考えてないんだね、いいかげん雰囲気壊さないようにしてくれない？　って言われて」

以来、目の前にいる人の機嫌をとるようになってしまったのだという。

（わかる。わかりすぎてつらい）

僕は一時期、明るいデブキャラを演じていた。きっかけは「デブが暗いとかねーわ」というクラスメイトの声。明るく振る舞えばいじめはいじりに、暴力はじゃれ合いに昇華するはずだと、信じて演じた。

でも、全然変わらなかった。

どうやってもいじめはいじめだし、暴力は暴力だった。ただ、やられてる僕が笑ってただけの話。それに気づいてからは、無理に笑うのをやめて無表情派になった。

「りなはもう、無意識にやっちゃうんです。だからいつも無理して食べたり飲んだりして、お腹壊すんです」

永井さんのつぶやきを聞いて、ようやくわかった。永井さんが、いちいち険しい顔をしていた理由。そしてオーナー代理が、吉岡さんの皿を奪った理由も。

「お代わりいかがですか？　って聞かれたら際限なく飲んだり食べたりするし、ここオススメですよ、って言われたら絶対行くんです。それで具合が悪くなっても、面白くなかったとしても、でもおいしかったもん、行ってよかったもん、って頑なで」

おそらく永井さんは、普段から吉岡さんの防波堤となって、その危険を最小限にとどめているんだろう。けれどそれが旅先という、さらに危うい場所になったのでピリピリした。

「……期待に応えても応えなくても、変わりませんよ」

思わず口に出してしまう。

「相手は、こっちのことなんてそんなに気にしてくれない。だったら努力するだけ無駄な気がします」

アマタツ。ゴーさん。僕は今でも、あの教室にいる。立ち尽くしている。

「——疲れるんじゃないですか」

辺りがしん、と静かになった。

（あ。これまずいこと言ったかも）

一瞬にして、我に返る。

（お客さん相手に、なにやってるんだ）

やばい。やばすぎる。

「あの、すいません――」

慌てて謝ろうとしたところで、ぱちぱちという音がした。

「うん、そうそう。その通り」

オーナー代理が、拍手をしていた。

「自分じゃなくて他人に合わせて動いてたら疲れるよね。胃腸も心も。せっかくゆるゆるな南国に来たんだから、吉岡さんも楽になるといいなあ」

あと、無理して食べてお腹壊したら比嘉さんが悲しむよ。その言葉に、吉岡さんは「ホントですね」と応えた。

「どう見られるかとか、何を着てたらイケてると思われるとか、これ全部、自分の外側から来る評価でしょ。それに必死になるより、自分が本当に楽しいことをやって、着たいものを着た方が良くない？」

オーナー代理は、僕たちをじっと見つめる。少し不思議な目の色。心まで見透かされてしまいそうで、不意に怖くなった。

「あとさ、大きな言葉は誰も幸せにしないよ」

「え？」

つい疑問を口に出してしまう。するとオーナー代理は、軽く笑った。

「『女子は』『男子は』『オタクは』『チャラい奴は』。簡単で強くて大きくて、そして愚かな言葉はたくさんある。でもそれでくくってカテゴライズしても、誰も幸せにならない」

僕は「ハーフってさあ」と言われ続けた。あと「デブってさあ」も。

「だからさ。小さな言葉で、目の前の人をちゃんと見れば、案外悪くないかもしれないよ？」

オーナー代理は手に持った杏仁ミルクティーをずずずと吸った。

＊

翌日。さらに宿泊を延長した四人は、オーナー代理のおすすめでフリーマーケットに出かけていった。

「米軍基地の中でやるやつだから、アメリカーンな服が一杯で田町さんと倉本さんにはぴったりでしょ」

またふわふわとした雰囲気に戻ったオーナー代理は、炊き込みご飯のおにぎりをぽろぽろこぼしながら食べている。

「でも吉岡さんと永井さんは、どうなんでしょう」

「フリマだから本とかもあるし、退屈はしないと思うよ？　あ、吉岡さんはあれだね。

外国人住宅のガーデニングとか、基地の芝生とか見るといいんじゃない」

なんという雑な。とはいえ、女性二人も確かに楽しそうに出かけていった。

「永井さんはね、もうバッチリだよ。だってあそこ、歴史ある門だもん」

「そうなんですか？」

基地の中に、普段は見られない遺跡があるとか。そうたずねると、オーナー代理はいひひと笑った。

「歴史ある米軍のゲートだよ。日本とアメリカを分ける線の上に開いた穴。あっちとこっちが行き来できる、レアな場所。で、ゲートは日本語だと？」

「門、ですね――」

ほぼダジャレだ。僕はがっくりとした気分で、オーナー代理を見つめた。髪はぼさぼさで寝癖がついていて、目の色はどよんとしている。昨夜とは別人のような姿に、なかなか頭がついていかない。

「ところでそれ、なんのおにぎりですか」

「あ、これ？　ジューシーだよ」

「ジューシー……」

「ここの名前の元だよ。沖縄風の炊き込みご飯。正しくは固いのがクファジューシーで、雑炊みたいなのがヤファジューシーとかボロボロジューシーって呼ばれてる。豚とか昆布とか入っててておいしいよ」

一個どう？　差し出された茶色いおにぎりを、僕は受け取った。

ぱくりと頬張ると、出汁の味が口いっぱいに広がる。

「これは、おいしいですね」

「でしょ？　あーあ、オスカルにも食べさせてあげたかったなあ」

オーナー代理はおにぎりの残りを口に放り込むと、目を閉じてもぐもぐと味わった。

ローリングカラーストーン

　一気に四人去ると、なんだかちょっと寂しい。それは僕だけの感覚じゃなかったようで。

「なーんかしんとしちゃうわねえ」

　朝食を食べながら、軽部さんがつぶやく。

「若い人ばっかりでしたからねえ」

　奥の厨房から、比嘉さんが答える。

「なんかちょっと揉めてたみたいだけど、最後は笑って帰っていったみたいで良かったわね」

　僕がうなずくと、軽部さんは大げさにため息をついた。

「あーあ、若いっていいわね。未来が目の前に転がってるって感じで」

「なに言ってるんですか。軽部さん、現役世代じゃないですか」

　比嘉さんの言葉に、軽部さんは「もう終わりかけよ」と笑う。

「未来、って言葉が似合わないの。もうがっくりきちゃう」

その言葉を聞いて、僕は軽部さんに親近感を覚えた。だって僕も、圧倒的に似合わない側の人間だから。

なにしろ今は余生の身。未来なんてどこにも転がってないし、なんなら死ぬまでの時間潰しくらいの気分なのだ。

「でもまあ、昔のオフシーズンなんてこんなもんだったわね。若い人がいなくて」

言いながら、軽部さんはアーサという海藻のお吸い物をするすると啜った。

「冬の沖縄なんて、寒さ逃れの年配の人しか来なかったじゃない。なのに今はあれでしょ？　海外からのお客さんが多くて、こんなに空いてるのは珍しいんじゃない？」

急にこっちを向かれて、僕は返事に詰まる。

「あ。えーと」

頭の中で、宿泊予定のカレンダーを思い出してみたりして。

「結構——空いてますね」

「あらやだ。観光バブルはここまで届いてないってこと？」

空港なんて混みすぎてわけわからなくなってたのに。そう言って軽部さんは笑った。

「ここらはなーんか見落とされてるんですよ」

そういうのは、おしゃれなホテルの話じゃないんですか？　比嘉さんが答えると、軽部さんはうなずく。

「見落とされてる。確かにそうね。この辺りはまだちょっと、昔の感じが残ってるし」

それを聞いて、つい口に出してしまった。

「あの。もしかして沖縄出身なんですか」

「そうよ。でも離れてから三十年くらい経ってるからもう家もないし、それで用事があるときはここにお世話になってるの」

「──家が、ない──」

僕のつぶやきに、軽部さんは「やだ」と声を上げる。

「そういう悲しい感じじゃないから。私くらいの年齢になると、父親はもうあっち行っちゃってるし、母はケアホーム住まい。兄弟がいるけど誰もそこに住まないから空き家になって、取り壊されたってだけの話よ」

「ああ──」

笑顔で言われたから、少しほっとした。でも、自分が育った家が壊されるのってつらくないいんだろうか。少なくとも、僕はつらい気がする。帰る場所がなくなるような気がして。

「でもね、家はなくなっても人間関係は残るでしょ。親戚(しんせき)や友達がいるから、年に何回かこっちに戻るのよ」

「そうなんですね」

「普段は福岡なんだけどね、飛行機代が高いからオフシーズン狙って取るわけ。で、毎回リゾートホテルに泊まってたら破産しちゃうから、宿はここにしてるの」

ビジネスホテルだともっと安いけど、それはそれで居心地の問題もあるからねえ。軽部さんの言葉に、比嘉さんが同意する。

「ビジネスはホント、ピンキリですよ。長期滞在向けは安いけどドミトリーみたいだったりとか、男性向けすぎたりして」

「男性向けすぎる、ってどういう感じなんですか」

「そのままの意味よ。泊まるのがほぼ男性だから男臭い。掃除もきめ細やかじゃない。でも値段が安いから誰も文句は言わないまま汚れてく。体育会系の部室みたいな感じね」

体育会系の部室。それは僕にとっても、苦手な世界だ。

「比嘉さん、そういうホテルでも働いたことあるの？」

軽部さんの質問に、比嘉さんは首を横に振る。

「募集を見て行ってみたことはありますけどね。ああ、ここにいるのは難しいなって思って、面接も受けないで帰ってきました。タバコとアルコールの臭いが染み込んだ部屋は、ちょっと無理だったもので」

「臭いはねえ、あれはつらいわよねえ。私、カラオケルームでアルバイトしたことあるんだけど、ああいう臭いって壁紙や床についてるから、どうやっても取れないのよ」

「そうそう。あれはもうリフォームか、いっそ建物ごと解体しなきゃ」

「解体！　それはいいわ」

比嘉さんの豪快な意見に、軽部さんが笑った。二人は年代が近いせいか、話が合っているような気がする。

「解体――できたらいいんだけどねえ」

　軽部さんはぼそりとつぶやくと、また笑顔になって立ち上がる。

「ああ、楽しかった。ごちそうさま。それじゃ、そろそろ出かけるわね」

「行ってらっしゃい」

「今日は遅くなるかもしれないわ。安城さんに伝えておいてくれる？」

「わかりました」

　僕がうなずくと、軽部さんは「女子会なのよ」とおどけた表情で言った。


　里帰りにも、色々な形があるものだ。

　それにしても、自分の家がリゾート地にあるというのは一体どんな気分なんだろう。

　誇らしい？　じゃなきゃただ人が多くてうんざりするだけだろうか。

＊

　軽部さんが出かけると、急にやることがなくなった。お客さんは明日まで来ないし、掃除後のチェックも一部屋だからすぐに終わってしまう。

　けれどそんな中、掃除係の双子のおばあさんが気になるものを持ってきた。

「ざっくん。こんなのが部屋に落ちてたよう」

それは、ピンクの表紙がついた小さなメモ帳。

「ゴミ箱に近いところにあったからよう」

「わっかんないから開いてみたらよう」

どっちがクメさんでどっちがセンさんかわからないまま、会話がサラウンドで進行する。

「え。勝手に見ちゃ――」

いけないのでは。そう言うより早く、一人のおばあさんが僕にメモ帳を手渡す。

「物騒なこと、書いてあるんだ」

「え？」

表紙をぺらりとめくると、強い筆圧で濃く書かれた文字が目に入る。

『裏切り者』

「映画のタイトルとかなんじゃ……」

「でもよう、その次のページもあるんだよう」

罪悪感はあるけど、言われるがままにページをめくった。するとそこには『百五十万？』『支払期限』などの文字が続く。

（――借金、とか？）

というか、借金以外思いつかない。

「借金だよねえ」「そうだよねえ」

　同じことを、おばあさん二人もつぶやく。

（あんなに明るい顔をしていたのに）

　僕はどう言っていいかわからず、左右の二人を見下ろす。すると二人はなぜか「ひひひ」と笑った。

「ざっくんは、こういうことしちゃダメだよう」

「え？」

　何も関係ないんですけど。そう言おうとしても、両サイドの会話は止まらない。

「女の人、騙したらいけないねえ」

「うんうん。歳とっても夢を見ちゃう人はいるからねえ」

　それってもしかして、軽部さんが男に貢いでお金を取られたって言ってる？

（ホスト、とか）

「水商売とは限らないよねえ」

「そうねー」

　僕の頭の中を読み取ったようにおばあさんたちが声を上げる。

「あの。水商売じゃなかったら、なんなんですか」

　聞くつもりはないのに、聞いてしまった。

「長いやつかねえ」

「え？」

「ひもよう」

あ、ヒモのことか。

「でもよう、飛ぶ方もあるよう」

飛ぶってことは、鳥。

「あ、サギですか」

「ざっくん、なかなかスジがいいねえ」

ご褒美あげようねえ。左右から飴玉が差し出される。

「女の人生、色々あるからねえ」

なんか、深い。ような気がする。

（でもまあ、僕が聞くようなことじゃないけど）

とりあえず軽部さんは明るかったし、これ以上どうすることでもない。僕はおばあさんの門を抜けて、休憩に向かった。

でもやっぱりというか何というか、オーナー代理は来ない。お客さんがいないことをわかってやってるんだろう。実際、軽部さんも夜は遅いと言っていたし、やることはほとんどない。

だからまあ、腹も立たない。

（暇だな）

ぼんやりと、一昨日の夜を思い出す。「ゆんたく」と言って四人を集めたオーナー代理は、小さなヒントからそれぞれのすれ違いを解決していった。そのおかげで四人は和解し、旅を楽しく終えることができた。

（ホテルの責任者って、皆ああいうスキルがあるものなのかな）

誰にでもはない気がするけど、あのときだけはちょっと「プロ」って感じがした。

（そういえば、ゴーさんもプロだって言ってたな）

ゴーさんの就職祝いとアマタツと僕の進学祝いを兼ねて集まったとき、ゴーさんは得意げに「おれ、社員になる前からあそこのプロだから」と言っていた。

地方特有の、意味もなくだだっ広いホームセンター。扱う商品数は三桁じゃ済まないはずだ。

「バイト、長いもんな」

アマタツの言葉に、ゴーさんは「それだけじゃないって」と笑う。

「おれね、あそこで育ったも同然だから」

ゴーさんは、両親がいない。理由は今も知らないけど、年金暮らしのおばあちゃんが働きながら彼を一人で育てた。そしておばあちゃんが留守の間、ゴーさんは暇な時間をホームセンターで潰していたのだという。

「だからさ、おれ、ほぼ六年間ホムセンに通ってたわけよ。そりゃもう、詳しいって。

どこに何があるか、聞かれて瞬時に答えられるからね。もう、ホムセンのプロ」

　得意げに語るゴーさんに、アマタツと僕は微笑んだ。

「あ、そういえば造園コーナーの人とかいい人多かったよ。特に石んとこ」

「石？」

「庭石のでっかいやつとか、墓石の見本とか門とか、室内に置けないものコーナーがあったんだよ。駐車場に近いとこで、簡易テントの屋根だけついてる場所」

　ああ、そういえばそんな場所があった。我が家には縁のないコーナーだから、覗くことすらしなかったんだけど。

「大物買う人なんて滅多にいないから、暇だったんだろうな。二人とも、石の値段とか知ってる？」

「知らないって」

「おれにはただの石にしか見えなくても、すっげえ高い石とかあるんだよ」

　その値段を聞いて、アマタツと僕は驚いた。

「やばい。僕、家に門建てられないし、死んでもお墓買えないよ」

「ていうかザック、大前提として俺らに一戸建ては無理なんじゃね」

「あ、そうだね」

　ちなみにゴーさんはその後「実のなる植物の実を落ちそうになったらもらう」とか「駐車場に出張販売に来るパン屋の売れ残りをペットコーナーのオウムと分け合う」な

ど、子供の頃の『ホムセンライフハック』を披露し、アマタツと僕を驚かせた。

「だからおれ、プロだよ。うちの店限定のプロ」

そう言ってへへへと笑うゴーさんを、僕は誇らしく思う。

アマタツと僕はことあるごとにゴーさんのことを心配していたのだが、その実ゴーさんは三人の中で一番自立していた。

(同じ頃の僕は――)

ただ、子供部屋の隅で泣いてた。なんのライフハックもなかった。ゲームは好きだったけど、プロどころか攻略すらできなかった。ていうか攻略本読んでもうまくいかなかった。今でもそうだけど、なんか一人だけ無力感がすごい。

(もともとアマタツは、天気予報のプロだったし)

首がちょっと痛いならどんより曇りで、背中までずんとくるなら降る。頭痛薬が必要なほどのときは、雷か台風。そしてマラソン大会の雨を当てた日、アマタツはゴーさんと僕にとってヒーローだった。

(――プロになりたいな)

心の底の方にいる、小さな太った僕がつぶやく。

(見た目とか関係なく、これなら任せとけ、ってものが僕にもあったなら)

そしたら、もうちょっと自信を持てるんじゃないだろうか。

＊

午前の休憩の最中に、オーナー代理から携帯に着信があった。

『ザッくん？　今日さあ、暇でしょ』

「あ、はい」

『そしたらさあ、携帯持ってればどこに行ってもいいよ』

「え？」

『午後に戻ります、って札置いてさ、三時か四時くらいまでに戻れば』

そしたら急な宿泊の人がいても、ロビーで待ってるでしょ。眠たそうな声でそう告げられて、僕は慌てた。

「あの、でも休日ってまだ――」

『やることないんだから、好きに使えばいいんだよ。天気もいいし』

「お金とかパソコンは」

『金庫は机の鍵付き引き出し。パソコンはザッくんの部屋でいいんじゃないの』

本当に、それでいいんだろうか。僕が持ち逃げをしたりとか、考えないんだろうか。

『じゃ、眠いから切るよ』

ごそごそという音とともに、通話が切れた。布団の中からかけていたのかもしれない。

僕は携帯電話を持ったまま、その場に立ち尽くす。

どうしよう。


好きにしろと言われても、一体何をしたらいいのか。

(アルバイトに、来たはずなんだけど)

お金を貯めようと思っているから、買い物は論外。かといって観光地に行ったら行ったで、お金を使ってしまいそうだ。

(でも——)

ずっとここにいるのも、それはそれでなんだかなあって気もする。せっかく沖縄まで来てるんだし。

(安く楽しめる観光は、ないかな)

僕はロビーに向かい、観光パンフレットの入っている引き出しを開けた。美ら海水族館、ナゴパイナップルパーク。どちらも面白そうだけど、両方那覇から遠い。玉泉洞という鍾乳洞は行けなくもない感じだけど、入園料が千円を超えていて、交通費まで加えると経済的に微妙。

(別に、石好きなわけじゃないし……)

ホームセンターの石担当の人なら、喜ぶのかもしれない。そんなことを考えながらパンフレットを見ていると、そこから紙が滑り落ちた。

「あ」

拾ってみると、それは首里城のパンフレットだった。世界遺産だしなあ、と眺めていたら料金が千円しないことに気がついた。

（……吉岡さんと永井さんも楽しかった、って言ってたよな）

ここから近いし、お土産とか買わなければ二千円以内で済みそうだ。そこで僕は机の電話にメモを貼り付けると、パソコンを自分の部屋に持ち帰り鍵をかけた。

ガイド役の下見としては、一度くらい見ておいてもいいと思うし。


もう朝のラッシュアワーは終わっていたので、バスに乗ってみた。ゆいレールだと駅から徒歩で十五分かかるけど、バスなら停留所から五分と書いてあったし、料金も往復で五百円程度だったからだ。知らない町のバスに乗るのは緊張したけど、行き先がメジャーな場所だったからわかりやすくてよかった。

窓から、ぼんやりと外を眺める。国際通りを進んで立派なホテルのあたりに差し掛かると、急に外国の人が増えた。アジア系が多いけど、中には僕と似たような欧米アジアミックス系の人もいる。会話も、英語じゃない言葉が多い。それがイタリア語なのかスペイン語なのかはわからないけど、抑揚の振り幅が大きくて演説をしているみたいに聞こえた。

（こういうことか）

僕はバイト先の加藤さんが言っていた「こんな服着ないでいられる」という言葉の意味を、ようやく実感できた気がする。

国際通りを抜けて、ゆいレールの高架の下に入る。なんとなく、東京の高速道路の下を走っているような感覚。しかししばらく走って高架の下を出ると、東京とは違う風景が見えてくる。

（やっぱり、緑が濃い）

もっさりと生えた草や茂み。塀の向こうの木。壁のツタ。そのどれもがものすごく「生きてます！」って感じ。それに対しビルや家の壁はわりとそっけなくて、廃墟（はいきょ）っぽく感じる建物も多い。コンクリート打ちっ放しのただの箱、みたいな形が多いせいだろうか。

（ホテルジューシーも、マンションなのにコンクリートむき出しだもんな）

それでもあそこはまだマシな方で、裏通りを歩いているとかなりの頻度で廃墟レベルの外観の建物が見つかる。しかも店の名前が壁にペンキで直（じか）に書いてあったりして、ワイルドが過ぎる。そのことをぽつりと漏らしたところ、比嘉さんが「理由があるのよ」と教えてくれた。

いわく、台風が多いから飛ぶ可能性のある屋根をわざと作らないで平らにしている。だから形はとにかくシンプル、っていう人も多い。そして看板も飛ぶから壁に直接書く。

理由を聞けば、なあんだということ。でも知らずに見ていたら、わからなかった。

(見た目で敬遠するのって、食わず嫌いみたいなものかな)

もちろん、沖縄には普通の家やおしゃれな建物もたくさんある。特に那覇は都会だし、その傾向が強いんじゃないかと思う。でも、強い日差しと塩水を含んだ雨にさらされた車が、室外機が、ベランダの柵が、生々しく茶色い錆を主張してくる。そんな風景を、門の上に載せられたシーサーの焼き物がぐっと睨みつけていて。

(なんか色々、強い)

闘ったわけでもないのに、負けたような気持ち。僕は軽くうなだれる。

僕は色々、弱いから。

いつの間にか、上り坂になっていた。

ゆるやかに登り続けるバスは、いつしか町が見下ろせる高台までたどり着いていた。

(そっか。首里城だって城なんだから、高いところに造るはずだよな)

ぼんやりと景色を眺めているうちに、首里城公園入口というバス停に着いた。降りて表示に従って進むと、ガイドブックでおなじみの守礼門があった。沖縄伝統の衣装を着て微笑むお姉さん。顔出しの看板。ザ・観光地といった雰囲気に少しほっとする。

入り口で入園券を買って、もらったパンフレットを見ながら順路をたどる。高台の上の、さらに高いところへと道は続く。

「これが、門だけど門じゃない門……」

永井さんの言っていた園比屋武御嶽石門は、確かに門の形をしていた。けどその建物の後ろにほとんどスペースがないことから、門としての実用性はないことがわかる。

(面白いな)

そしてなんとなく、ここで祈る人の気持ちがわかった。門とか扉っていうのは、そこにあるだけで「何かが来そう」で「どこかへ行けそう」な感じがするからだ。

(にしても、石だ)

守礼門は赤くて綺麗で「いかにも」って感じだったけど、そこを抜けてからはずっと、無骨な灰色の門が続く。しかも大きく切り出したものを使っているせいか、人が造ったものという感じが薄い。巨石を持ってきて、ここにどんと置いたような。

空は明るく晴れていて、巨大な石の向こうにどこまでも続いている。このままずっと、宇宙まで、いやそれ以上のどこかへ行けそうなくらい。

――『天』という言葉を空に対して感じたのは、初めてだった。

正殿と呼ばれる城のメインに近づくと、また雰囲気が変わる。

赤い木で作られた門や建物は、青い空の下ではっとするくらい目立つ。それにぐるりと囲まれた御庭という広場に立つと、赤い囲いと規則的な模様の地面、それにばきんとした青空が非現実的ですごかった。

(なんか、RPGの登場人物になったような気分)

銅鑼(どら)の音が鳴り響いて、天下一武道会とかそういうのが始まりそうな感じがする。

でも建物の内部に入ると案外そこはちゃんと「お城」で、でもカラフルで日本というよりは中国のお城っぽかった。

中の展示物をゆっくり見る。ここでも、永井さんたちの会話のおかげで楽しむことができた。『御後絵(おごえ)』という歴代の王様の絵は、確かに王様を中心として副葬品を並べるように家臣の姿が描いてあって面白い。

外へ出て、今度は物見台なんかを見る。こっちはまた石造りなんだけど、どこか南米の遺跡っぽい。植物がアマゾン感を出してるせいだろうか。

日本なんだか、中国なんだか、南米なんだか。

よくわからないけど、とにかく「違うな」って感じる。自分とは違う。大きくて、遠くを見ていた人の気配。空と海と神様を信じて、世界と渡り合おうとしていた人たち。

お城を見て、こんな気持ちになったのは初めてだった。

世界遺産、っていうだけのことはある——。

僕は物見台を見上げながら、ペットボトルのジャスミン茶を飲んだ。

＊

お土産の代わりに、写真を撮った。それをアマタツとゴーさんにメールで送ったら、いつもより早く返信が来た。やっぱり画像があると、話がはずむんだろうか。

『返信遅れがちでごめんな！　すっげえ綺麗だな！』とゴーさん。

『いわゆる日本の城とは違って、天守閣もないし面白い』とアマタツ。

『いつか、三人で見よう。下見係より』と僕。

三人であの物見台に立ったら、きっと気持ちがいいだろう。クエストをやりきった勇者のように思えるかもしれない。そのときはやっぱり、あの斧(おの)を掲げるんだろうか。

少し暑くなったので、休憩所がある建物に入った。トイレを借りていると、どやどやと外国人のグループが入ってくる。そして僕の両隣の小便器に陣取った。

（でかっ）

いや、そういう部分の話じゃなくて、身長が。二メートル以上ありそうな二人に挟まれた僕は、自分が子供になったように感じる。

聞こえてくるのは、ドイツ語っぽい感じの言葉。

（この人たちの国に行ったら、僕は目立たない上に子供扱いされるのかも）

そう考えると、ちょっと面白い。

休憩所には様々な国の観光客がいて、僕はまったく浮かなかった。色々な言語が飛び交う喧騒(けんそう)の中で、なんだかゆったりとした気持ちになる。誰も僕なんか見ないし、気にしない。観光地って、いいな。

（あれっ？）

自分が思ったこととはいえ、予想外の感想に僕は軽く驚いた。

そうか。僕は観光地に行けばよかったのか。

東京スカイツリーに東京タワー。浅草寺に銀座の歌舞伎座に新宿や原宿。僕が住んでいる場所から行ける外国人の多そうな観光地は、たくさんある。

(もっと早く、気づいていれば)

そうしたら、外見のことで落ち込んだときとかそこに行って、ただぼんやり過ごすことができたのに。

(馬鹿だなあ)

少し考えればわかりそうなことなのに、人の多い場所というだけで怖がって近づかなかった。実際、うるさいところが苦手というのもあるけれど。

帰りもバスに乗り、同じ道をなぞって帰る。

高台から角を曲がりながら、バスは徐々に降りてゆく。そのとき、道路の端に目が留まった。あちこちに同じような石碑がある。

(――なんだろう?)

速度を落とした時に目をこらすと、そこには『石敢當』と書いてあった。道の神様的なものだろうか。

「あれは魔除(まよ)けだよう」

声をかけられてあたりを見回すと、後ろの席のおじいさんが石碑を指差していた。サングラスをかけていておしゃれかと思うけど、こっちだとただの実用品っぽくも見える。

「『いしがんどう』はねえ、まっすぐにしか進めない魔物が家に入らないように置いとくもんだよ」

「まっすぐにしか進めない、魔物……」

魔物がいるということにびっくりしつつも、さらにその魔物の動きまでわかっていることに感心した。

「丁字路の突き当たりとかねえ、交差点とかねえ、まあ、とにかく入ってきてほしくない家は置いてるねえ」

「そうなんですか」

魔除けと言いつつも、使い方がざっくりしている。

「シーサーも魔除けなんですよね」

「うん。あれはねえ、家全体を守ってくれるやつだねえ」

じゃあ、シーサーがあれば石敢當(いしがんどう)はいらないんですか。僕の質問に、おじいさんは「そうねえ」と首をかしげる。

「でもねえ、あれよう。シーサーだって気が緩むことはあるんじゃないかねえ。そのときに魔物が入ってきたら、困るよねえ。だから一応、両方あるといいんじゃないかねえ」

「気が緩む……」

「いっつも全部を見てたら、疲れるからねえ」

神様的な存在なのに？

おじいさんはそう言って笑うと、バスの降車ボタンを押した。

「それじゃ、旅行楽しんでね」

「あ、ありがとうございます」

ゆっくりとした動きで、おじいさんはバスを降りる。その後、僕の方を見上げて手を振った。僕は慌てて手を振り返す。

一度目につくと、石敢當は本当にあちこちにあった。大手ホテルの入り口や、なんならゆいレールの階段にまで。たびたび目に入る「石」の文字。台風で吹き飛ばないようにと四角く造られた灰色の建物。首里城の巨大な石門。

ここは、木じゃなくて石の町なんだ。

＊

ホテルの近くに戻って、『居酒屋・らっしゃい亭』に行った。ランチギリギリの時間。

節約のために一番安いチャーハンを頼むと、端っこに焼いたウインナーが添えてあった。

「おまけ。ランチの残りだけど、よかったら」

黒人系の青年がにやっと笑う。

「ありがとうございます」

「いいって。ていうかタメ口でいいよ。歳、近そうだし」

「はい」

「だからさ、それ敬語」

青年は「ウケる」と言いながら、隣のお客の会計をした。

「俺、ユージーン。ジーンでもいいよ」

「ユージーン――」

なんておしゃれな名前なんだ。僕が感心していると、彼はレジの引き出しを閉めつつ、こそりと言った。

「本名は祐二なんだけど、それっぽい方で通してるだけでさ」

あ。僕も同じ。思わず声を上げると、ユージーンは「マジで⁉」と身を乗り出す。

「英太だけど、あだ名がザックなんだ」

「うわ、仲間だな。ザックの愛称は？」

「ええと――ザッくん？」

ユージーンは、そこで初めて大声を出して笑った。

驚いたのは、名前だけじゃなくてバイトの理由も似ていたことだ。

「俺、こんな見た目だろ？　でも中身はおもっくそ九州出身で、日本人なわけよ。でも、相手は期待するじゃん？　いっそダンス踊れないと、バスケできないと嘘じゃね？　くらいの勢いでさ」

ユージーンはドアの札を『準備中』にすると、カウンターから出てきてテーブルの上を拭きはじめた。

「僕も、なんかクラブ情報とか期待されるよ」

「あー、わかるわかる。ザックくん、カッコいいけどイケメンっていうよりはモード寄りだもんな」

洋服とか詳しそう。そう言われて僕はがっくり肩を落とす。それはまさに、田町さんと倉本さんにも言われたことだったからだ。

「そのくたっとしたTシャツも、あえての古着、じゃなきゃ一周回って父ちゃんの若かりし日の服、みたいな」

「でも実際は、ショッピングセンターでお母さんが買ってきた千円のやつだよ……」

そんな僕の言葉に、ユージーンは激しく反応する。

「すっげえわかる！　わかりすぎる！」

「ユージーン……も？」

本当は、「さん」か「くん」をつけたい。こういう距離の詰め方は得意じゃないけど、同じ苦労をわかちあえていることで、なんとかハードルが下がった。

「俺なんか、バスケ風の服が鬼門なんだけどさ。母ちゃんは値段しか見てないから、平気で赤のメッシュとか買ってくんだよ」

俺、特に運動神経良くないのにストリートバスケに誘われて大迷惑。ユージーンの嘆きに今度は僕が噴き出した。

「だからさ、バイト先も悩むじゃん。地元の超近所ならみんな俺のこと知ってるからいいけど、親も来るようなコンビニで働くの嫌だし」

確かに。僕も地元だったら嫌だと思う。ていうか僕の場合、かつてのいじめっ子とかが来るのがつらすぎる。

「かといって他だと、見た目的にいちいち言うのがめんどくさくて。で、すげえ考えたわけ。この見た目が、目立たない場所はどこかって」

「それで、沖縄――」

「そうそう。福岡とかの都会でもよかったんだろうけど、米軍基地がある分こっちのがより自然かなと」

ユージーンの悩みは、そのまま僕の悩みだった。

「ザッくんは、安城さんとこ来る前は何やってた？」

「あ、僕は弁当屋の裏方。マスクと帽子で顔は完璧に隠れるし、白飯もらい放題だったから」

「おいおい」

モードなツラして、実は貧乏かよ。ユージーンが僕の背中を叩く。

「学費は出してもらえたけど、生活費は自分でって程度の貧乏だよ」

「大学行ってるのか」

「うん」

「俺は高卒で、将来飲食店やりたくてここで働いてる。出してるのは冷凍食品ばっかだけど、資格を取るには店で働いた経験が必要なんだよ」

そうなんだ。調理師免許って、試験に受かればもらえるものだと思ってた。

「だからさ、俺の料理はこんなもんじゃないぜ」

いつかちゃんとしたの食べさせてやるから、連絡先を交換しよう。そう言われて、僕はうなずく。初めて、同じ境遇の友達ができた。

ここに来て、よかった。

＊

ホテルに帰ったのは三時過ぎ。携帯電話は一回も鳴らなかったし、オーナー代理の言う通り出かけてよかったのかもしれない。

ゆっくりさせてもらった分、何か働こうと思って机の周りを掃除する。でも、すぐに終わってしまった。事務作業も特にないし、明日のお客さんは夕方着だから今できることは特にない。

そんなとき、ピンクのメモが目についた。ゴミかどうか軽部さんに確認しようと机の引き出しに入れておいたのだ。

(本当に借金なのかな)

だって『裏切り者』なんて普通の生活の中で使うだろうか。それに軽部さんの明るいイメージとも違いすぎる。

(やっぱり、映画とか本じゃないかな)

お金の話は、また違う話題の走り書きとかに違いない。僕はメモをしまうと、引き出しに鍵をかけた。

電話が鳴る。

本体に手を伸ばそうとして、同時に首から下げた携帯も震えていることに気づいた。

「あ」

どっちに出ようかおろおろしている間にも電話は鳴り続ける。慌てた僕は、携帯電話を耳に当てながら本体の受話器を取ってしまう。

「――はい。ホテルジューシーです」

『ちょっと聞きたいんですけど』

両耳からサラウンドで同じ声が聞こえてきた。おばあさんたちとの会話じゃないんだからと思って僕は携帯の方を切る。

『今、そこに軽部って人泊まってますよね？　いたら、かわってもらいたいんですけど』

「え？」

相手は男性。

「あの――」

こういう場合、どうしたらいいんだろう。個人情報的に、たぶんダメなやつだと思うんだけど。

（少なくとも、軽部さんに言ってからでないと）

僕は机の上にあるペンを取って、メモを引き寄せる。

「ご伝言なら、お伝えすることができますが」

『え？』

なぜか相手が軽く動揺した。

「ご用件は何でしょうか」

『あ、石――じゃなくて、違うな。ただ話したかったんだけど』

「なら、折り返しの電話番号を」

『あ、いや。またかけるんで』

この時点で、なんかちょっと怪しいなって感じがした。

「じゃあお名前だけでも」

『いや、いいです。それと、電話があったことは言わないでおいてほしいんだけど』

そう言って、突然電話が切られる。明らかに怪しい。

(言わないでおいてほしい、って)

自分の情報を伏せている感じ。でも軽部さんがここに泊まっていることは知っている男。

(それって——)

僕はついさっき鍵をかけたばかりの机の引き出しを見つめる。

(ヒモとかサギとか、そういう奴?)

もしかして軽部さんは、そういう男から逃げて故郷に戻って来たんじゃないだろうか。そんなドラマみたいなことを考えた瞬間、軽部さんがこのホテルの「おなじみさん」だったことを思い出す。軽部さんは、逃げているわけじゃない。

(オフシーズンを狙って、って言ってたな)

あ、そうか。「いつもこの時期」だから、ここにいると思って電話をかけてきたのかもしれない。

(でも、なんで?)

なんで電話があったことを伏せる必要があるんだろう。軽部さんと直接話したいのはわかるけど、だったらなおさら隠すのは怪しい。

(もしかして)

ここにその理由が書いてあったりするんだろうか。僕はネックストラップを外すと、机の引き出しの鍵を開けてピンクのメモ帳を取り出す。

『裏切り者』

午前中にも見た、強い筆圧で濃く書かれた文字。さらにめくると『百五十万？』『支払期限』などの文字。どきどきしながら進むと、唐突に日付が出てきた。

（今日だ）

その下に時間と『レストラン　トキ』という書き込み。おそらく軽部さんの「女子会」は今そこで開かれているんだろう。そしてさらにめくっていくと、意味のわからない単語だけのページが出てきた。

『石　亀　軸　値段』

漢字、というか言葉？　でも関連性がわからない。なのに『石』はまた違うページにも現れる。

『石　百』

これは、くっつけると単語なんだろうか。百舌とか、そういう感じの。でも、石百なんて言葉、僕は知らない。試しにスマホで検索してみても出てこないし、たぶんないんだと思う。

（だとしたら、石を百個、ってことかな）

一瞬、頭の中に石ころを百個集めて得意げに笑うゴーさんが浮かんだ。いやいや、そういうんじゃないだろう。

（裏切り者に石を百個持たせる的な？）

江戸時代の拷問じゃあるまいし。僕は自分の想像力の貧しさにがっかりする。しかし次のページをめくったところで、僕の想像力はどかんとすごいところに行ってしまう。

『林俊男　色　ホテル』

ちょっと待て。

その下には明日の日付と、ホテルの名前。

（いやいやいや）

人名はいい。そういう人がいるんだろう。でもそれに続く『色』って？　色気的な方？　でもって『ホテル』!?

色もホテルも、離れていれば普通の単語だ。なのにこうやって並べられると、なんていうか、こう、微妙な感じがする。ヒモが、リアルになってきたみたいな。

（でも）

僕は軽部さんを思い浮かべる。これといった特徴のない、普通のおばさん。お母さんよりは年上っぽいし、比嘉さんと歳が近そうだから五十代かも。ちょっと太ってて、元気良くて、笑うと明るい感じ。服は僕からすると「そういうのどこで売ってるんですか？」っていうザ・おばさんファッション。

（いや、違うな）

どこで売ってるんですか、にはもう答えがあった。『ブティック花』だ。

ともあれ軽部さんはごく普通のおばさんで、つまり、その、そういう方面が想像しづらい。というかしたくない。

（……人間って、何歳まで性欲があるんだろう）

男だったら、かなりの年齢で子供ができましたってニュースを聞いたことがあるけど。

——いやいやいや。そこは今、考えるべきところじゃないだろう。

でもちょっと、思い出してしまったのだ。刑事ドラマとか暴力団の出てくる漫画の中で、ヤクザの愛人とかが「イロ」と呼ばれているのを。

試しに検索してみると、『色』は当然、カラーの方が出てくる。でもカタカナの『イロ』には、思いっきり『情婦・妾（めかけ）・愛人』と出てきた。

（てことは）

もう完璧にそっちだ。

（いや、お客さんのプライベートだし。関係ないし！）

僕は頭からそのイメージを振り払おうと、メモを閉じた。

外が暗くなってきていた。

軽部さんは夕食を食べてくると言っていたし、これといってすることもない。しばらくすると、比嘉さんが声をかけてくれた。

「今日はお客さんいないから、もう帰るね。ザックくんのご飯は食堂にできてるから」

「ありがとうございます」

お皿だけ洗っておいてね。比嘉さんはそう言うと、手を振って出て行った。

(暇だ)

明日の予約はあるけど、到着は夕方というか夜。やることがなさすぎて、僕は早々に夕食をとることにした。

食堂に行くと、テーブルの上にお盆に載った定食がセットされている。カレー皿のような平たくて深さのある皿に、中華丼のようなものが入っていた。それと汁物に、豆腐っぽい小鉢。僕はウォーターサーバーから水を注ぐと、席について手を合わせる。

「いただきます」

こういう、外食じゃない食事が一番落ち着く。人目を気にせず、誰か次に待っていないかと振り返ることもなく、ぼんやりと食べる食事。

なんとなく実家を思い出す。特にカレー皿に盛られたご飯。僕が家を出る頃、うちの夕飯はセルフサービスになっていて、めいめいがこんな皿にご飯を盛り付けて、その横におかずや野菜を載せていた。

(家庭内ビュッフェ、って言ってたな)

小さい頃はそれなりに「全員そろっていただきます」をしていたし、お皿もたくさん使っていた我が家。だけど塾や部活で僕と妹の帰りが遅くなり、生活時間がずれ始めてからは次第に「勝手にやって」スタイルの食事になった。肉か魚一品に、野菜一品か二品。それに汁物。お母さんが作ってくれておいたそれを僕らは好きによそい、好きな時にテーブルで食べた。

僕が全部載せ丼を食べている横で、食べ終わったお母さんがお茶を飲む。その後に帰ってきたお父さんが「汁だけでいいや」とか言いながら、汁にご飯を投入してお茶漬けのように食べる。それを見た妹が「キモい」とか言いながら、同じようにちょっと汁かけご飯を作ったりして。

（メニュー的には、あの頃に似てるな）

中華丼のようなものをスプーンで口に運ぶと、野菜炒めの味がした。うん、こういう炒め物とご飯の取り合わせはよくあった。けれど食べ進めていくと、なぜか下からトンカツが出てきた。

（……サービス？）

見えないように入れてくれたのかな、と一瞬思ったけど、他に見ている人もいないんだから意味がない。単に、トンカツの上に野菜炒めをのっけただけなんだろう。よくわからないけど、味はおいしい。汁はそうめん入りのすまし汁で、豆腐っぽいのはゴマみたいな味のする何かだった。

ゆっくりと食べて、皿を洗って片付け、フロントに戻る。ゴーさんとアマタツにメールをしようかとも思ったけど、軽部さんの件は人に話すのも微妙だ。

（でも、もやっとする）

気になるので、紙に言葉を書き出してみる。

『裏切り者』『百五十万？』『支払期限』

『レストラン　トキ』

『石　亀　軸　値段』

『石　百』

『林俊男　色　ホテル』

一ページ目が、明らかに犯罪っぽいというか、ヤバい感じがする。あと、全体的にお金がからんでるような。

（『石』と『百』が二回出てくるな）

そこでふと、ゴーさんの言っていた石材コーナーを思い出す。でも軽部さんが石材屋さんって。

（なんだかなあ）

もし答えがわかっても、軽部さんに指摘するつもりもないし、なにをするでもない。なのにこんな風に考えてしまうのは、それだけ暇ってことなんだろう。

「あーあ」

時間の潰し方がわからない。こういうとき、ゴーさんは自分で楽しみを見つけるだろうし、アマタツだったら勉強をするんだろう。

（なんかな）

ずっと、ずっと前から思ってた。二人と僕は、残念ながら違う。

ゴーさんとアマタツは、自分のことを自分でなんとかできる。というか無理やりにでもなんとかしている。でも僕は、どうにもできていない。

（たぶんだけど）

おそらく二人は、「自分」とちゃんと向き合ってる。いい部分悪い部分を含めた「自分」を理解して、それに合った行動ができている。

（でも僕は）

ずっと逃げている。「自分」というわけのわからないものと向き合うのが怖くて、面倒で、部屋の隅から立ち上がれない。

だからいつも、二人のことが眩しい。

（嫌なやつだ）

親友たちのことをうらやんで、卑屈になるなんて。顔を上げてドアの方を見ると、外はもう真っ暗だった。

嫌なやつの顔だけが、ガラスに映っていてうんざりする。

夜だけは、好きだったのに。

急にドアが開く。

「あら、まだフロントにいたの？」

椅子に座ったまま寝ていたのか、かなり時間が経っていた。

「お帰りなさい」

軽部さんは少し飲んだのか、頬が赤い。

「あなた、ええと――ごめんなさい」

「あ、ザックです」

「そうそう、ザッくんだったわね。今日は暇だったの？」

「はい。明日も夜まで暇で」

何をしたらいいのか困ります。僕の言葉に軽部さんは声を上げて笑う。

「マジメねえ」

「そうですか？」

「そうよう。私が若かったら『やった、ラッキー』でポテト食べながらマンガ読んでるわよ」

「あ」

そういう選択肢を思いつかなかった。それなら、フロントの番もしつつサボれたのに。

「いい子ねえ」

背中をバンバン叩かれて、瞬間息が詰まった。軽部さん、小柄なのに力が強い。

「あら？」

咳(せき)をして顔をしかめていると、なぜか軽部さんが覗き込んでくる。

「なんですか」

「ザックん、ちょっと、むっとした顔してみて」

「はい？」

「いいから、ほら、怒った顔！　でなきゃ『完全無視』の顔」

意味がわからないまま、僕は『無』の表情を浮かべてみる。

「ああ、いい。すっごくいい」

「え？」

軽部さんはなぜかものすごく喜んで、再び背中を激しく叩く。酔っているんだろうか。

「なにしてんの」

もう一度ドアが開き、オーナー代理が現れる。

「あ、オーナー代理」

助かった、と思った。のに。

「すっごくいい、って。やだなー。いやらしいなー」

全然助からない。

「何言ってるんですか」

「だって声だけ聞いたらさあ、ねえ」

ねえ、じゃないから。ぐったりとした気分で僕が立ち上がると、軽部さんがまた「ああ、いいわ」と言う。

「さっきから、何がいいんですか」

「背が、そこそこ高いわ」

「そこそこ――」

確かに僕は「すごく」背が高いわけじゃない。でも「そこそこ」って。

（……ほめられてない気がする）

もはやどういう顔をしていいのかわからない。呆然と立ち尽くす僕の隣で、軽部さんがオーナー代理に話しかける。

「ねえ、さっき明日も暇だってザックんが言ってたんだけど」

「んん？　ああ、ホントだ。暇だね」

オーナー代理はパソコンの画面を覗き込んでうなずく。

「だったらお願い。お昼の二時間くらい、ザックん貸してくれないかしら」

「えっ？」

いきなりの提案に、思わず声が出てしまった。

「軽部さん、人手が必要なの？」

「人手っていうか、ザックんが必要なのよ。アルバイト料はちゃんと払うし、お昼も出すわ。ホテルの仕事で急なことがあったら、帰らせるし」

だからお願い。そう言われて、オーナー代理はくるんと首をかしげる。

「貸してあげてもいいけど」

「えっ」

僕の意思は。そう言おうとしたところで、オーナー代理がにやりと笑う。

「それって軽部さんの『お仕事』の手伝いだよね」

「そうよ。ぴったりでしょ」

「だったらバイト代、うちより高くしないとダメだよ」

危ないんだからさ。オーナー代理の言葉を聞いて、僕は怯えた。あのメモにあった、危険な感じ。それに今まさに、巻き込まれようとしている。

「あの」

「わかった。二時間で一万出すわ」

「ええ!?」

時給五千円って。そんなバイト、聞いたことがない。なのにオーナー代理は、困ったように首をかしげながら言った。

「安いよー。二時間で二万」

ふっかけてる。なんだこれ。自分の人生が、目の前で切り売りされていく。

なんだか頭がくらくらしてきた。そんな僕を見て、オーナー代理はにっこりと笑う。

「大丈夫だよ。ぼくもやったことがある。簡単だし、本当の意味で危なくはないから」

「でも」

嘘の意味では危ないんですか。そう聞こうとすると今度は軽部さんがうなずく。

「しょうがないわね。二時間で二万。それが上限よ」

ええぇ。思わず二度見する。

「なにそれずるい。言ってみただけなのに。ぼくのときは二時間で一万千円が上限だったよね」

「素材の差よ。安城さんよりザッくんの方が適任だから」

「……素材」

「ああごめんなさい。悪い意味じゃなくて、ほら、安城さんよりザッくんの方が背が高いでしょ」

背が、高ければいい仕事ってなんだろう。それも高額の。

(内装とか、高いところの荷物とか)

いや、それじゃ高額の意味がない。

(まさか——ケンカ系?)

むっとした顔してみて、ってそういうこと?

「じゃあまあ商談成立ってことで。よかったねザッくん」

オーナー代理は僕の肩をぽんと叩いて、親指を立てた。

「あの、そもそも——」

何の仕事をするのかすら聞いてないんです。そう訴えると、オーナー代理はにっこりと笑った。

「誰にでもできる、簡単なお仕事だから」

＊

待って待って待って。

「いいから、脱いで」

「だって」

「早く」

軽部さんが僕を小部屋に押し込む。

（なんでこんなことに）

鏡に映った猫背の自分を見て、途方に暮れる。

「はいこれ。サイズは合ってると思うけど、きつかったら言って」

差し出されたのはスーツ一式。

アルバイトの内容もよくわからないまま、なぜか僕はレンタル衣装の店に連れてこられている。

ウエディングドレスや着物などの華やかな服が並ぶ中、軽部さんは慣れた風に奥へと向かう。するとそこにはごく普通の服が、おそろしく安い値段で並んでいた。トレーナーやパーカーが一日百円。Tシャツが五十円。さすがに下着はなかったけど、言ったら出てきそうな雰囲気がある。

（記念日用じゃなくて、テレビや映画の撮影用、とか……？）

こんなレンタルが存在することも驚きだけど、それを使いこなしている軽部さんが、もはや普通のおばさんには思えない。ちなみに今の軽部さんは全身黒いワンピースにサングラスをかけていて、ただ者じゃない感じがすごい。

「あらあ、よく似合うわあ」

同じように真っ黒で細身のスーツを着た僕を見て、軽部さんはぱちぱちと拍手する。正直、自分的には悪の組織の超下っ端にしか見えないんだけど。

「じゃ、行きましょ」

店を出てタクシーを停めると、軽部さんはメモにあった言葉を口にする。それは、ホテルの名前。

（待ってーっ!!）

待たない、とばかりに車が加速する。僕はシートに背中を押しつけられたまま、声にならない悲鳴を上げた。

まさか「誰にでもできる簡単なお仕事」って、そういう方面!? （いや、したことないし！　だから僕にはできないし！）

男に好みの服を着させて、ペアルックみたいにして、それでホテルって。

（ものすごく好意的に考えて、コスプレ撮影的な？）

それならオーナー代理がつきあっていてもおかしくない。ていうかオーナー代理と軽部さんが違う方向のことをしていたなんて、考えたくない。

（――何歳までできるんだろう）

だから、そういうことを考えるなって！　僕は自分で自分にツッコミを入れた。

（でも、コスプレ撮影に二万も払う？）

払わない、と思う。もし僕が何かのキャラにそっくりとかいう話なら、あり得るんだろうけど。

そんなことを考えていると、タクシーは二十分も走らないうちにどこかの角でふっと停まる。そういえば、案外那覇は狭いんだった。慌てて町名の標示を探すと「松山（まつやま）」と書いてある。初めて見る地名だ。

周囲を見渡すと、ごく普通の那覇の町といった感じだ。ただ不思議なのは、人通りが極端に少ないこと。看板はぱらぱらと見えるけど、どれも営業していない。無骨なコンクリート製の建物に光が射して、まるで白昼夢のような雰囲気があった。

「行くわよ」

「えっ」

目の前にはなんの変哲も無い白くて四角いビル。でも入り口のあたりに『ビジネスイン松山』という看板が見える。その入り口がまた、狭い。

このまま帰りたい。そんな僕の腕を軽部さんはぐいぐい引っ張る。最悪、振りほどいて逃げることもできるとは思う。でも女の人相手にそれは最後の手段で、まずは言葉でなんとかしないと。

「あの、やっぱり僕——」

「ああ、ごめんなさいね。トイレとか行っとく？」

中は、外見以上に地味なホテルだった。フロントに人影はなく、客の姿もない。ちょっとホテルジューシーに似ているかも。

それに少しほっとして、僕はたずねた。

「そうじゃなくて。その——これから何をするんですか」

「あらやだ。私、説明してなかった？」

「はい」

「ごめんなさい。昨日、酔っ払ってたからね」

軽部さんは笑いながら、今日は商談の立会いなのだと教えてくれた。

「女一人で、なめられると嫌だからね。必ず男を連れて行くのよ。今回はいつもの奴が都合つかなくて」

いつもの奴、という言葉遣いに再び「ただ者じゃない感」がただよう。

「ザックくんはただ横にいるだけ。ただ、私が『そうよね？』ってふったときだけうなずくか『はい、マダム』って言って」

「マダム……」

人生で初めて発音した。

「あ、本名はよくないから適当な名前をつけましょう。えーと、ユーリとかでどう？」

僕の見た目から、ロシアをイメージしたんだろう。

「――それでいいです」

「じゃあユーリ、よろしくね。相手は台湾人のディーラーよ。相手もこけおどししてくるだろうけど、実害はないはずだから無表情を貫いてね」

「はい」

「違うでしょ、ユーリ」

「え？」

「『はい、マダム』、よ」

「はい、マダム」

気恥ずかしい。でも、なんとなく何かの登場人物になったようで悪くもない。

「顎(あご)を引いて背筋を伸ばして。猫背も味があるから、そっちでいくなら思いっきり猫背で」

「はい――マダム」

僕は精一杯背筋を伸ばす。

「いいわね。じゃ、行くわよ」

僕は「らしく」鼻先でうなずいてみた。

商談のための部屋は、フロントの奥にある小さな個室。そしてそこに入った瞬間、僕は後悔した。

（めっちゃ怖い）

台湾人ディーラーは三十代から四十代くらいの小柄で痩せた男。でもよく見ると、右手首から伸びた蛇のタトゥーが人差し指の先まで続いている。さらに彼の後ろには、プロレスラーみたいな体格の男がアロハシャツと短パンにサングラス姿で立っていた。

（絶対、あっちの方がハマり役だって）

僕は早々に、自分がこの場面に不向きだと思い知らされる。

「お待たせしたわねリンさん。軽部です。よろしく」

「初めまして。こちらこそよろしくお願いします」

男は流暢な日本語で挨拶しながら微笑んだ。

「じゃあさっそくだけど、今回の品を見せていただけるかしら」

そういえば、商談ってどういうジャンルのものなんだろう。黙って見ていると、リンさんは後ろの男に向かって人差し指で「持ってこい」の合図をした。すると男が、背後の棚からアタッシェケースを取り出す。

（これ、絶対現金とか麻薬とか入ってるやつでしょ）

やっぱり危ない世界だった。僕が軽く絶望していると、男がそれをテーブルに載せて開いた。

(うわー……!)

その中にあったのは、きらびやかな宝石。綺麗だけど『闇取引』とか『密輸』とかの単語が頭をよぎる。軽部さんの『商談』というのは、宝石の買い付けだったのか。

(あ。だから『石』……)

大きな金額と石の謎は、あっけなく解けた。『林』はおそらくこの目の前のリンさんのことだろう。でも『俊男』って、もしかして彼も日本人とのミックスなのだろうか。

「じゃあこの列とこれと、そうねこれも。あ、カラーのバリエーションを見せてちょうだい」

軽部さんの指差した宝石が、布の貼られたトレーに移される。『色』はおそらく、この宝石の色のことなんだろう。

赤や青や緑の石に、ダイヤモンドっぽい透明で光ってる石。たまに黄色がかったものや、グレーっぽいものもある。あとは小袋に入った粒の小さなもの。

(『亀』とか『軸』はデザインのことか)

おめでたいモチーフを喜ぶ人とか、いそうだもんな。僕は鶴と亀のブローチなんかを想像してみる。——でもそれは、おしゃれなんだろうか?

「まとめて五十でどうかしら」

「軽部さん、それはちょっと難しいですね」

「あら。でも前回はこれくらいだったんじゃない？」

ねえユーリ？　と急に言われて僕は慌てて答える。

「はい、マダム」

けれどリンさんはタブレット端末を操作しながら、軽く言った。

「記憶違いではないですか？　前回の担当は、そんな値段を残していません」

そういえばさっき、リンさんは「初めまして」と言っていた。ということは、もしかしてその『前回の担当』が『裏切り者』だったりして。

「なら、気のせいね。じゃあ六十。そのかわりそっちのオパールも入れてほしいわ」

「いいですよ。でも二個までです」

「あら。ていうことはそのオパール、かなりいいものなのね。六十五まで買ったら、四個とそこの小袋もつけてくれる？」

「小袋はもちろんつけます。でも四個は難しいですね」

笑顔で会話をしながら、するすると一本の綱を引きあっているかのような空間。

（なんか、すごいな）

口を挟む隙もなく、僕はただぼうっと立っていた。すると背後の男と目が合う。男は、にやりと笑いながら軽く肩をすくめてみせた。声はなくても、その意味はわかる。

案外暇だよな。

商談は一時間ほどで終わり、その後ホテルの近くにある台湾料理の店に全員で向かった。『準備中』と書かれた扉をリンさんが躊躇なく開け、広いテーブルに四人で座る。メニューも出されないうちに店員さんを呼んで、リンさんはすらすらと中国語でオーダーを通した。

中国語と台湾語が違うかどうかもわからなければ、中華料理と台湾料理の差もわからない。なので僕はリンさんや軽部さんが注文してくれたものを黙ってもぐもぐと食べている。すごくおいしい。

「でもリンさんがいい人で良かったわ」

「軽部さんは、これまでの信頼がありますから」

細切りのキュウリをつまみ上げて、リンさんが微笑む。僕はつい、その指先を見てしまう。細くて長い指と共に、蛇がうねる。

「ユーリはボディガードで雇ったから話してなかったけど、私ね、九州でジュエリーショップやってるのよ。で、年に一～二回、里帰りついでにこっちで宝石のディーラーと会って買い付けしてるの」

「そうだったんですか」

マダム、と慌てて付け加える。

「メールでやりとりしていたので、私とは初対面ですね」

「そうそう。リンさんは、前の担当さんから引き継いでくれた人なのよね」

軽部さんは、リンさんの会社と長いつきあいなのだと言う。

「今となっては台湾の方が景気がいいから、安い買い物ってわけじゃないのよ。でもこうやって直に取引できるのは、それなりに魅力的でね」

「こちらも小さい会社なので、東京や大阪への交通費と宿代を考えると、取引場所として那覇はちょうどいいんですよ」

デューティーフリーショップもあるし。リンさんの言葉で、僕は「あ」と声を出してしまった。

「免税店……」

空港で見た時、不思議だったのだ。那覇空港に『ＤＦＳ』と大きく書いてあって、しかも日本人が買い物していたから。

「そう。沖縄は日本で唯一、出国せずに免税品を買うことができるのよ」

免税って、確か「自分の国を出国するから税金を免除します」っていうシステムの気がするんだけど、なんで沖縄ではそれがありなんだろう？　僕の表情を見て察したのか、リンさんが説明してくれた。

「特定免税店制度、というのがあるんです。海外ではなく、県外への航空券さえ持っていればいいという」

それって「沖縄は日本じゃありません」って言ってるみたいだ。昔、アメリカの占領下だったっていうのは知ってるけど、今も基地があるからそういう扱いなんだろうか。

「なんか、もやっとしますね」

「そう？　おかげで儲けの抜け道が広がって、商売しやすいけど」

茹でワンタンを口に放り込みながら、軽部さんが答えた。

「ですね。治外法権はチャンスです」

リンさんもうなずく。

なんか、たくましい。だって海外との取引を自分で手配するなんて、僕は考えてみたこともない。そういうのは、大きな会社や才能がある人がやるものだと思ってた。でもよく考えてみたら、町の個人でやってるお店は自分で仕入れをしてるんだよな。

（すごく難しく考えてたけど、違うのかも）

売り買いの基本は、仕入れ値より高く売って儲けを出す。それだけだ。

（僕にもできるかな）

好きなものを仕入れて、自分の店で売る。それはちょっと楽しそうに思えた。でもよく考えたら、僕に接客は向かない。ということは店員を雇うことになって、人件費がかかって――。

（やめとこう）

そういうのは、軽部さんやユージーンみたいなパワーのある人が向いてる。

食事を終え、リンさんとプロレスラー風の男は近くの駐車場へ歩き去った。

「タクシーここに呼んでもいいんだけど、腹ごなしにちょっと歩きましょうか。若狭中通り(どお)に出れば、拾えると思うから」

「はい、マダム」

「やだ。もういいわよ、ザッくん」

軽部さんは笑いながら、僕の背中を叩く。

「あの、宝石って昔から台湾が安かったんですか」

「ううん。本当に安いのは、やっぱり生産地。インドとかブラジルとか、国によって違うけど、でもそういうところまで行くにはお金も時間もかかるからね。それをやってくれてるのがバイヤーよ。生産地まで行ってクズを摑(つか)まされることを考えたら、一定の品質が保証されてる相手から買った方がいいでしょ」

そうなんだ。確かにインドまで買い付けに行くには、お金と時間以外にも言葉とか体力とか、色々なハードルを越えなければいけない気がする。

「あと、これは私の体感——好みって言ったらいいのかな」

「好み、ですか」

「台湾もそうだけど、華僑(かきょう)とか中国系の方がビジネスがやりやすいのよ。あちらさんは、女だからって軽んじたりはしないの」

「そうなんですか」

「大学生なのに知らないの？　今の台湾の総統は女性よ」

「あ、そういえば」

「それに中華圏は昔から共働きが多いから、ビジネスに女性も男性もないの。厳しい面もあるけどね。私はそれが、風通しが良くて好き」

ビジネスに女性も男性もない。こうして言葉にするとごく当たり前のことだけど、そうじゃないのを僕も知ってる。医学部の入学試験で行われた女性差別や、政治の世界に女性が少ないことなどはニュースで見ていたから。

「やっぱり、日本は駄目ですか」

僕がたずねると、軽部さんはきっぱりと言い放つ。

「ダメね。個人に恨みはないけど、根底に『男を通せ』みたいな風習が残ってるのが最悪」

「風習、ですか」

「そうね、一番わかりやすいのは家かしら。アパートを借りたりするとき、連帯保証人をたてるでしょ」

「はい」

僕もアパート暮らしだから、それはわかる。

「あれね、ちょっと前までは『収入のある男性』しか認めない大家さんが多かったのよね」

「え？　でも収入があればそんなのどっちでも」

「そう思うでしょ。でも、女性にクレジット的な意味での信用がなかったの。女は男より働けない、稼がない。だから信用できる男をたてろって」

意味わかんないわよね。軽部さんは鼻をふんと鳴らした。

「さらに言うとね。沖縄も九州も男、それも長男を強烈にたてる文化があるの。私はそれがすごく嫌だったから、男を見ただけでつい思っちゃうの」

大通りが見えてきた。軽部さんはがんがん歩きながら、小さな声でつぶやく。

「生まれた時点で、有利で良かったね、って」


僕は男で長男だけど、これっぽっちも有利に感じたことはない。

実家で「長男をたてろ」なんて言ったら、お母さんとお父さんはきょとんとするだろうし、妹は爆笑するか軽蔑（けいべつ）するかのどっちかだろう。

「僕は、あんまり有利じゃないですよ」

そう返すと、軽部さんはうなずいた。

「ザッくんは、面倒なこともあるでしょうね。でもね、本当に基本的なことだけど、たとえばザッくんと同じ歳の女の子が、夜道を一人で歩けるかしら」

「あ」

僕らは、夜に待ち合わせをしていた。人気の無い国道を歩く三人組がもし女子のグループだったら、あんなにのんびりできていただろうか。

（絶対、無理だ）

がっくりとうなだれる僕に、軽部さんはミントの飴を差し出してくれる。

「ごめんね。言わなくてもいいことまで言っちゃった」

「いえ。大丈夫です。だって本当のことだし」

「──こんなこと言いながらボディガードを雇ってるのも矛盾してるのよ。男をたてるのは嫌なくせに、男の力をあてにして」

悔しそうな軽部さんの横顔。

「でも、リンさんも同じことしてたじゃないですか」

僕の言葉に、軽部さんはつかの間ぽかんとした表情を浮かべた。

「そういえば、そうね」

「女でも男でも、パンチの利いた奴を背後に立たせたいのは一緒みたいです」

「やだ、ザックんて面白いのね」

軽部さんの足取りが、少しゆっくりになる。

「男で思い出したんですけど、昨日男性から電話がありました」

「電話？」

「ごめんなさい。相手の方は電話があったことを言わないでほしいって言ってたんですけど、怪しい人だと困るかなって」

「名前は？」

「言いませんでした。直に話したいから、またかけるって」

「ふうん」

軽部さんは片手を顎のあたりに当てる。思い当たる人物がいるんだろうか。

「あ、あと『石』って言ってたので、もしかしたら仕事関係かもしれません」

「――そう」

少し考え込んだ後、軽部さんは小さな声でつぶやく。

「――あの裏切り者」

「え？」

「ううん、なんでもないわ。そうね、確かに怪しいかもしれないから、またかかってきたら、いないって言ってくれる？」

「はい」

今、「裏切り者」って言いましたよね？　そう聞き返したかったけど、ぐっと呑み込む。

やっぱり軽部さんは、誰かと揉めているみたいだ。

ホテルに戻ったところで、バイト代を渡される。二万円。

（――マジか！）

約束通りだし、一応仕事もした。でも、それでもなんか悪い気がする。だってあまりにも簡単すぎたから。

「ありがとうございます！」

思い切り頭を下げると、軽部さんが目を丸くする。

「ザックんって、なんだか本当にスレてないのね」

「はい？」

「だってこういうとき、若い子的には『やった、ラッキー！』みたいな感じなんじゃない？」

ですよね。僕はほんのりうなだれた。

いじめられた記憶から抜け出せないから、どうしても「僕なんかが、いいんですか!?」という態度になってしまう。その卑屈さがまたいじめっ子を苛つかせ、再度いじめられるという負のスパイラル。

「すいません」

「やだ、何謝ってるの。ほめてるのよ。きちんとしていていいじゃない」

「ありがとうございます」

「若いときには、からかわれることもあるかもしれないけどね。正直や真面目っていうのは、やっぱり美徳よ。長い目で見たら、人はそういう人物を選ぶからね」

そうなんだろうか。そうだといいな。小さな光のようなあたたかさが胸に広がる。

（でもさ、そういう人物の希望を打ち砕く系の漫画とか、よくあるよね？）

またもやぐるぐる考え始めた僕の隣で、電話が鳴る。僕は軽部さんに頭を下げて受話器を取った。

「はい。ホテルジューシーです」

『もしもし？　昨日電話かけた者ですけど。軽部さん、戻ってます？』

「あ」

僕は思わず、軽部さんを見る。すると軽部さんも気がついたのか「あ」という顔をした。

「あの――」

言葉に詰まっていると、軽部さんが机の上のメモに『昨日の電話の人？』と書いた。僕はうんうんとうなずく。すると軽部さんは、手を伸ばして電話をスピーカーモードに切り替えた。

『もしもーし、聞こえてます？』

男の声が、室内に響く。それを聞いた軽部さんは、受話器を寄越せ（よこせ）というジェスチャーをした。慌てて渡す。

「もしもし？」

言いながら、軽部さんはスピーカーモードをオフにする。

「いいかげんにしなさいよ。もうかけてこないで」

やっぱりストーカー的な相手なんだろうか。

「はあ？　何言ってんの。裏切ったのはあんたらでしょうが！」

「だからもう、話す気はないって言ってんの」

「百五十万のうちの五十万よ。捨て金をさ、あんたらは出せんの？　出す気ないでしょ？　だったらもう、あたしらとは縁はないよ」

続けざまにまくし立てる軽部さんを前に、僕はビビりまくる。強い。なんていうか、生き物として勝てる気がしない。

（でも）

思ってたのとちょっと違う。だって「あんたら」で「あたしら」は、明らかに個人的な話じゃないだろう。とはいえ、会社同士の話にしては言葉がくだけすぎている。

（――友達？）

内容からすると「あたしら」が「あんたら」と何かお金のやり取りをした。けど「あんたら」が裏切った。「あたしら」には五十万円の損失が出るが、「あんたら」はそれを補塡する気がない。だから――。

（謝罪も、今後のつきあいも受け付けない？）

「もう切るよ。二度とかけてこないで。ホテルにも迷惑だから！」

軽部さんは、人差し指でびしっと通話を切った。

沈黙。何も言えない僕と、気まずい表情の軽部さん。

「――ごめんね。うるさくしちゃって」

「いえ」

とする。

「ちょっとね。昔なじみと色々あって」

なら、とりあえず危険な相手ではないのかもしれない。僕はそのことに少しだけほっとする。

「仕事も一段落したし、少し休むわ。夜はまた外に出るから、気にしなくていいからね」

「あ、はい」

僕がうなずくと、軽部さんは部屋に戻っていった。

*

午後の予定は、お客さんがひと組。若いカップルで、名字が同じところを見ると夫婦らしい。でも着くのは夜だし、夕食も食べてくるということだったので僕のすることはほとんどない。

(また暇だ)

お昼ごはんは食べさせてもらったし、そのことをわかっているからかオーナー代理は来ないし。こんなことでいいんだろうかと、ちょっと不安になる。

(何か、することはないんだろうか)

軽部さんは美徳だと言ってくれたけど、僕のこれは、要するに不安症だ。立場に合った行動をしていないと、責められるんじゃないかと思ってしまう。

アマタツとゴーさんにメールをしたくなったので、これまでのことを詳しく書いて送った。二人とも忙しい時間帯だろうから、返信は期待しない。

フロントのソファー付近でうろうろしていると、いきなりついたてがガタンと音を立てた。

「うわっ」

「あれえ、もう戻ってたんだあ」

オーナー代理が、ぐしゃぐしゃの髪で起きてくる。わかっていても、驚いてしまう自分が悲しい。

「いいバイトだったでしょ」

にやりと微笑まれて、僕は微妙な気分になる。

「そうですけど——もう少し事前に教えてくれれば」

「あんなにビビらなかったのに？」

その通りだけど、ちょっとむっとする。

「でもほら、人生にはスリルが必要だって言うじゃん？」

「スリル……」

「そう、恋はスリルとショックとサスペンス！」

恋じゃないし。しかもそれ、どこかで聞いたやつだし。

まあでも、台湾の宝石商に会うなんて確かにスリリングではあった。

「軽部さん、すごいですね」

「うん、しっかりしてるよね、あの人。金払いもいいし、いい人でしょ」

金払いがいいと、いい人なんだろうか。軽く首をかしげていると、再び電話が鳴った。

オーナー代理が出るそぶりを見せないので、僕が受話器を取る。

「もしもし」

『あー……、軽部さん、います？』

さっきの男性だ。

「ええと、その――」

『いるんでしょ。かわって下さいよ』

でもあなた、ついさっき「もうかけてこないで」って言われてましたよね？

どうしていいのかわからず、僕はオーナー代理を見た。すると彼はリスのように小首をかしげる。そこで僕は机の上のメモ用紙を引き寄せ、こう書いた。

『軽部さんを出せ。軽部さんは出たくない』

それを見たオーナー代理はふんふんとうなずく。そしてなんと、奇跡的にも、受話器を渡せというジェスチャーをした。腐ってもオーナー代理。代理としての任務をきちんと遂行しようというのだろう。

「もしもーし」

軽く感動していると、オーナー代理は「あれ？」という表情を浮かべる。

「あなたさあ、前に会ったことあるよね？」

え？

電話だし。目の前にいないし。

きっと相手の男性も困惑しているんじゃないだろうか。

「えー？　絶対会ってるでしょー。ぼくさあ、ここのオーナー代理。あなたの声、覚えてるよう」

へえ、声を覚えてたんだ。さすが腐ってもオーナー代理。

「どうしたのさあ。軽部さん、出たくないって」

急に親しくしすぎ。しかしオーナー代理はにこにこと微笑みながら机の上に腰掛ける。

「いやいやいや、ぼくもなんにも知らないよう。ケンカでもした？」

これで穏やかに決着がつけばいいんだけど。そう思った瞬間、オーナー代理はとんでもないことを言い出した。

「ていうかさあ、正直なところどうなの？　あなたと軽部さんって。いわゆる遠距離恋愛？」

（えぇーっ!?）

個人情報、以前の踏み込みすぎ。

（友達じゃないんだから……）

答えるどころか、不快に思われて電話を切られるんじゃないだろうか。

（あ。もしかしてそれが狙いとか？）

だとしたら、やはり腐っても——しつこいか。

しかしオーナー代理の発言は、なんの作戦でもなかった。

「えー？　違うのかあ。なーんだ、つまんない」

失礼すぎる。でも相手も相手だ。なんでこの電話を切ろうとしないんだろう。

「え？　婚約？　へえ、それはおめでとう。式はいつ？　軽部さんも呼ぶの？」

婚約。それを聞いて、ふと思った。もしかして軽部さんは、彼のことが好きだったんじゃないだろうか。だから婚約を知って、電話にも出たくないとか。

（でも、それじゃあまりにも大人気ないような）

なら、つきあってたとか？　それで二股をかけられていたなら、怒るのも無理はない。

「あ、そうなんだ。軽部さんの帰る時期に合わせたってこと？　え？　違うんだ。へえ～」

だらだら喋りながら、オーナー代理は相手の個人情報を次々と掘り出してゆく。ある意味、見事だ。

「え？　彼女も軽部さんと知り合い？　長年の友達なんだあ。そしたら、ここに来たこともあるかもね。毎年、誰かしらと会ってるから色んな人が来てるし」

相手の男の、婚約者は軽部さんの友達。そして軽部さんは、昨日友達と夕食を食べてきた。

（「いないって言って」と言ったのは男に対してだ。ていうことは、怒ってるのは男に対してだけ？）

なら、友達の女性は知らないままの二股――いや、軽部さんが男に振られたということなのか。で、友達の女性は「友達としての軽部さん」に列席してほしいと思っているとか。

「式は、そりゃ難しいんじゃない？　電話もとりつぐなって言ってるくらいなんだからさあ。あ、席が埋まらないなら、ぼく出ようか？」

その言葉に、僕は驚いてオーナー代理の横顔をまじまじと見つめる。知らない人の結婚式に出る？　何を言っちゃってるんですか？

「あ、そう？」

たぶん断られた。当然だ。けれどオーナー代理はさらにたたみかけた。

「ざあんねん。ぼく、軽部さん説得してもいいと思ってたんだけど」

（うわあ）

人の弱みにつけこんでる感がすごい。

「うん。まあね。ぼく、軽部さんとはつきあい長いからねえ。え？　まあ、そう言われちゃあやらないこともないけど？」

なんと、相手が折れてきたっぽい。

「でさあ、もし結婚式に連れてけたら、ご祝儀なくてもいい？」

なんだろう。「ご祝儀なくてもいい？」って、もしかしてこれは――。

いやいや、さすがのオーナー代理でもまさかそんな。と思っても、会話はそうとしかとれない方向に向かっている。

（タダ飯狙い……？）

「うんうん。じゃあさあ、ちょっと話してみるね。そしたら約束だよ？　ちゃんと連れてったら、バイト代は二万ね」

（――タダ飯どころか、お金をたかろうとしてる！）

しかも二万ってそれ、明らかに僕がやった付き添いのバイト代を意識してるし。

「わかったわかった。あ、お土産も忘れないでよ～」

マジか。きっと今、電話の向こうの男も僕と同じような表情を浮かべているに違いない。虚無。

機嫌良さそうに電話を切ったオーナー代理に、おそるおそるたずねてみる。

「あの」

「ん？」

「ちなみにですけど――相手の人は、どういう人だったんですか？」

するとオーナー代理は、満面の笑みで言った。

「うん。いい人だった！」

そういうことを聞きたかったわけじゃないんだけど。

しかもそれ絶対、「金払いのいい人はいい人」の「いい人」だし。

軽部さんを結婚式に連れて行けば二万円。しかもお土産つき。

自分ででっち上げたアルバイトに、オーナー代理はほくほく喜んでいる。

「いやあ、我ながら冴えてたと思わない？　いいバイトだよねえ」

「でも軽部さん、あの感じだと相手の人とは会わないと思いますけど……」

僕の言葉に、オーナー代理はきょとんとした表情を浮かべる。

「え？　ぼく、彼の式って言った？」

「え？」

「ぼくさ、『結婚式に連れて行く』とは言ったけど、誰の結婚式とは言ってないよ？」

ひどい。ひどすぎる。

「ま、リスクヘッジってやつだよ」

もしものときは、そんな感じでいけばいいでしょ。オーナー代理はそう言ってけらけらと笑った。

＊

とはいえ、一応勧誘はしてみるらしい。

「軽部さん、今日は夕食どうするんだっけ」

「あ、今日も外で食べてくるって言ってました」

「そっか。じゃあさ、軽部さん見かけるか戻ってきたら教えてよ」

とりあえずザックくんは休憩しててていいから。そう言われて、ちょっと驚いた。

「休憩もしていいんですか」

楽なアルバイトして、お昼も食べてきたのに。

「だって一応さ、アルバイトはアルバイト、うちはうちじゃない。だからうち的には休憩時間だしってことだよ」

オーナー代理は、もしかしてすごくいい人なんだろうか。

(金払い？　はわからないけど……)

心の中で首をかしげていると、オーナー代理がいきなりポケットからお札を取り出した。

「でさ、休憩ついでにアイス買ってきてよ」

「はい？」

「でもって、そのお店行くついでに『らっしゃい亭』に寄って、ランチ代返してきてね」

お願いだよ～。そう言って、僕の手にお札を握らせる。

でもガックリすると同時に、妙に安心もした。

「あの……」

「ん？　ああ、もちろんザックくんもアイス一個買っていいからね」

「それって、このお金からですか」

もしやと思って聞いてみると、オーナー代理は「まずい」というような表情を浮かべた。やっぱり。

時間的に『準備中』なのはわかっていた。けれどガラス戸の向こうにユージーンの姿が見えたので、手を振ってみる。

「全然足りねえんだけど」

用事を伝えると、ユージーンがレジ下の引き出しからノートを取り出して赤ペンで叩く。ツケ払いの常連用らしい。

「安城さんは、三千円たまってる」

ちなみに渡されたのは千円札。最初から、そんな予感はしていた。アイスを先に思いついて、ツケ払いはそのおまけ程度なんだろうって。

「——七百円でもいい？」

「なんだそれ」

「これでアイスも買ってきてって言われてるんだよね」

僕の言葉に、ユージーンはがっくりと肩を落とす。ああ、ここにも虚無の表情が。

「わかった。じゃあ九百五十円払ってけ」

「え？」

「ザッくんのアイスは、ここの奢ってやるよ」

あと五十円の棒アイス売ってる店、教えてやるから。そう言って、ユージーンは店の冷凍庫を開ける。

「業務用のでかいアイスだから、ちょっとすくったくらいは誤差のうちだ」

ちゃっかり自分用の器も用意して、黒糖シロップまでかけてくれた。お礼の意味も込めて今日の話をすると、ユージーンは軽く口笛を吹く。

「へえ、面白いバイトだな。次があったら俺もやりたい」

「マジで？」

「だって絶対、俺のが適任だろ？」

まあ確かに。黒人系の見た目は、スーツと合わされればかなり強そうに見える。

「ていうかさ、ザッくん。案外こだわらないんだな」

「こだわらない？」

「言ったらさ、外見を利用されたわけじゃん。そういうの、平気な方だとは思わなかったから」

「ああ――」

外見を利用された。言葉にするとそれは案外重い。そして確かに僕は、そういうことが苦手だった。

「勢いで押し切られた部分もあるけど、雇い主の人が、なんか嫌な感じじゃなかったんだよね」

「へえ」

なんでだろう。やったことだけ取り上げれば『ミックスの外見を利用してボディガードに立たせた』なんだけど、軽部さんからはそういう雰囲気を感じなかった。

「うーん……『背が高い』『背が高い』から入ったからかな」

「まあ、『背が高い』も外見の話だけどな」

ユージーンの言葉に僕ははっとする。背の高い低いも、外見の話に違いはない。でもなんでそれは気にならないんだろう？

僕は男子の標準よりはちょっと高めくらいの身長だから、言われるとしたら「高い」なんだけど、「低い」だったらたぶん嫌だし、気になってたと思う。

「でもさ、そのおばさん面白いな。つか、かっけーわ」

(自分が気にならない部分は、言われてもわからないんだな)

「うん。なんかさ、使えるものをさくさく使ってるって感じがしたよ」

実際、軽部さんは自分自身の格好も派手に「盛って」いた。

「みんな、そんな風だと楽なんだけどな」

「そうかもね」

「こっちの見た目に突っ込んでくる奴も嫌だけど、言いたくてたまらないのに『でも聞いちゃダメ。失礼だから聞いちゃダメ！』って空気出してこられんのも、俺は苦手でさ」

「そうなんだ」

僕はどっちかというと、我慢してくれている人には好感を覚える。

「なんかかゆくなるっていうか、『あーもうはっきり言いたいこと言ってくれ！』ってなる」

ユージーンと僕は似ている立場にあるものの、感じ方は当然違う。

「こうさ、カウンターでもじもじされるのが気になるんだよ。いっそでっかい名札でも作って書いときたい。『英語できません。バスケできません。ラップやりません』ってさ」

「いやそれ、ユージーンじゃなくて祐二の方の情報でしょ」

あ、バレた？　とぼけるユージーンを見て、僕は声を上げて笑った。こんな風に笑うのは、すごく久しぶりだった。


「えー!?　アイスこれえ？」

ユージーンに教えてもらった棒アイスを買って帰ると、オーナー代理はあからさまに不満そうな顔をする。

「『らっしゃい亭』に多く返せるものを選んだら、これになりました」

まあそれはそうだろうけど。ぶつぶつ言いながら、それでもアイスを食べ始めた。

「ところでさあ、これ見たよ」

目の前に出されたのは、ピンクのメモ帳。

「軽部さん、昨日『レストラン　トキ』に行ったんだね」

「ですね」

「友達とご飯っぽいよね。そこで話すればよかったかなあ」

「えっ」

ほぼ知らない相手の結婚式の次は、友達同士、しかもおばさんの女子会に乱入すればよかったって？　僕はオーナー代理の謎の行動力に驚いて言葉も出ない。

「あ、でもさすがにあれかな。つもる話もあっただろうから、お邪魔だったかな」

そうだと思います。僕は黙って首を縦に振る。

「ていうかさ、『レストラン　トキ』のトキさんってめちゃめちゃ厳しいんだよ」

会計、ツケにしてくれないしさ。オーナー代理の言葉を聞いて、僕は『トキさん』がちゃんとした人なのだと確信する。

「やっぱ話は帰ってきてからにしようっと」

ぼくは夜まで休憩してるから、あとはザッくんよろしく。オーナー代理はそう言って、大きなあくびをした。

僕は「わかりました」とオーナー代理の食べ散らかしたアイスの袋を捨てながらうなずく。

もちろん表情は、虚無で。

*

軽部さんが、なかなか帰ってこない。

夕食を食べ終え、仕事の時間が終わりそうな八時過ぎ。昨日はこれくらいに会った気がするんだけど。

（もうなんか、ちょいちょい暇すぎる）

それを知ってか知らずかオーナー代理はまだ来ないし、さすがの僕もスマホを取り出した。開くと、アマタツからメールが来ている。『メールサンキュー。また勉強中に親の電話で邪魔されたわ。集中途切れた』

アマタツの両親は、彼に対して過保護な部分がある。特に事故を起こしたときの運転者であった母親は、それを止められない。

『いつか、もっと自由になりてえな』

物理的に親元を離れることはできた。でも、相手の気持ちはどこまでも追いかけてくる。僕は明るい気分にさせたくて、冗談のような文章を打ち込む。

『あのさ、こないだもメールしたけど、小心者の僕がボディガードのバイトした話、聞く？』

そう送ると、今度はゴーさんからメールが届いた。

『面白そうだな～！　あとでまとめて読みたいから、二人でやりとりしといてくれ』

仕事が忙しいのかな。そう思いながら今日のことを簡単に書こうとした。でも余計な情報が多すぎてまとめるのが難しい。だって貸衣装屋の怪しさや、あのホテルの「うちの近所にはない感」を伝えるには、どう書いたらいい？

しょうがないので、ざっくりとあらすじだけ書いて送る。するとしばらくしてアマタツから返信が来た。

『なんだそれ。台湾の宝石ディーラーって、B級アクション映画っぽいんだけど』

その言葉に、僕は深くうなずく。だよな。

『マジでエンタメの世界だな』

これもそうだ。再びうなずきながら、メールを書く。

『ホントそれ。なんか登場人物が全員濃い』

すると今度はかなり時間が経ってから、アマタツの返信が届く。

『いやそれお前もだろ』

アマタツのツッコミがメールだと妙に遅く感じる。

『中身はうすしおだけど、外見は濃厚チーズだし』

ポテチにたとえられても。僕は苦笑する。

でも、両方うすしおに生まれたかった人生だった。

そんなメールでなごんでいるところに、軽部さんが戻ってくる。今日も飲んできたらしく、顔が赤い。

「あら、今日も遅いのね」

「はい。あの、ちょっと待っててもらえますか？　オーナー代理が会いたいみたいなので」

そのまま告げると嫌がられそうなので、ちょっとぼんやり伝えてみた。そしてオーナー代理に電話をかける。すると、十秒もしないうちにオーナー代理は現れた。ヒーローか。

「あら、早い」

驚く軽部さんに、オーナー代理はホテルの入り口近くを指差した。

「だってそこにいたから」

田町さんと倉本さんに誘われたけど、結局入らなかったバーだ。

「よかったら、三人で飲まない？」

（えっ）

僕はお酒はほとんど飲まないし、バーという場所に入ったことがない。そしてなによりお金をあまり使いたくない。だから遠慮したい。

というのが顔に出たのか、軽部さんが背中をぼんと叩く。

「ザッくんの分は私が奢ってあげるから、安心しなさい。大酒飲みとかじゃないんでしよ？」

「あ。でも、もうひと組のお客さんが来てないんです」

僕の言葉を聞いて、オーナー代理は「あー、ね」とつぶやく。そしてメモ用紙に『前のバーにいます』と書いて電話にぺたりと貼り付けた。

「あとはほら、携帯転送にすれば大丈夫」

確かに徒歩五秒だし、大丈夫といえば大丈夫なんだけど。

（でも、フロントの人がバーにいるって――）

全然大丈夫じゃない、気がする。

道路を歩いてきて、

『ホテルジューシー』――見つからないな。住所はこのあたりなんだけどな」

となったときに、まず目に入るのがこのバー。

ログハウス風というかレゲエ風というのか、はっきり言ってしまえば物置の一歩手前みたいな木製の小屋。ホテルジューシーが入っているビルの前庭部分に建ててある。いや、建ててあるというよりは置いてある、という感じだ。

しかもドアに『BAR』と書いてあるだけで、メニューも値段も出ていない。そんな店に入ろうとする人がいるんだろうか。

（あ、いたっけ）

田町さんと倉本さんは、入ろうとしていた。どんだけ勇者なんだよ。

(でもそれは、ホテルの泊まり客だからかも)

位置的に、このバーはホテルの付属物にも見える。だから『ホテルのバー』として入るなら、まあわからなくもない——わからない。

(だって値段がわからないんだよ⁉)

そんな店に入ろうと思えるのは本当にすごい。強い。勇者だ。でも、もしかして入れない僕の方がおかしいんだろうか?

お酒そのものについても、僕は弱い。だから「意識を失う」ということ自体が怖いのだ。

楽しい飲み方をして、でもそのことを覚えていないという人がいる。でも僕の場合、きっとそうはならない。賭(か)けてもいい。死にたいとかもうどうでもいいとか言い出して、ぐずぐずに泣くのが目に見えてる。

ともあれ僕は、すでに色々失いまくっているのだけど。

軽部さんとオーナー代理に、引きずられるようにしてバーに入った。見た目通り狭くて、見た目と同じ素材のログハウス風。ただ、中にはヤシの葉っぽい飾りがあって、かろうじて『南国・沖縄』を思い起こさせる。

あるのはカウンターだけ四席。そしてカウンターの向こうの壁には、ずらりと並んだ酒瓶。漢字が書いてあるものは、泡盛だろうか。そして。

「いらっしゃい」

……よく知らないけど、たぶんバーの人はバーテンダーって言うんだよね？

イメージだと蝶ネクタイと黒ベストを着てるんだけど、ここは沖縄だし、さらに怪しいホテルの前の小屋だし、そういう期待は一切していなかった。

でも、現実はさらにその五千フィート上空をいっている。

「あ、の――」

「何。注文？　自己紹介？　それとも帰る？」

機関銃のように質問をぶつけられて、僕はただ目を見開いた。

だって、髪の色が、ものすごく青い。

そして目の周りは、なんだか青黒い。

「あっちゃん、ぼくビール。瓶のやつならなんでもいい」

かたまる僕を尻目に、オーナー代理は普通に注文する。

「私は泡盛のソーダ割り。シークワーサーかレモン入れてね」

軽部さんも普通なのは、常連だからなのか。

「え――」

とまどう僕に、青い髪のバーテンダーは再び言葉を投げつけてくる。

「注文は？　飲む？　食べる？　帰る？」

「あの、じゃあビールを」

「銘柄は」

「あ、ええと」

特に好きじゃないから、銘柄による味も知らない。ならせめて沖縄らしいものをと思った。

「オリオンビールで」

おどおどと答えると、目の前に缶ビールがどんと置かれた。

「くっそつまらねえ注文」

「え？」

青黒く縁取られた目が、射貫（いぬ）くように僕を見る。

僕、この人に何か悪いこととかしたんだろうか。いや、たぶんない。はず。

「あっちゃん、もうちょっと優しくしてあげて。同じバイト仲間なんだしさあ」

オーナー代理が笑いながら手をひらひらと振る。

「バイト仲間――？」

「そうだよ。このバーはホテルの敷地内にあるでしょ？　雇い主はおんなじだよ」

僕は目の前で腕を組み、仁王立ちしている『あっちゃん』をちらりと見上げた。

（この人が、仲間……）

『あっちゃん』は、青い髪に黒の半袖（はんそで）シャツを着て、銀色のピアスをしている。バンド系というか、たぶんおしゃれなんだと思う。

ただ、すごく太っている。「ぽっちゃり」とかじゃなく、無視できないレベルに太っている。指はウインナーみたいだし、二重顎もすごい。はっきり言ってしまうと、いじめられていた時代の僕と同レベル、いやさらにその上かもしれない。

しかも、目つきが恐ろしく悪い。たぶん口も。

(どうしてこう、強烈なキャラばっか出てくるんだろう……？)

たぶん、強烈第一位のオーナー代理のせいだと思うけど。にしても、この『あっちゃん』は微妙だ。

そしてそれは『あっちゃん』の側も同じだったようで。

「仲間とか、ウケる」

僕を見ながら、冷蔵庫のドアを勢いよく閉めた。

「ザッくん、こちらあっちゃん。バーの雇われ店長ね」

オーナー代理はビールを飲みながら、今更のように紹介を始める。

「あっちゃん、こちらザッくん。さっきも言ったけど、こないだからホテルのバイトに入ってくれてる人ね」

情報、それだけなんですか。僕はどんよりとした気分でオーナー代理を見た。

(なんかこう、こういう人だとか、こうしたら怒るから注意とか、色々あると思うんですが！）

とという心の声はおいておいて、僕の方が新人であることに間違いはなさそうだ。

「……よろしくお願いします」

軽く頭を下げると、あっちゃんは「ああ」とだけ答えた。怖い。

「あ、そうだ言い忘れたんだけど」

「はい？」

「ここさ、内緒で営業してるから外の人には言わないでね」

「内緒で営業？」

誰にですか。首をかしげた僕に、オーナー代理は微笑みながら告げる。

「保健所」

「ええっ!?」

つまり、保健所に飲食店としての届けを出していないと。

「ここには、食品衛生責任者がいないんですか？」

「へえ。ザッくん詳しいね」

「じゃあもしかして、乙種防火管理者も」

「うん。防火管理者もいない。ていうか乙種ってなに？」

防火管理者には甲種と乙種があって、違いは店舗の広さ。狭い方は乙種に当たる。飲食店を営業するには、最低限必要な資格だ。あと、十二時以降も酒類を出すならそれにも許可が必要だったはず。

「へえー、そうだったんだあ」

　まあ、たまに十二時回っちゃうこともあるけど、それは誤差だからいいよね？　そう微笑まれて、僕は頭を抱える。

「あらやだ。私、違法営業のお店で飲んでたのね」

　軽部さんがけらけらと笑う。

「つかザック、詳しすぎんだろ。経験者？」

　あっちゃんに言われて、僕は固まった。なんでこの人が、「ザック」って知ってる？　でもっていきなりのタメ口？　確かに先輩ではあるんだろうけど。

「お弁当屋さんでバイトしてたんです。あの、でもなんで『ザック』って……」

「別に。ただ『くん』とか言いたくねえから」

（そんな理由!?）

　敬称を省いたらもとのあだ名大当たり、って。

「とにかく、公的には言わないでねってだけのことだから」

　どうせ七時以降にしか開けないし、開いてないことも多いし。オーナー代理の言葉に、僕はがっくりと肩を落とす。

　そしてふと、弁当屋の店長が懐かしくなった。

（店長は、ちゃんとした人だったなあ）

『闇営業』の『バー』。自分の人生には、絶対に出てこなかったはずの単語が二つも。

(ゴーさんに「まーた盛って」とか言われそう)

バーテンダーのあっちゃんは髪が青い上にめちゃくちゃ怖いし。

どうしていいのかわからず、出された缶ビールをすすっていると、オーナー代理がアロハの胸ポケットから例のメモ帳を取り出した。

「軽部さん、これ落としたでしょ」

「あらやだ。どこで?」

「どこだっけ、ザックくん」

いきなり振られて、僕は必死に記憶を掘り起こす。

「ええと、部屋です。おばあさんたちが清掃の時に、ゴミ箱の近くに落ちてたけど捨てていいのかわからないって」

オーナー代理越しに顔を覗かせて答えると、軽部さんが言った。

「そうなの。ごめんなさいねえ」

「いえ」

「それよりさあ。このメモ、穏やかじゃないよねえ」

「——見たの?」

軽部さんの表情が、きゅっと引き締まった。

「うん。クメばあとセンばあがね。それがザックくんに伝わって、今ここ」

「個人情報なんだけど」

「ごめんねえ。でも中見ないと大事なものかどうかわからなかったからさあ」

「それは、そうね」

軽部さんはグラスを持ち上げて、ぐいっとシークワーサー割りを飲む。

「で、何が言いたいの？」

「ん？」

「こんなの立ち話ですむでしょ。その場でメモ渡せば終わることよ。なのにわざわざバーに誘って、ザックんまで強引に連れ込んで」

確かに。僕は軽く身を乗り出したまま、オーナー代理を見る。

「んー、だってザックんが気になるって」

「えっ⁉」

言ってない。確かに気にはなってるけど、そんなことは言ってない。

オーナー代理をまじまじと見ると、「えへっ」みたいな顔で微笑まれた。いやだから
そうじゃなくて。

「そうなの？」

「ええと――」

「そう聞かれたら、言いにくいよねえ」

ねえ？　と押されたらうなずくしかない。

「だってほら、ぼくも言われて見たけど、不穏な言葉が並んでるじゃない。『色』に『ホテル』とかさ、一個一個は普通でも、合わせると微妙なやつ」

「ええ？　それ、合わせるの？」

「そうだよ。書いた本人はそんなつもりじゃなくてもさ。で、そんなメモ読んだ後にホテルに連れて行かれたザックくんの立場は？」

「ああ——それはちょっと、悪いことしちゃったかも」

ごめんなさいね。オーナー代理越しに謝られて、僕は「いえ、そんな」と片手を横に振る。ちょっと強引だったけど、軽部さんに罪はない。どちらかといえば、軽部さんの職業を知っていたのに言わなかったオーナー代理が悪い。

「それとさ、あれだよ。クメばあとセンばあも心配しちゃって」

心配？　あれは心配っていうよりゴシップ的な興味だったような。

「二人は私の仕事、知らなかったかしら」

首をかしげる軽部さんに、オーナー代理は「午前中しかいないからねえ」と答える。

「でもまあ、『色』『ホテル』の部分はいいんだよ。ザックくんも現場でわかったことだし。問題はさ、『裏切り者』の部分でしょ」

その言葉を聞いたとたん、軽部さんの表情が変わった。

「それは——仕事上の相手よ」

「『百五十万』は『支払期限』に間に合うの？」

「そこまで話す義理はないでしょ」

軽部さんは険しい表情で、オーナー代理から目を逸らす。

「ていうかさあ、『百五十万』は軽部さんが払うの？　それとも受け取る側？」

それを聞いて、僕ははっとする。勝手に持ち逃げされたようなイメージでいたけど、軽部さんが『裏切り者』から『百五十万』をもらう可能性もあるのだ。

『百五十万のうちの五十万』、『捨て金は払えるのか』という言葉が蘇る。でも、裏切り者があの男性だったなら、軽部さんはお金をもらう側じゃない。だって『二度とかけてくるな』とまで言ってるんだし。

「だから、そこまで話す必要ないでしょって」

プライバシーの侵害だから。少し怒ったような声で、軽部さんが言い放った。

しかしオーナー代理はそれを全く気にせず、「でもさあ」と続ける。

「仲直り、したいんでしょ」

「え？」

思わず声が出た。

そんな僕を、あっちゃんがじろりと睨む。

（裏切り者と仲直り？　だとしたら、裏切られたのは軽部さんってことになる）

でもそれってハードルが高い。ていうか無理なんじゃないだろうか。

「何それ」

軽部さんは前を見たままつぶやく。

「だってほら。裏切り者って、裏切る前は身内や仲間なことが多いでしょ。それを裏切ったから、裏切り者なんだし」

なるほど。それはまあ、そうかもしれない。

「何かの約束や契約に関しても、そういう風に言うかもだし。要するに、裏切り者は元仲間ってこと」

(元仲間——)

僕は電話をかけてきた男性の言葉づかいを思い出す。丁寧な仕事相手というよりは気安い感じがして、確かに元仲間っぽくはある。

「裏切り者の定義はもういいわ。でも、なんで私が仲直りしなきゃいけないのよ」

軽部さんは、自分でも意識しないうちに『裏切り者』の存在を認めた。

「そうそう。裏切り者は殺せ、って」

聞き役だと思っていたあっちゃんが、物騒な茶々を入れる。

そんな二人に対して、オーナー代理はのんびりとうなずいた。

「だよねえ。でも、そういうのって商売的には損じゃない？」

わかっていたのか、軽部さんは黙って口を尖(とが)らせた。

「損得で言ったらさ、ケンカした相手でもせめて『保留』にしとくのが得だよね。感情はおいといて」

ビジネスって、そういうもんだよねえ？　オーナー代理があっちゃんに振ると、あっちゃんは「そういうもんすか」と答える。

「そうそう。まあどっちを取るかって話なんだけどね。嫌いだからって大口の相手を無視するか、嫌いでも得にはなるから、表面上のつきあいは続けるかっていう」

「商売人は、感情を殺せるんすか」

あっちゃんが不思議そうに首をかしげると、軽部さんはぽつりとつぶやく。

「……感情が殺せないから、損切りしたのよ」

「損切りか。商売人らしい言葉だね」

オーナー代理はふふふと笑って、ビールを飲み干す。

「でもこの話、商売だけじゃないよね」

「え？」

また声をあげてしまい、あっちゃんに睨まれる。

「商売だって言ってるでしょ」

軽部さんは、ついに不機嫌を隠さなくなった。

「またまたあ。おいとけない感情が絡むのは、相手に対して仕事を超えた何かがあるからでしょ」

オーナー代理はビールを飲み終えると、あっちゃんに「同じのね」と注文する。

「ところでザックくん、軽部さんの商売がわかったところで、メモの謎はある程度わかったよね」

「え？　あ、はい」

「石に関することは二つ書いてあったと思うんだけど、わかる？」

「それは」

頭の中にメモの内容を思い浮かべる。『石　百』は石を百個、じゃなくて。

「宝石を、百万円ぶん買う。ですよね」

「当たり」

軽部さんが少しだけ表情を和らげる。

「んじゃ二つ目。これは長いから見せてあげよう」

そう言ってオーナー代理はメモを開いた。

「『石　亀　軸　値段』ね。実はこっちの石は、宝石じゃないんだけど」

「宝石じゃない、石——？」

石ころ、なわけはない。だとしたら。

「ええと、亀に見える自然石を探してほしいと依頼されているとか？」

床の間に置くような石は、マニアの間では高額で取引されると聞いたことがある。

「値段は検討中、みたいな感じでしょうか」

「『軸』が残ってるよ」

「——たとえばその石を置物にするため、土台とつなぐ軸とか」

「なるほど、そう考えたかあ」

　うんうん、中々いいねえ。オーナー代理はにこにこと笑う。

「これ、結構近いよね。軽部さん」

　すると軽部さんは、眉間に皺を寄せた。

「そんなに近くないでしょ。飾れるほど小さくないし。安城さんはこっちに住んでるから、もうわかってるんでしょ。意地悪ね」

「じゃあ、もっと違う石があるんですね」

　僕の言葉に、軽部さんはうなずく。

「ああ、言うのが嫌だわ。歳を実感させられるから」

　歳？　それを実感させられる石ってなんだろう。そしてオーナー代理は、こっちに住んでいるから知っている――。

　僕は軽部さんに会ってからのことを思い出す。年に何回か帰ってくるけど、もう実家はなくて、ホテル住まい。兄弟はいるけど親はケアホームに入っていて。そして「歳を実感させられる」、それなりに高価で、軸が入っていそうな大きめの石。

　僕は唐突に、ゴーさんのいたホームセンターを思い出す。石売り場。亀みたいで飾れるほど小さくない石。つまりそれは、外に置くもの。庭石みたいな。

　それってまさか。

「まさか――墓石ですか？」

軽部さんはカウンターに両肘をつき、手で顔を覆う。

「もうやだ」

「え」

「私、おばあちゃんになりたくない」

「おばあちゃんには、まだだいぶ間があるでしょ」

オーナー代理が軽い調子であしらっても、軽部さんは顔を上げない。

「間なんてないの。もうすぐそこまで来てるの」

背中を丸めて、軽部さんは絞り出すようにつぶやく。

「父が亡くなった時は、悲しかったけどまだ大丈夫だった。病気だったし、母もいたし、頑張らなきゃねって。でも、母をホームに入れて実家を処分したら、何かが終わったの。人生が、ガタンって音を立てて違う段階に入ったみたいだった」

軽部さんの言葉は止まらなかった。

「兄は――結婚して家族がいるからわからないみたいだった。それとも男だからなのかな。私は独り身で女だから、切実さが違ったの。ああ、もうこれで帰る場所は無くなった。ここからの人生は、本当に自分だけでやっていかなきゃいけないんだって。

――それでもね、最初はまだよかった。今よりは、ちょっとだけ若かったから。働いて頑張って、達成感もあって。それがあれば一人でもやっていけるって思えたの」

軽部さんは、顔に当てたままの両手をぎゅうっと握りしめる。

「なのにどんどん、時間が追いかけてくる。見たくもないものを見せにくるの」

少し震えた声が、泣き出す一歩手前に感じられて僕は焦った。

「すいません、僕——」

「たまに会う母の手が、どんどん皺くちゃになっていくの。骨ばって、かさかさして、脂が抜けていってるのがわかる。でもよく見たら、私の手もそうなりつつあるの。静かにシミが浮き上がってきて、ほんのり皺が寄って。

ねえ、わかる？　毎朝、鏡を見るたびに悲しくなるのよ。突きつけられるのよ。昨日より若く、綺麗になることなんてもう、一生ないんだって。そしてその一生が——もう残り少ないってことも」

「だから、墓を買おうと思ったんですか」

あっちゃんの言葉に、軽部さんはこくりとうなずく。

「安心したかった。それがどういうものでも、私の未来を保証してくれるものが欲しかったの」

未来を保証してくれるもの。そこに自分がいなくても？

「だって今のままじゃ私、無縁仏だもの」

その言葉を聞いて、三度(みたび)僕は声をあげた。

「どういうことですか」

軽部さんにはお兄さんがいるんですよね。それにお父さんが入ったお墓があるはずじゃ。そうたずねると、軽部さんではなくオーナー代理が答えてくれた。

「ザッくん。残念ながら、沖縄の古いしきたりでは独身の女性に墓はないんだよ」

「ええ!?　なんですかそれ」

意味がわからない。僕がつぶやくと、オーナー代理もうなずく。するとあっちゃんがぼそりと言った。

*

「家父長制って知ってるか」

耳にしたことはあっても、よく知らない単語。僕が首を横に振ると、あっちゃんは小さく舌打ちをする。

「家族全員に対する統制権である家長権が、父親に一点集中してるクソみたいな制度。父親がいないときは長男、次男と権利が男だけに移動する」

「母親がいても、ですか」

「女だからな。女に権利はない」

ちょっと、皇位継承を思い出した。男子じゃないとダメで、小さい子供でもその位に据えようとする、みたいな。

（なんか、時代に合ってないような）

男とか女とかじゃなくて、今できる人、みたいなことって無理なんだろうか。

「それが墓にも適用される。父親が基本の家の墓に入ることができるのは、父系の血族と、そいつと結婚して家族になった女だけ。そしてそのくくりに『結婚していない女』は含まれない。極端な話、その家の小さい娘が死んでも家の墓に入ることができない」

「え」

嘘だろ。思わずそんな言葉が漏れる。

「じゃあ男の子だったら」

「入ることができる」

「なんなんですか、それ。本当に」

だってそれを適用した場合、僕は墓に入れても妹は入れないってことじゃないか。意味がわからない。

「ちなみに離婚して戻ってきても、墓はない」

なんですかその地獄みたいな制度。とはさすがに口に出せず、僕は唇を噛む。するとオーナー代理が「でもこれは『門中墓』っていう沖縄の古いタイプのお墓の話でね」と話しだした。

「ザックん、町で目にしなかったかな。こう、家みたいになってるでっかいお墓」

「あ、はい」

確か首里城に行ったとき目にした。

「屋根がついてて、小さい神社みたいな」

「そうそう。破風墓（はふ）っていうんだけどね。それともう一つ、大きくて円形の亀甲墓（かめこう）っていうのもあるよ。どっちも沖縄風のお墓で見た目は素敵なんだけど、そういう制度が嫌で今は本土風のやり方にする人も多いよ。あと、個人墓とかマンション的な納骨堂も増えてるし」

「やけに墓事情に詳しいっすね」

あっちゃんが首をかしげる。

「マンガ喫茶の新聞、ちゃんと読んでるからね。最近、下の方にお墓の広告ばっかか載るから」

得意げな表情を浮かべるオーナー代理の横で、軽部さんがぽそりとつぶやく。

「……シーミーが近いからよ」

「シーミー？」

また謎の単語が出てきた。

「――シーミーは、古い中国の二十四節気という暦にのっている清明（せいめい）の祭のことを指すの。沖縄では、その日に皆で御墓参りをするのよ。内地でのお彼岸みたいなもの。それが大体、四月の一週目のどこかにあって」

「シーミーはねえ、結構イベントっぽくて面白いんだよ。だってお重やオードブルセット持ち込んで、お墓の敷地でご飯食べるんだから」

「お墓で、ご飯……」

「ほら、広いから」

言われて、妙に納得した。確かに家っぽい大きなお墓には、前庭のようなスペースがあった気がする。

「故人も一緒になって飲み食いする感じは、楽しそうでいいんだけどね」

「そう感じるのは、偶然うまくいってる家族だけよ。じゃなきゃ、我慢を表に出してないだけ」

軽部さんは、ずっと我慢してきたんだろうか。

「入れないお墓の前で何を想えって言うのよ。亡くなった人が恋しくても、同じ場所にいけるわけじゃなし」

それは確かに、複雑な気持ちだと思う。同じ家族なのに、こんな分断があるなんて。

「シーミーが近かったから、個人の墓を買おうと思ったんすか」

あっちゃんの問いに、軽部さんはうなずく。

「――タイミング的にちょうどよかったのよ。私がこっちに帰ってくるし」

「それで、メモに書いた。『石　亀　軸　値段』」

石はわかる。亀も、亀の名前のついたお墓があったし。

「すみません、『軸』がわからないんですけど」

「ああ、それは難しいから説明しよう。ぼくも広告をじっくり読まなきゃわからなかったもん。なんでもね、軸石型っていうお墓があって、それは沖縄風と内地風のミックスみたいなものらしいよ」

ああ、これこれ。オーナー代理は自分のスマホで検索すると、その画像を見せてくれた。確かに墓石の部分は見覚えのある感じで、でも上の方に屋根っぽい飾りがついていたり、小さな前庭がついていたりして沖縄の雰囲気もある。

「軸石型は、コンパクトで安いのよ」

「そうなんですか」

安いと言われても、お墓の値段がわからない。でも。

「これが百五十万、ですか」

メモの金額を告げると、軽部さんは首を横に振る。

「値段的には当たり。だけど――」

「だけど、軽部さんの百五十万は一人用のお墓の値段じゃないよね」

「なんで――」

嘘でしょ。と言いたげな表情で軽部さんはオーナー代理を見た。

「たぶんだけど、最初は三人。そこから一人抜けた」

「なんで、知ってるの」

「当てずっぽう。でも『裏切り者』が出て『百五十万のうちの五十万』が『捨て金』になったなら、残り百万は二人分なのかなって」

「なんで、知ってるんですか！」

今度は僕が同じ言葉を言う番だった。だってあの電話をしているとき、オーナー代理はその場所にいなかった。なのに、なぜ。

「だって、ついたての後ろで寝てたから」

「え」

じゃあ昼過ぎからずっと、あそこで寝てたんですか。僕の質問に、オーナー代理はこくりとうなずく。寝すぎだろ。

「ザック、説明しろ」

あっちゃんに高圧的に言われて、僕は少しむっとする。でも一人だけ話の置き去りは嫌だろうなと思い、ここまでの流れと電話の内容をかいつまんで話した。

「声が大きかったから、起きちゃったんだよねえ」

「盗聴じゃないっすか」

えへへと笑いながら、オーナー代理はビールを飲む。

「でさあ、五十万ずつ出して百五十万の軸石型のお墓を買うとするじゃない。となると、軽部さん以外の二人って簡単に想像つくよね」

家族じゃなくて、一緒のお墓に入りたいと思える人たち。瞬時に、ゴーさんとアマタツの姿が浮かんだ。

それはきっと『レストラン　トキ』で会食していた人たち。女子会と言っていたから女友達のはず。

「友達、ですね」

「友達三人でシェアハウスならぬシェアグレイブ？」

悪くないな。あっちゃんがうなずく。

「歳の近い独身の友達なら、同じようなタイプの門中墓で悩んでいた可能性は高いよね。で、相談するうちに一人でマンション墓買うくらいなら、三人でお金を出し合って景色のいいところに一基建てようって話になった」

「見てきたみたいに言うわね」

軽部さんはあっちゃんに指を一本立てる。あっちゃんはうなずくと、泡盛のソーダ割りを作り始めた。最後に、シークワーサーをきゅっと搾りながら放り込む。

「わかるよ。ぼくもちょっと憧れるもん」

オーナー代理の言葉に僕は驚いた。こんな人でも、お墓のことを考えたりするんだ。

「でね、気になったわけ。その三人から『裏切り者』が出たわけでしょ。五十万が『捨て金』になるから怒るのはわかる。でも、『あたしら』と『あんたら』になるのはおかしくない？」

（あ）

三は奇数。二対一になるしかないのに、どうして双方が複数形なのか。

『あたしら』は最初のメンバーである軽部さんともう一人の友達。『あんたら』は墓に入らないと言い出した『裏切り者』と、あと誰がいるんだろう」

オーナー代理の問いに、軽部さんは答えない。

「一度は同じ墓に入ると決めたのに、それを翻すのは結構な勇気がいるよね。もしお金が間に合わないとかだったら、軽部さんは貸しただろうし」

お金じゃなければ気持ちの問題。でもそれには色々ありそうだ。

「ケンカしたとか。それとも、家族に反対されたとかですか」

「お、いいねザックくん。家族ってのは新しい視点だ」

「その家族の墓が嫌でシェアグレイブに来たんだろうが」

なんでいちいち僕には冷たいのか。暴言に少し慣れたので、言い返してみる。

「やっぱり家族だから、とか。他人となんて、とか言い出す人がいてもおかしくはないと思います」

するとあっちゃんは、目をかっと見開いて叫んだ。

「おかしくはない、と、思いまーす！」

なんだよ。

「小学校の教室か。大体、家族だったら軽部さんは『あんたら』呼ばわりしねえだろ。せいぜい、『あんた』か『あんたの家族』だ」

まあそれは、そうかもしれないけど。

「じゃあ、『あんたら』は誰だと思うんですか」

「友達の延長線上にいる奴。同じグループだった奴か、知り合いみたいな」

それを聞いた軽部さんは、ちょっと嫌そうな表情を浮かべる。つまり、近いってことだろう。

(友達三人。その約束を破らせる人物——)

その人物は、きっと軽部さんに憎まれているだろう。そう考えた瞬間、あの男性のことが頭に浮かんだ。そして、オーナー代理のちゃっかりとした発言も。

「——わかった。別のお墓だ」

「ザック、どういう意味だ」

あっちゃんに聞かれて、僕は顔を上げる。

「だから、『裏切り者』は三人のお墓に入ることをやめたんじゃなくて、別のお墓に入ることにしたんですよ」

「結婚して、新しい人と新しいお墓に」

＊

言った瞬間、後悔した。

軽部さんが、再び両手を顔に当てたのだ。

「あーあ、何よ三人して。私の人生の問題を、謎解きゲームみたいにしないでちょうだい」

「あの、そんなつもりは」

僕がおろおろしている前で、あっちゃんがいきなりぐわんと頭を振り下ろす。

「ごめんなさい。ちょっと楽しんでました」

いや、ここに至って丁寧って。

（――なんか、ズルくない？）

慌てて僕も頭を下げる。

「軽部さん、ごめんね」

オーナー代理は小首をかしげるようにして、軽部さんの顔を覗き込む。

「……いいわよ、もう」

笑えばいいでしょ。両手を顔に当てたまま、軽部さんはつぶやいた。

「――楽しかったのよ。全員、古いしきたりの家でね。しかも独身。行き場がないわよねえ、なんて会うたびにぶうぶう言って。そしたらあるとき、誰からともなく言ったのよ。『ねえ、一緒のお墓に入らない？』って」

軽部さんはふっと手を外し、頬に当てる。

「まるで、昔みんなでおしゃべりした夢の話みたいだった」

ねえ、あたしたち大人になったら一緒に住まない？

いいねえ。アパートでシェアハウス！

どこがいい？　東京？　大阪？　それともいっそ海外？

どこでもいいよ。とにかく景色のいいところ！


「皮肉よねえ。中学の時にした話と、ほとんど同じなんだもの。未来どころか、最終地点の話だっていうのに」

両手を頰に当てた軽部さんは、どこか女の子っぽく見えた。まるで中学校の窓辺の席に座り、明るい未来を夢見ている。そんな風に。

——胸が痛い。

だってこういうことを、僕たちもしていたから。

いつか南国の楽園に行ったら、そこに三人で住んだらどんなに楽しいだろう？

どんなに自由だろう？

誰も、実現可能だとは思っていなかった。でも、真剣に話し合った。一人頭いくらあれば、三人が住める部屋を借りられるのか。立地は。食費は。バイト頑張んなきゃな。勉強もだぞ。ゲーム三人でやろうな。

アマタツとゴーさんと僕。もし一緒に住んだなら、それはどんなに、どんなにか楽しかったことだろう。

（なら、僕らも同じお墓に？）

悪くない気がした。アマタツは自分の親とは入りたくないだろうし、ゴーさんはおばあちゃんの骨さえ一緒なら問題ない気がする。僕はちょっと難しいかもしれないけど、説得する。なんなら、僕の家のお墓に二人（というかおばあちゃん込みだと三人？）を入れたいとすら思う。

だってね、悪くない。

「……一緒のお墓があるなら、死ぬのが怖くないかも」

僕のつぶやきに、軽部さんがうなずく。

「そうなの。私もそう思ってた」

最初に死んだら一番乗りで、二番手だったら最高。そして最後は最後で悪くない。

「二人の待ってるところに行くのよ。ようやくみんな一緒に暮らせるわねって」

なんだか、僕が泣きそうだった。だって、だってそんな最期って最高じゃないか。

「なのに、あの子が裏切った。ずっと、ずっと一緒ねって一番最初に言ったくせに」

ああ、それはつらい。つらすぎる。

「死ぬまでには、まだ結構間があるからねえ」

さっきと同じような言葉なのに、軽部さんは反論しなかった。

「――気が変わったのも、『間』があったからかしら」

「『間』が耐えられないタイプの人もいるからね。ちょっとでも暇になると、誰かのために何かをしちゃう、みたいな」

「ああ、まさにそう。あの子は昔っからお人好しで世話好きで、いつもくるくる動いてて」

軽部さんの表情が、ふっと和らぐ。きっと、今でも大切な友達なんだろう。

「自分の好きなことしなさいよ、って言っても聞かなくて。これが私の好きなことだからって。そういうところをつまらない男に利用されて、結果二回の離婚。家族にも、もう戻ってくるなって言われてて、それでお墓の話になったのよ」

もう一人の友達は元々独身主義で、お墓について調べていたらしい。

「それで話がとんとん拍子にまとまったの」

「なのに、言い出しっぺが離脱か。きついっすね」

あっちゃんの言葉に僕もうなずく。しかし次の瞬間、あっちゃんは予想外の意見を口にした。

「じゃあもう、二人で入ればいいじゃないっすか」

金額の問題じゃないんですよね？　そう言われた軽部さんは目を丸くする。

「いやよ」

「なんで」

「二人って、微妙じゃない。誤解されそうだもの」

同性カップルだと思われないかどうか、ということだろう。それは確かに。けれどあっちゃんはひるまない。

「大丈夫っすよ。誤解されようがどうしようが、死んでるんだし」

身も蓋もない。

「あっちゃん、デリカシーなさすぎ！」

すんません。またもや頭をぶんっと下げるあっちゃん。勢いがよすぎて、ライブでのヘッドバンギングのようだ。

それを見ていたオーナー代理が「まあねえ」とつぶやく。

「デリカシーの問題以前に、軽部さんの悩みの根っこはお墓じゃないからね。それじゃ解決しないよ」

「お墓じゃない？」

商売かと思っていたらお墓で、お墓だと思っていたらまた違う？　僕が驚いている横で、オーナー代理は「ね」と軽部さんに微笑みかけた。

「トンビにあぶらげさらわれたんだよ。それが悔しいの」

「やめてよ、安城さん」

表情が和らいでいた軽部さんが、再び眉間に皺を寄せる。

「どういうことですか」

「大切な、お墓に一緒に入ろうとまで言ってくれた友達が、横から男にかっさらわれた。

しかも生活力に乏しい、人はいいかもしれないけど、ちゃらんぽらんな昔なじみの男に」

「なんで……そこまで」

軽部さんが、気持ち悪いものを見るようにオーナー代理を見た。

「だって相手、電話のヒトでしょ？」

それは僕も、なんとなくわかる。でも「生活力に乏しい」みたいに具体的な部分は、どうやって導き出されたんだろう。

「ザックんがやらせてもらったアルバイトの役で、あの人うちに来たことあったよね。ぼく、顔はあんま覚えないけど、声は覚える方なんだ」

でさ、とオーナー代理は僕を見る。

「軽部さんのバイト、基本平日だよね。それも直前になって決めることが多いでしょ。それに来られるってことは、少なくとも会社員っぽくはない。それに妻帯者っぽくもない。でもヤクザな感じもしなくて、どちらかといえばフリーターみたいな印象。確かガタイは大きかった気がしたから、そういう意味でボディガード役にはぴったりだったけど」

それもまあ、わかる。

「あの人さ、押しに弱いよね」

「え？」

「だってぼくが電話でごり押ししたら、色々教えてくれたもん。でさ、軽部さんも押しが強い方でしょ。そういう人の頼みを断りきれなくて、でも人がいいから重宝されて、それでなんとなく食えてる、みたいな感じがしたからさ」

ねえザックくん？　と言われて僕は首をかしげる。

「イメージはわかるんですけど、大の大人が定職にもつかずふらふらしていて、結婚できるんでしょうか」

そう言った瞬間、頭に何かがぶつかった。

「いって！」

顔を上げると、あっちゃんが空手チョップのポーズを構えたまま、鬼のような形相をしている。

「ザック、てめえ」

「え？」

何度も言うけど、僕、この人に何かしたんだろうか。いや、してない。なのに、なんで？

「馬鹿か。馬鹿なのか。さっきの家父長制の話から、一個も学んでねえ」

「え？　え？」

家父長制は、家の実権が父親に一点集中する制度で、それは良くない。でも、今の僕の発言と何の関係が？

「凝り固まった考え方。人を条件で判断する姿勢。お前は、家父長制ジャパンの嫌なとこ煮詰めたおっさんどもと同じ臭いがするぜ」

「なんで」

むしろ僕は見た目からして異端で、そんな多数派には属していないはず。

「よく聞け。無職だろうが何だろうが、結婚可能な年齢になってりゃ、結婚はできる。婚姻届を出すとき、役所の担当者に職業を聞かれるか？

この場合、結婚できたのは『人がいい』からだ。そして人に頼まれると嫌とは言えない優しいところがあったからだ。大人であることと定職があることは、二次的な条件だろ」

「あ……」

僕はそっと、軽部さんの方を見た。すると軽部さんは、申し訳なさそうな顔で小さくうなずく。

（あっちゃんの言う通り、ってことか）

「人を見た目や条件で判断するな、ってのは難しい。けどな、口に出さない程度の知性は身につけろボケ」

何も言えなかった。

（――ずっと、見た目や条件で判断されてきた方だったのに）

恥ずかしかった。

軽部さんのことも最初はごく普通のおばさんだと思ってて、「そういう年齢の人」はこうしないだろうとか勝手に決めつけていた。

「……すいません」

カウンターの向こうに、頭を下げる。

「いいのよ。気にしないでザッくん。本当にふらふらしてる人だから、最初は結婚に反対したぐらいだもの」

「『最初は』？」

オーナー代理がにやにやと笑う。

「だってしょうがないじゃない。あの子がそれで幸せになれるんなら」

「軽部さんは、友達思いだね」

「そんなことない。今でも裏切られた、って気持ちがあるし、なんであいつなんかと、って気持ちもあるもの」

寂しそうに軽部さんがつぶやく。けれどオーナー代理は、まだ笑っている。

「裏切ってないと思うなあ」

「どういうこと？」

「彼女は、安心したんだよ」

＊

バーには、音楽が流れていない。ただ壁が薄いせいか、表の道路の音が聞こえてくる。今は誰かが車で流しているＪ－ＰＯＰ。懐かしくて、どこかで聴いたことがあるようなメロディー。

「安心したって、どういう意味？」

軽部さんがたずねる。するとオーナー代理は、今度は優しい微笑みを浮かべた。

「だってさ、いざとなったら一緒のお墓に入ってくれるとまで言ってくれる友達がいるって最高に安心じゃない。

それで心のゆとりができたんだよ。でも、死ぬにはまだ『間』があるでしょ。そしたら暇になって、近くでふらふらしてる人の世話を焼きたくなった。そういうことじゃないかな」

「安心して、暇になった……」

ぽかんとした表情で、軽部さんはオーナー代理を見つめる。

「暇になると、とにかく時間を埋めちゃう世話好き。そういう人っているって言ったじゃない」

そんな理由ってありなのか。でも軽部さんは納得したらしく、笑いながらうなずいた。

「ホントだ。暇だったんだわ」

「でも、暇を埋めないと気が済まない人って、案外自分から逃げてるだけの人もいるんじゃないすか」

あっちゃんの言葉に、僕はどきりとする。なんとなくだけど、思い当たる節があった。

「忙しくして、重たいものと向き合わないで済むように生きてるみたいな。大体、世の中の世話のほとんどは『余計なお世話』ってやつだし」

あっちゃんの言葉は、鋭くて重くて痛い。けれど軽部さんは、笑い続ける。

「いいのよ。私は――私たちは、その『余計なお世話』で救われてきたんだから」

仲良し三人組の女の子。一人はしっかり者で、一人は自由に世の中を渡るタイプ。そしてそんな二人が崩れかけたとき、サポートしてくれる世話好き。

「ちゃんとお祝いしなきゃ、ね――」

カウンターの上で、そっと手を組む。そんな軽部さんに向かって、オーナー代理が言った。

「ま、彼が死んだら軽部さんたちの方に戻ってくるからさ」

「はあ？」

僕が声をあげると、すかさずあっちゃんが空手チョップの構えをとる。

「だから安心して、模合墓でも造っとけば？」

「あの、模合墓っていうのは」

僕は正面から体を反らしながら、恐る恐る質問した。

「模合墓ってのは寄合墓とも言われる、共同のお墓だよ。元祖シェアグレイブだね。それにしとけば、二人も三人も一緒だ」

「もう、そういう古い風習が嫌で軸石型にしようと思ってたのに」

軽部さんが不満そうに頬を膨らます。

「ならもう、いっそ全員海に散骨とか」

あっちゃんの意見に、軽部さんはぷっと噴き出した。

「豪快！　それもいいかもしれないわね」

その瞬間、僕の首から下げた携帯電話が震える。到着したばかりのお客さんからだった。


「僕、行きます」

スツールから立ち上がると、なぜかオーナー代理までついてくる。

「本来、ザックんはもう休む時間でしょ」

あっちゃん、つけといて。そう言うとあっちゃんは苦虫を噛み潰したような表情でうなずいた。

(きっと、ここでも結構な額になってるんだろうな)

とはいえ常識的な発言に驚きつつも、二人でバーを出る。

「ぼくがチェックインの手続きするから、ザックんは部屋の案内と食事の説明してくれる？」

カップルらしき男女一組のお客さん。旅の経験値が高いのか、バーから出てきたホテルスタッフに嫌な顔をしないでくれて、とてもありがたい。僕は説明を終えると、フロントに戻った。

「お疲れ」

ぽんと何かを投げられる。受け取ったのは、小さな四角いもの。

「食べられる墓石」

「チーズじゃないですか」

「さっき何もお腹に入れてなかったからね」

ありがたく食べながら、僕は気になっていたことをたずねてみる。

「あの、さっきの話なんですけど」

「うん？」

「ひとつだけわからなくて。『生活力に乏しい』って、なんでわかったんでしょうか」

平日にすぐ呼び出せるような人物なのはわかる。でもたまたまそのとき暇だったのかもしれないし、自由業の可能性だってある。だのに、なぜ。

「ああ、あれね。当てずっぽうその二。理由は、結婚式場が格安のところだったから」

「え」

それだけ？

「あとはほら、経済的にも『面倒見たくなる』タイプなのかなって」

それでも当たっていたみたいだから、すごい。

「オーナー代理は、ドラマに出てくる名探偵みたいですね」

「なんだいそれ。ぼくに決め台詞とかないけど」

でも、それぞれのお客さんの問題を解決してますよね。そう言うと、オーナー代理はチーズをかじりながらふっと笑う。

「だってそれはほら、相手の方が色々チラつかせるから」

「相手の方？」

「不満そうな態度や、不自然な行動。落としたメモに、不審な電話。人は、そういう小さなカケラをポロポロこぼしてるんだよね。わかって、気づいて、って。だからそれが見えたときは、ちょっとサービスしてる、みたいな」

わかって、気づいて。それは声にならない声。言外のヒントからそれを読み解くオーナー代理は、実はすごい人なんじゃないだろうか。

——たとえ、普段があまりにひどかったとしても。


バーに戻ると、あっちゃんがぶすっとした顔でカウンターを指差す。

「遅いっすよ」

酔っ払って寝ている軽部さんを見て、オーナー代理が「ごめんごめん」と片手を挙げた。

「二人がいなくなってから、最後の堤防が決壊しちゃったみたいで、まあ忙しかったたっす。泣いて、わめいて」

「ええ？　なんでそんな急に」

「察しが悪いな、ザック。こっちは反家父長制同盟なんだよ」

「え？」

言われている意味がわからなくて、僕はオーナー代理を見る。するとオーナー代理は苦笑しながら言った。

「女同士、ってことだよ」

「ええ!?」

僕は目の前のあっちゃんをまじまじと見つめる。ものすごく太っていて、肩まで伸びた髪は青くて、バンド系のファッションで。

「──男だと思ってた」

言った瞬間、頭に電撃が落ちた。

「あっちゃん、脳はよくないよ」

「すんません。次回は張り手にしますんで」

軽く頭を下げたあっちゃんを見ながら、僕はまだ混乱していた。

世界は広い。

＊

翌日の昼。申し訳なさそうに軽部さんが顔を出す。

「昨日は迷惑かけちゃって、ごめんなさい」

「いえ、大丈夫ですよ」

「最後の方、記憶が薄くって。私、何か失礼なこと言わなかった？」

言ったかもしれないけど、聞いていたのはあっちゃんだけだ。僕は笑って首を横に振る。こういう記憶の失い方ができるなら、お酒も悪くないと思えた。

「そういえばね、記憶が薄くなる前――二人が出て行ったすぐ後のことだけどね。あっちゃんが言ってくれたの。歳をとることや、皺が寄ることと『綺麗』は両立しないんすかね、って」

軽部さんは、自分の手をじっと見つめる。

「『細かい皺の寄った指先に、でかい宝石つけてたら、マジ女王様だなって思いますよ』」

歌うように、静かに言葉をなぞる。

「『太った首に真珠もゴージャスだし、ガリガリの頰骨にサングラスのっけてても超イケてる。そういう趣味の人間もいるってこと、覚えといて下さい』――だって」

すごくない？　言いながら、軽部さんは嬉しそうに微笑む。それを見て僕は、ちょっと可愛いなと思う。そうか、おばさんと可愛いだって両立するんだ。

「でね、それ聞いて閃いたのよ」

「はい？」

「質のいい模造ジュエリーで大ぶりのアクセサリーを作って、老人ホームに売りに行くの。本物じゃないから、値段は格安でね。誰でも買える値段なら、盗んだり盗まれたりの不安もないでしょ。おもちゃだって笑われるかもしれないけど、子供の頃、きらきらしたおもちゃのジュエリーが欲しかった人は多いはずよ」

「いいですね」

そういえば、妹もいまだに『なんとかプリンセス』みたいにプラスチックの宝石でデコったスマホカバーを使っていたっけ。

「つけたらちょっと気分が良くなる。気持ちが明るくなる。それがその人の美しさを引き出す。ジュエリーって、そういうものだと思うの」

そういうの、今までなかった販路よ。軽部さんはわくわくとした表情で、これからの話を続ける。

「私、今まで本物の石にこだわりすぎてた。模造品を馬鹿にして、買わなかった。でもね、違う方向性もあるってわかったのよ。知ってる？　ココ・シャネルがジャラジャラつけてたパールのアクセサリーは、模造真珠と養殖真珠がメインなのよ」

「シャネルって、あのブランドのシャネルですか」

僕ですら名前を知っている有名ブランド。そこで使われているアクセサリーが模造や養殖の真珠とは。

「そう。それまで真珠といえば天然もので、お金持ちだけのものだったの。でもシャネルは、宝石をその値段だけで判断して、見せびらかすようにつけている人が大嫌いだったの。だからそんなスタイルへの反抗として、ジャンクジュエリーを作った。本物であることは素晴らしいけど、本物じゃないから綺麗じゃない、というわけじゃないものね」

軽部さんは楽しそうに、これからの話を続ける。

(たくましい、って表現で合ってるのかな)

それとも、転んでもただじゃ起きない？　なんにせよ、今の軽部さんはすごくいきいきしていた。

(聞いてほしかったのかもしれない)

お墓について。女の人特有の悩み。歳をとる不安。友達との不和。

全てが解消されたわけじゃない。今、この瞬間にだって時間は進んで少しずつ歳をとってる。でも、軽部さんの目は輝いている。

(よかったな)

僕は何もしていないけど、目の前の人が幸せそうでいてくれるのは嬉しい。

「あ、それと、ごちそうさまでした」

頭を下げると、軽部さんは「気にしないで」とにっこり微笑む。

「えー？　ぼくはごちそうになってないんだけどぉ？」

いきなり聞こえてきたオーナー代理の声に、軽部さんと僕はびくりと身を竦ませた。

「――またそこで昼寝ですか」

フロントのついたての向こうから、伸びをしながらオーナー代理が出てくる。

「だって何かあったとき便利じゃん」

それに交替の時間だし。言いながら、オーナー代理は軽部さんに近づいた。

「ところで軽部さん、昨日お祝いしなきゃって言ったよね？」

「え？　ああ、そうね」

「じゃあさ、バイトしない？」

オーナー代理がにやりと笑う。

「時間は二時間。ご飯とお土産つき。軽部さんは座ってるだけでいい」

「誰にでもできる、簡単なお仕事だよ」

フェア

起きたら、雨が降っていた。当たり前だけど、沖縄にだって雨は降る。

部屋の窓にぽちぽちと当たる雨つぶをぼんやり眺めていると、色々なことを考えてしまう。男であること。女の人のこと。家父長制のこと。日本という国のこと。そして、自分やユージーンのこと。

（どうしたら――）

どうしようもない。ていうか括りが大きすぎて、手一杯な感じがする。だから脇によけておきたいのに、静かな雨がそれを許してくれない。

（――嫌になる）

元々自分に自信がないのに、さらにそこへ突っ込まれた「無自覚な罪」。でもそれって、僕のせいなんだろうか。

（だってそんなこと、誰も教えてくれなかったし）

学校でも家でも。性教育の時間はあったけど、女の人がどんな風に生きてるかなんて考えたこともなかった。でも、もしかしたらお母さんや妹には見えていたんだろうか。

夜中に道を歩いても平気な僕とは、まるで違う景色が。
(南国の楽園って——)
住んでいる人にとっては全然、楽園じゃなかった。そんなこと、当たり前と言われれば
ばそれまでだけど。
ぽつぽつぽつ。雨音が心の中に波紋を投げかける。
お前は思っていた以上に恵まれてた。
いや、でもずっと苦しかった。
その苦しさは、抜け出られない苦しさだったか？
もし女に生まれていたら、こんな風にいられたか？
(——考えたくない)
これ以上考えても、落ち込むだけだ。僕は頭を振ると、ゆっくりと立ち上がる。窓の
外は、朝なのに灰色で。
(どうせ降るなら、スコールみたいなのがいいのに)
南国らしく、一気にどじゃっとぐわっときてほしい。全てを洗い流す勢いで、余計な
ものを僕から消し去ってくれたら。
そしたら、すっきりできるかもしれないのに。
すっきりしないと言えば、今もそうだ。

午前中に到着予定のお客さんが、飛行機の遅れでまだ来ない。もう昼になっているから休憩に入りたいんだけど、出たすぐ後に来たらと思うとためらわれる。あと五分待ったら携帯電話を下げて出よう。そう思うこと四回。もう今度こそ、そう思ったところでお客さんが現れた。

「こんにちは」

慣れた雰囲気でドアを開けたその人は、立ち上がった僕を見てぎょっとしたように足を止める。

「いらっしゃいませ」

大丈夫です日本語ＯＫです腰低いです安心してください。そんな意味を込めて声をかけた。

「石黒様ですよね。飛行機、大丈夫でしたか？」

すると相手は驚いた表情のまま、ゆっくりとうなずく。

「ああ——はい。遅れて申し訳ない」

中年、と言っていいのだろうか。若くはないけど、軽部さんよりは年下っぽくて「おじさん」だけど「お兄さん」からはそう遠くない感じ。服装は無地の長袖Ｔシャツにチノパンで髪も短く、全体的にこざっぱりした印象のひとだ。

「今日から四泊のご予定ですね」

宿泊台帳とペンを差し出すと、石黒さんは僕の顔をちらりと見てから書き始める。そここそこ長い滞在だけど、軽部さんもそのくらいいたし、このホテル的には珍しくないようだ。

「観光ですか」

石黒さんは書きながら、ただうなずいた。さっきはフレンドリーな雰囲気があったのに、僕の顔を見た瞬間に完璧に『閉じた』。僕的にはあるあるの範囲内の対応だけど、されればやっぱり軽く落ち込む。それでも一応、ホテルの従業員なんだしと思い、なけなしのコミュニケーション能力を振り絞ってみる。

「荷物、少ないんですね」

石黒さんは、普通サイズのリュックしか持っていない。後から荷物が届くとも聞いていないし、これで四泊はすごい。旅の上級者という感じがする。

「まあ――ものは少ない方が動きやすいから」

一応答えてはくれたけど、それだけ。玉砕。

というわけで部屋に案内するまでのエレベーターの中も無言。僕はどちらかと言えば沈黙がありがたいタイプなのだけど、それでも気まずい。だってこの人、ユージーンが言うところの「態度から見えてる」んだ。

（慣れてるけど）

詳しくはわからないけど、この人が僕に対してマイナスの感情を持ってるってことだけはわかる。経験上、こういうときは何もアクションを起こさないに限る。

「――こちらに非常口のことなどが書いてありますので、お時間のあるときに読んで下さい」

宿泊規約の入ったファイルを示したところで、僕は最後の言葉を告げる。

「以上で説明は終わりですが、何かご質問などありますでしょうか？」

石黒さんは、黙って首を横に振った。ですよね。

嫌いでも目障りでも、相手は大人だし社会人だし、建前の理由もなしに殴りかかってはこない。すっきりしない態度だけど、これはこれで関わらなければいいだけの話だ。

お互いに。

＊

休憩後。空はまだ暗くて、雨がしょぼしょぼ降っている。

あまりすることもなくパソコンの画面を見つめていたら、石黒さんが入ってきた。

「お出かけですか」

「ああ――うん」

やっぱり「閉じて」いるので、必要最低限のことだけ聞いてみる。

「うちは基本的にキーの管理は自由になってます。紛失した場合だけ手数料をいただくことになってるんですけど、預けられますか？」

「いや、いい」

想像通りの答えなので、いっそ清々しい。

実際のところ、ホテルジューシーのキーはキーホルダーも大きくないので、持ち歩いても邪魔にはならないし、何よりお客さんの気が楽だと思う。建物自体は普通のマンションだから、フロントを通らずエレベーターに行くことも可能だし。

（あれ？）

じゃあなんで石黒さんはここへ来たんだろう。僕の疑問を先回りするように、石黒さんは口を開く。

「夕食なんだけど」

ああ、時間を言いに来てくれたのか。

「遅めの方がありがたいんだ」

「わかりました。では八時でいかがでしょう？」

石黒さんはうなずくと、パンツのポケットから小さく折りたたまれた透明のレインウェアを取り出し、フードを被った。

「あの」

僕は思わず入り口の傘立てを指差す。

「そこのビニール傘、よかったら使って下さい」

泊まり客の忘れ物らしく、ずっとそこに挿さったままの傘が数本。その内の一本は、僕も今日使わせてもらった。

「ああ──どうも」

石黒さんは軽く会釈すると、傘をさして出て行く。


雨が、少し強くなってきた。天気のライブ配信サイトを見ると、那覇の上に大きな雨雲がかかっている。

「なんか、欠航になっちゃったみたいで」

そう言いながら入ってきたのは、今日出発予定だった香具山(かぐやま)さんたち。若い夫婦で、すごく感じがいい。

「今、僕も天気のサイト見てました。明日には晴れそうですけど」

「ですよね。なので、さっきチェックアウトしたばかりであれなんですけど、もう一泊お願いできますか」

旦那(だんな)さんの言葉に、僕はうなずく。

「はい。思いっきり空いてるので何泊でも！」

「やだ、ザッくんさん。私たちのお財布、そこまで持ちませんよ」

奥さんがけたけたと笑う。

「でもこういうのって、夏の終わりだけだと思ってました」

奥さんの言葉に、今度は旦那さんと僕が同時にうなずく。

「これも地球温暖化の影響なんでしょうか」

僕が尋ねると、旦那さんが首をひねった。

「そうかもですね。最近、おかしな時期にゲリラ豪雨になったりしますもんね」

彼がそう言った直後、急に雨が激しくなる。大きな雨粒がガラス戸にびしびし当たり、建物まで撃ち抜くんじゃないかと思うほどの勢いで叩きつけられる。

「すごい」

フロントから廊下に出るだけで濡れてしまいそうなので、とりあえず二人にソファーを勧めた。

「あなたがゲリラ豪雨とか言うから」

「ごめんごめん」

そんな話をしているところに、宅配便のドライバーさんが入ってきた。トラックからここまでの数メートルで、びしょびしょに濡れている。

「ええと、今日荷物ありましたよね」

そう言われて、香具山夫妻が顔を見合わせた。

「すみません！　今日の荷物、うちのは取りやめにして下さい！」

「はい？」

「今日帰る予定だったんですけど、欠航になってしまって」

「ああ、そういうことですか」

幸い、他にも荷物があったのでそちらをお願いする。ドライバーさんは腰からタオルを引き抜くと、自分を拭くのではなく荷物にそれをかけた。

「あの、よかったら車まで」

そのまま出て行こうとするドライバーさんを引き止め、ビニール傘をさして車まで送る。戻ると、香具山さん夫妻がフロントにある自動販売機でジュースを買って差し出してくれた。

「ザッくんさん、ごめんね。さっきのドライバーさんにも謝っておいてくれる？」

奥さんがもう一本ジュースを買って、僕に手渡す。

「ありがとうございます。明日渡しますね」

しばらくして雨が少し弱まったところで、香具山さん夫妻は荷物を持って部屋に戻ることになった。大きなトランクが二個。石黒さんとは対照的に、こちらは荷物が大きい。宅配便で送るのも納得だ。

(旅慣れてる感じなんだけどな)

そんな僕の疑問に答えるように、奥さんがトランクを指差して笑う。

「これ、行きはほとんど空っぽだったのよ」

「え？」

「でも今はパンパンに中身が詰まってる。重くて持てないくらい」

二人は、輸入業でも営んでいるんだろうか。僕が「お仕事ですか？」とたずねると、旦那さんが笑った。

「プライベート、というか自宅用だよ。僕たちは、旅行から帰ってもしばらくはその土地の雰囲気に浸るのが好きなんだ。だから服や布、それに乾物やお菓子なんかを買って帰る」

へえ、それは面白い。自分たちへのお土産という感じなのだろうか。

「これがあればね、旅行は数日で終わっても、その思い出を一ヶ月近く楽しめるのよ。そしたら、会社に行くのも頑張れる気がするでしょ。『今日働いたら、家でソーキそば食べるんだ、土曜には紅イモタルト作るんだー』、ってね」

「それ、いいですね」

「この後、ちょっと時間ができたから最後にスーパー行って日持ちのしないものを買い足したいなあ」

「でももう、結構重いぞ」

旦那さんが苦笑する。

「沖縄は独特な食品が多いから、買いすぎちゃってね。レトルトの料理とか缶詰なんかが重いんだ」

「調味料も結構買ったでしょ。コーレーグースの瓶なんて、何種類かあるし」

「コーレーグース？」

聞きなれない響きを繰り返すと、奥さんがトランクから瓶を出して見せてくれた。

「これよ。泡盛に唐辛子が浸かってるやつ。よく沖縄そばと一緒に出てくるでしょ」

「よく」と言われても、見たことがなかった。沖縄そばは食べたはずなのに、目に入っていなかったらしい。

「タバスコにちょっと似てるかな。でも、もうちょっと辛さが儚(はかな)いのよね」

奥さんが言うには、ベースがお酒なので、加熱するとアルコールと共に辛みも飛びやすいらしい。

「お店で手作りっぽいのとか見ると、食べ比べてみたくてつい買っちゃうのよね」

で、こうなっちゃった。奥さんは小ぶりな瓶を二本三本と机の上に並べた。

「唐辛子の量とか、泡盛の色とか結構違うでしょ」

「ホントですね」

「帰って食べるのが楽しみ！　でも帰りたくない！　この相反する感じね」

「ま、今日は帰らなくてよくなったわけだけど」

三人で声を上げて笑っていると、再び雨脚が強まってきた。

「やだ。チャンスを逃しちゃった」

奥さんがぽかんとした声でつぶやく。

三本目のビニール傘をさして、僕は香具山夫妻を雨の吹き込まないエレベーター前まで送った。風が強くなっている。明日は曇りという予報だったけど、飛行機は大丈夫なんだろうか。

フロントに戻って、厨房(ちゅうぼう)で下ごしらえ中の比嘉さんに電話をかける。夕食が二人分増えてもいいですかと聞くと、問題ないとのことだった。

『それはいいんだけど、雨が強いから早めに帰ることにするわ。遅く帰ってくるお客さんには、ザックくんがチンしてあげてくれる？』

わかりましたと答えて、電話を切る。そしてまた、暇になった。

ぼんやりとガラス戸の向こうを眺める。風で雨が吹きつけられていて、ガラス面が流れ落ちる水のオブジェみたいになっていた。動く水は、案外見飽きない。

ときおり、風が路地を抜けてごうっという音がする。まっすぐで強い風。石敢當の魔物は、こういう風景から生まれたんじゃないだろうか。

(——台風みたいだ)

そういう季節じゃないのに。やっぱり異常気象なんだろうか。

路地に人影はない。そしてこの天気の中、オーナー代理がちゃんと来るとは思えない。

(そもそもあの人は、どこに住んでるんだろう——)

はっと気づいて、ついたての裏を覗(のぞ)く。いない。

(なんだ)

ほっとしたけど、少し残念な気もした。

それから少しして、またドアが開く。見ると、石黒さんが立っていた。

「あ、お帰りなさい」

「これ、どうも」

石黒さんは傘を傘立てに入れた。しかしその姿が、なんだかおかしい。

(あれ?)

行きには持っていなかった、大きな袋を持っている。それも普通のバッグやリュックじゃなくて、黒いビニール袋。その口を結んで下げて、まるでサンタの袋のように持っていた。

小さめのリュックが見えないから、それが入っているのかとも思ったけど、それにしてはふくらみが大きい。というか、四角い。まるで小型の段ボール箱でも入っているようなサイズだ。

(大きな買い物をしたのかな)

それを濡らしたくなくて、急遽(きゅうきょ)こんな袋になったとか? でも、お店だったらもうちょっとましな袋があるんじゃないだろうか。

さらに、なにがどうとは言えないけど、石黒さんはどこかがおかしかった。着ていた服は最初に会った時と同じで、透明のレインウェアも同じ。袋は目立つけど、それじゃない。間違い探しのような気分で首をひねっていると、不意に気がついた。濡れている。

体は乾いているのに、頭だけがびしょびしょに濡れているのだ。

（さっき入って来たとき、傘を閉じながらだった気がするんだけど）

だとしたら、ここに入る前まで傘をさしていたはずだ。つまり、状況的には逆。体は濡れても頭は濡れなかったはず。なのに、何故だろう。

「——あの、早かったですね」

疑問が高じて、つい声をかけてしまった。すると石黒さんは不機嫌そうな顔でこちらを見る。まずい。

「……ちょっと、機会を逃して」

ついさっき聞いたような台詞。香具山夫妻は雨が弱まったタイミングを逃したのだけど、石黒さんは何を逃したんだろうか。レインウェアを着たはいいけど、傘をさすタイミング？

（じゃなきゃ傘をさせなかった、とか）

それは両手が塞がっていたから。たとえば、あの袋に入れる以前は箱を両手で抱えていたと考えたら？

気まずい沈黙。こういうの、なんて言うんだっけ。何かが通るってことわざみたいなのがあったはず。ここはやっぱり、魔物かな？

「——ええと、じゃあ夕食は遅くしなくてもよかったりしますか」

苦しまぎれに聞いてみると、石黒さんはうなずいた。

「よかった」

思わずつぶやくと、石黒さんが不審そうな表情でこっちを見る。

「もしかして、遅い時間は迷惑でしたか」

「あ、違います。実はこの天気なので調理担当の人が早帰りすることになって。遅い場合は僕がレンジで温めることになってたんです。でも、出来立ての方がおいしいと思って」

「ああ、そういうこと」

石黒さんの雰囲気が、ほんの少しだけ緩んだ。

*

夕食の時間、最初に入ってきたのは香具山さんの奥さんだった。時間よりだいぶ早かったので、僕は慌ててテーブルを拭く。

「彼、荷物の整理で少し遅れます。ご飯は一緒に食べたいから、飲み物飲んで待っててもいいかしら？」

もちろんです、と答えて比嘉さんにそれを伝える。それくらいなら比嘉さんの帰りに影響はないだろう。

時間ぴったりにやってきたのは石黒さん。

「こんばんはー」

愛想の良い奥さんが笑いかけると、石黒さんはそちらをじろりと見てから小さく頭を下げる。

「今日、残念な天気でしたよねー。あ、私香具山って言います。後から夫も来ます。夫婦二人旅でーす」

「ああ、はい。石黒です」

あれ、と僕は思う。石黒さんは香具山さんの奥さんに対してもあまりいい対応をしない。

「何して過ごしました？　行き先悩みませんでしたか？」

「悩む、ほどのことはなかったですね」

やっぱりどこか「閉じて」いる。ということは、もしかして僕が外人ぽいから嫌われているとかじゃないんだろうか。

「私たちはけっこう悩んじゃって。結局近場のスーパーでお買い物とかになりました」

近くでも、すっごい濡れちゃったんですけど。奥さんが笑うと、石黒さんはようやく少しだけ笑う。でも、それは口角を上げただけっていうか——はっきり言うと、冷笑に近いものだった。

「お買い物、ねえ」

でも奥さんはそれに気づかないのか、にこにこと話し続ける。

「知らない土地でのお買い物って、楽しくありませんか？　特にスーパーって地元っぽいものが多くて。お魚も野菜も、見たことがない種類が並んでたりして、わくわくしちゃいます。これ家で料理したらどんな味なのかなー、って」

それを聞いて、僕も大きなスーパーに行ってみたくなった。そういえば、このホテルの近所には市場と小売店が多いから、大型スーパーを見たことがないし。

けれどそれは石黒さんには響かなかったようで、「そうですか」の一言で終わる。

(もしかして、ただ単に愛想のない人なのかもしれない)

そんなことを考えているところに、香具山さんの旦那さんが入ってきた。

「遅れてすいません」

「いえ、大丈夫ですよ」

比嘉さんに食事をお願いしようとカウンターに近づくと、ちょうど石黒さんの分が出来上がっていた。

「お待たせしました」

トレーを持っていくと、旦那さんが石黒さんに話しかけていた。

「へえ、一人旅なんですか。カッコいいですね」

「いやあ、そんな。ただ一人が楽なだけですよ。団体だと、時間に遅れる人がいたりして、気になって楽しめないから」

(――あれ?)

石黒さんが喋(しゃべ)っている。しかも、なんだかちょっとなごやかな感じで。

「香具山さんは、家族サービスですか。偉いですね」

「そんな、サービスだなんて。ただ色々な土地の文化を一緒に味わいたいだけですよ」

仲良くなってくれたのはいいことだ。でも、何かが引っかかる。

「ザックくん、次出来たわよ」

比嘉さんに呼ばれて、香具山夫妻の分のトレーを取りに行く。今日は沖縄料理でも有名なメニューのラフテー。豚の角煮っぽいやつだ。

「しかし、地元の名産を帰宅後長く楽しむというのはいいですね。初めて聞きました」

またちょっと引っかかる。それ、さっき奥さんがさんざん言ってたことじゃないか。

「石黒さんは何をメインに回られてるんですか」

「まあ気ままな感じですからね。特に決めてないですよ。面白そうだなと思ったら、足を止めるってとこですかね」

そうなんだ。そういう自由な旅は、まあ確かにカッコいい。でも石黒さんからは、自由っぽい雰囲気が全然感じられないんだけど。

なんて失礼なことを考えていたら、石黒さんが僕を呼び止めた。

「ちょっと君」

「あ、はい」

近寄ろうとしたところで、今度は首から下げた携帯電話が鳴り始める。僕は石黒さんに「少々お待ちください」と言って、電話に出た。

するとと石黒さんは、あからさまにむっとした表情を浮かべる。自分を優先しなかったことが気に障ったのかもしれない。

「君！」

「はい。すいません」

電話の相手にことわって、今度はそちらに待ってもらいながら石黒さんにたずねる。

「お待たせしました。なんでしょう」

「おかわり。持ってきてくれ」

横柄に言われて、ほのかな不快感が確信に変わった。

(確かにあなたはお客さんだけど)

感情を顔に出さないようにしながら、比嘉さんにおかわりの注文を伝える。

「おかわりはいいけど、ご飯？　それともおかずかしら」

比嘉さんに聞き返されて、はっとした。どれが、と言われなかったからわからない。

「すいません」

「いいわ。ザッくんは電話の対応してて。私が聞いてくるから」

カウンターから出てきた比嘉さんに頭を下げながら、僕は電話に戻る。

僕が話している間に、比嘉さんが石黒さんに近づいておかわりの内容を尋ねる。すると石黒さんは、あからさまに大きなため息をついてみせた。

「見てわからないかな」

遠目にトレーの中を見ると、ラフテーがほんの一口残って、ご飯茶碗は空。

比嘉さんもそう思ったのか、おかずとご飯の両方を持っていく。それを、石黒さんは黙って見ている。

（……微妙——）

「はい、お待たせしました。どうぞ」

比嘉さんがお皿を置くと、石黒さんは再びわざとらしいため息をついてから、何も言わずに食べ始めた。

（お客さん、だけども！）

こういうとき、僕は自分より他の人がないがしろにされる方がつらい。なぜなら僕はこういう対応に慣れているから、不快でも受け流せる自信がある。けど、僕に良くしてくれた人が同じような目に遭うのは、とても理不尽だと感じる。だって、他の人には僕みたいに「いじめられる理由」がないから。

どうにかしたいけど、今はどうもできない。僕は話を続けながら、フロントに行って説明書を見ながら備品の質問に答える。

「はい。シャンプーと石鹼（せっけん）などはあります。洗濯機もありますが、一台なので譲り合ってお使いいただくことになります。子供用の椅子は室内にはありませんが、和室がある部屋にすればいいかもしれません」

どうやら相手の人は小さい子供との旅行を考えているようで、他にも使用済みのオムツは捨ててもいいのか、離乳食を持ち込んでもいいかなどを聞いてくる。

「あ、申し訳ありません。ちょっと詳しいものに聞いてきますね」

さすがにわからない部分が多かったので、比嘉さんに聞こうと僕は食堂に戻った。すると、そこにはいつの間にかオーナー代理がいる。

「ザックくん、お帰り。どうかした？」

（——あれ？）

なんかしゃんとしてる。こういうオーナー代理は、もっと夜遅くなってからしか見たことがない気がするんだけど。

「あの、お客さまからの質問なんですが」

僕が内容を伝えると、オーナー代理はすぐに電話をかわってくれた。

「もしもし、お電話かわりました。オーナー代理の安城と申します」

すごい。ちゃんとしてる。まるで本当にホテルの人みたいだ。そこまで考えて、僕ははっとする。

（いやいや、最初からホテルの人だって！）

にしても髪はちゃんと後ろでまとめてるし、背筋が伸びてる。アロハはいつもと同じおかしな柄だけど、絵が小さいせいかそれほど目立たない。そしてそのおかげか、石黒さんもごく普通にオーナー代理と接していた。

「へえ。オーナー代理。ということは、オーナーはどこか別の場所にいらっしゃるわけですか」

電話を終えたオーナー代理がにこやかにうなずく。

「ええ。だからぼくは雇われ店長みたいなものです」

すごい。本当にちゃんとした大人みたいだ。

「まあ、ここはオーナーにとっては枝葉末節。税金対策みたいなものらしくて」

だから自由にやらせてもらってます。そう言って笑った。

「自由――いいですね。ある意味、一国一城の主だ」

「いやあ、そんな。所詮雇われの身ですよ」

すごい。すごいけど、何だこれ。

僕は二人の会話を聞いて、おかしな気分になってくる。

「いや、雇われる側であろうとも自分の裁量で動けるというのは、それだけそちらが信頼されているということでしょう」

「ありがとうございます。でも石黒さんだって、自分の裁量で旅をなさってるじゃないですか。ぼくのように決まった場所で働く人間からすれば、羨ましい限りです」

「いやあ、そうでもないですよ」

これが漫画なら「ワッハッハ」という書き文字が入りそうな盛り上がり。でもなんだか、聞いていてこれっぽっちも楽しくなかった。

(なんか、オーナー代理がただのおじさんみたいだ)

もともと、現実的にオーナー代理はおじさんだ。でもあの、寝ぼけた変わり者みたいなオーナー代理には、こういう「楽しくない」感じはなかった。

(この感じはなんだろう……?)

不快感の正体を探っていると、香具山夫妻に目がいった。旦那さんは話につきあって笑い、奥さんは愛想笑いをしている。それを見て、ようやくわかった。

家父長制だ。


(石黒さんは、めちゃくちゃ家父長制の人なんだ)

だから石黒さんは男性、それもきちんとした大人の男性に愛想がいい。本人が意識しているかどうかはわからないけど、香具山さんの旦那さんや、見た目が自由っぽくてもこの場の責任者であるオーナー代理と談笑していたところから、それがうかがえる。

そして、それとは逆に女性である香具山さんの奥さんや比嘉さんには冷たい対応をしている。さらに僕への対応が悪いのは、おそらく僕が日本人っぽくないことよりも「ただのアルバイト」っぽくて「若者」だったことが原因なんじゃないだろうか。

(言われてみないと、見えないものなんだな)

僕はこれまで、そこまで家父長制の悪い部分に染まった人と過ごしたことがなかった。というのも我が家はそもそも多様性に満ちまくっているので、全員が家父長制的には圏外扱いというか、特別枠の人間ばかりだったのだ。

(おじいちゃんもお父さんも、そういうタイプじゃなかったし)

むしろ「日本における外国人『風』特別枠」の苦労が先に立って、それどころじゃなかったのかもしれないけど。

あと、僕に関して言えばいじめの方がひどくて、相手がそういう感覚を持った奴だったかどうかがわからない。

ただなんとなくだけど、いじめる奴と家父長制の悪い部分は似ているような気がした。その人自身ではどうにもならない部分に勝手に序列をつけて、下の人の意見は聞かない。そういう部分が、すごく。

(あ、もしかしてあれはそうだったのかな)

小学校や中学校のいじめ問題で親が呼び出されたとき、お母さんだけが行ったときとお父さんが同行したときで態度の違った先生がいた。『先生』なんだからそんな差別的なことはしないはず、と思い込んでいたけど、あれは多分そうだったんだ。

それからバイト先の弁当屋で店長が不在のとき、僕のミスを一緒に謝罪するために出てきてくれた加藤さんに対して、「女じゃダメだ。上の奴を出せ」と言った客。

優しくて好きだった内科の女性のお医者さんに「男の、ちゃんとした先生はいないの？」と困り顔で訴えていたおばあさん。

(——男だけじゃないんだ)

その考え方で育った女の人だっている。そういう人は僕の世代には少ないだろうけど、でもまだ確実にいる。

ちょっと、ぞっとした。

自分の見ていた世界の裏側には、こんなものがべったりと塗りたくられていたのか。

魔物は、自然の中よりも人間の中にいるのかもしれない。

＊

僕の知らない顔をしたオーナー代理は、家父長制の仮面を被って石黒さんにつきあっていた。でも、なんで急に？

（こんなオーナー代理をあっちゃんが見たら、どうなってしまうんだろう）

「裏切り者っすね」とか言いながらビール瓶を投げつけられそうな気がする。

そんなことを考えていたら、オーナー代理が僕の肩を叩いた。

「じゃ、ぼくはちょっとフロントで書類を片付けてくるから」

あとは頼むね。そう言われて、僕は「はあ」とうなずく。

「皆さん、どうぞごゆっくり」

オーナー代理が去ると、つかの間また沈黙が落ちた。キッチンから、比嘉さんがお皿を洗う音が聞こえる。

「あの」

石黒さんが食後にさんぴん茶を飲みながら、香具山さんに声をかけた。

「さっき、家で楽しまれる話を聞いていて思ったんですが、今回おすすめの物はありますか」

「ああ、それなら彼女の方が詳しいですよ」

香具山さんの旦那さんは、奥さんを示す。すると奥さんはさっき失礼な態度をとられたのにもかかわらず、にこやかに話し出した。

「そうですね。昼間、ザックくんにもおすすめしたんですけど、コーレーグースっていう辛味調味料がいいですよ。辛味が独特なので」

「なるほど。奥さんは料理上手なんでしょうね」

目の前で返事してくれているのに、石黒さんは旦那さんに向かってうなずく。見ていて、ちりっと焦げるような不快感がある。なのに奥さんは何もなかったように笑う。あまり考えたくないけど、もしかして女性は、こういう扱いに慣れていたりするんだろうか。

「やだ、料理上手ってほどじゃないですよ。でもおいしいものは好きかな」

「へえ。たとえば今回だったら、どんな料理を作られるんですか」

「そうですねえ。やっぱりコーレーグースを使いたいから、沖縄そばで作るナポリタンとかいいかも。タバスコ的に使えるし。あとはさっき買ってきた日持ちのする野菜で、週末にタルトとか天ぷらを作りたいですね」

どれもおいしそうで、羨ましい。しかしそんな会話を、突然旦那さんが遮る。

「なあ、話が長いよ。石黒さんが迷惑されてる」

「いや、そんなことは」

「すいませんね。うちの奥さん、料理のこととなるといくらでも喋っちゃって」

言いながら、旦那さんは立ち上がる。

「ほら、もう行こう。明日もどうなるかわからないんだから、早めに寝なくちゃ」

「あ、うん――」

手を引かれるようにして、奥さんも立ち上がった。

「あの、ごちそうさまでした」

ぺこりと頭をさげると、二人は食堂から去っていった。

(もしかして)

旦那さんは、奥さんを石黒さんから救ったんだろうか。だって彼は奥さんと対等な雰囲気だったし、そんな人が自分のパートナーを下に見られたら。

(大人だなあ)

ケンカとかそういうのじゃなく、するりと連れて行った。

ただ思ったのは、香具山さんの旦那さんもオーナー代理も、必要に応じて家父長制の仮面を被ることができるんだということ。

(そうか)

もしかすると僕は、それができないからいじめられたことがあったのかもしれない。いわゆる「男同士」の空気感に同調できないから。

「君」

急に呼びかけられて、僕はびくりとする。

「あ、はい。なんでしょう」

石黒さんは、また不機嫌そうな表情で食堂のドアを指差す。

「君は、あの人たちの荷物を確認した方がいい」

「確認――？」

思わず聞き返すと、すでに石黒さんは席を立っていた。

（どういう意味なんだろう）

あの人たち、というのは香具山さん夫妻のこと。そこはわかるけど、荷物を確認ってなんなんだろう。

（配送トラブルで傷ついてたとか？）

いやでも、ハチのマークの宅配便の人は自分よりも荷物にタオルをかけていたくらいだし、考えにくい。

とりあえず見てみようとフロントに向かう途中で、荷物がそこにないことを思い出した。天気のせいで連泊になったため、香具山夫妻が再び部屋に持っていったのだ。

諦めて食堂に戻ると、比嘉さんが帰り支度をして出てくる。

「どうなってもいいように、一応下ごしらえはしておいたわ」

「あ、はい」

「ご飯とスープ、それにポーク卵とクーブイリチーね。野菜は切ってあるから、添えるだけ。最悪、卵焼くのが不安ならポークをレンジでチンしてもいいから」

お留守番の日の子供に言い聞かせるように、比嘉さんは丁寧に説明してくれる。

「はい。多分、大丈夫だと思います」

前に食べさせてもらったメニューと同じだし、もし失敗したらレンチンします。そう言うと、比嘉さんは笑った。

「あと、何かあったら安城さんにね。しばらくちゃんとしてるはずだから」

「え？」

しばらくって？　それをたずねようとした瞬間に比嘉さんは「あっ」と声を上げる。

「ちょっと待って。明日の天気予報、見た？」

「あ、はい。確かまだ荒れ模様は続くって」

「ならいいわね。今日明日は大丈夫」

これで安心して休めるわ。そう言って比嘉さんは足早に帰っていった。

（なんか色々、聞きそびれた気がする……）

僕はぼんやり立ちすくんだまま、窓に当たる雨粒の音を聞いている。

フロントに行くと、オーナー代理がパソコンの前に座っていた。

(──ちゃんとしてる)

最近だらだらした姿を見すぎていたせいか、失礼な感想が浮かんでしまう。すると僕の視線に気づいたオーナー代理は、顔を上げた。

「お疲れ様」

「あ、はい」

「皆さん、部屋に戻ったかな」

僕がうなずくと、オーナー代理は「なら、あがっていいよ」と告げる。まともな会話だ。

なので、きちんと報告をしなければという気になる。

「あの、荷物に関してなんですけど」

「うん?」

「さっき石黒さんに、香具山さんたちの荷物を確認した方がいいって言われたんです。でももう、荷物は香具山さんたちが部屋に持っていかれてしまっていて」

その言葉に、オーナー代理は軽く首をかしげた。

「荷物を、確認──?」

「配送間違いじゃないですし、ひどい傷や汚れがあったら気づくと思うんですが」

だから、意味がわからなくて。そう続けると、オーナー代理は「うーん」とつぶやく。

「――明日はまだ、飛行機は飛びそうにないかな」

言いながら、詳細な天気図が載ったサイトを開く。でもそのサイトが思いっきり英語で僕は驚く。その表情を見たオーナー代理は軽く笑う。

「いやいや、英語ができるわけじゃないよ。ただ、沖縄の気象に関しては米軍関連のサイトの方が詳しいからブックマークしてるだけで」

「そうなんですか」

「軍はさ、飛行機を飛ばしたり船を出したりするから気象情報が必須なんだよね」

言われてみれば納得だ。でも天気を調べようとしたとき、まず軍のサイトにアクセスしようと思うだろうか。

「まあ、軍の本気のサイトはさすがにアクセスできないけど、あちらさんのサービスである程度の情報は見られるようになってるからさ」

「サービス、ですか」

「うん。そういうとこ、アメリカはいいね。建前上とはいえフェアっていうか、公共の利益をシェアしようとする姿勢があってさ」

建前上、という言葉にほんの少し引っかかりを感じる。でも僕だって子供じゃない。軍という大きな組織が、たとえ建前上でも正しくあろうとする姿勢を見せるのは悪くないことだとわかる。

（基地問題、ってよくニュースで聞くけど）

本当に軍が身近なんだな。

「特にアジア広域が便利だね。台風だけじゃなく風の流れも見られるし、波の高さも潮目もわかる」

言いながら、ページをスクロールする。

「明日は──まだちょっと難しいかもね。雨は今日ほどじゃないけど、風が強すぎる」

「じゃあ、香具山さんたちはもう一泊でしょうか」

「たぶんね。だから荷物の件は明日に持ち越しでいいんじゃないかな」

まだ時間はある、ということか。

「まあ詳しいことは明日、石黒さんに聞いてからだね」

「石黒さんに？」

香具山さんたちじゃなく？　僕が首をかしげると、オーナー代理は「うん」とうなずいた。

「まず、気づいた人にね」

順番的に、そういうものなのだろうか。

「あ、あとザッくん。明日は比嘉さん来ないと思うから、朝食の手伝いお願いできるかな。言われてるかもしれないけど」

「はい」

あまりにも普通で、あまりにもちゃんとした会話なので、話がするすると進む。だからつい、余計なことまで口にしてしまう。

「──それにしてもさっき、嫌な感じでしたね」

「ん？」

「石黒さんです。香具山さんの奥さんや、比嘉さんに対してまで嫌な態度で」

「ああ──まあ、そうだったかな」

そんな相手につきあっていたことをわかっているのか、オーナー代理は曖昧にうなずく。

「ああいうの、いいんですか」

「よくないかもね」

のらりくらりとした返事に、少しむっとした。

「それに荷物って言えば、石黒さんだっておかしな荷物を持ってましたよ」

「なんだい、それ」

オーナー代理が、ふっと顔を上げた。そこで僕は、夕方に見た石黒さんの姿を説明する。四角いものが入った黒いビニール袋に、なぜか頭だけ濡れた状態。

「傘は持ってたんですよ。使った感じもあったんです。レインウェアも着てました。なのに」

「それは不思議だねえ」

またもやのほほんと答えられて、僕はむきになる。あの異様な感じと、家父長制まみれの嫌な態度。石黒さんの不穏さをなんとかして伝えてやりたい。

「黒いビニール袋だって、中身を隠すためとしか思えないです。だとしたら、何か見られたら困るものを持ってた可能性だってあります」

「そういう場合も、あるかもねぇ」

今ならちゃんと聞いてくれると思ったのに。肩すかしをくらった気分で、僕は軽く落ち込む。

そんな僕を、オーナー代理はじっと見つめた。怒ってるのでも笑うのでもない、不思議な表情。でもなんだか、胸のあたりがざわざわする。

「ザックん――」

「はい」

「香具山さんには、確かに嫌な思いをさせてしまったかもしれない」

少しはわかってくれたんだろうか。胸のざわざわを抱えたまま立っている僕に、オーナー代理は机の引き出しから何かを出して見せた。

「だから明日、これを香具山さんたちの部屋に持って行ってくれる？」

そこにあったのは、ちんすこうの袋。このあたりならどこでも買えそうな、透明なビニールパック入りの商品だ。

「はい？」

「どうせ明日もここにいるだろうから、サービスってことでお茶セットかテーブルの上か、適当なところに置いといて」

「でも勝手に部屋には」

「明日はクメばあとセンばあも来ないから、清掃はぼくらがやることになる。だからその時に、ってこと」

ここに入れておくから、朝食の後よろしくね。そう言われて、僕はうなずく。

*

朝起きた瞬間、僕は重大なことに気づいた。

「ちゃんとしたオーナー代理」って、朝になっても続いてるんだろうか。

元のオーナー代理になっていたら、今日一日を一人でしのぐ自信はない。僕は恐る恐る、フロントに顔を出した。

「おはよう」

すると信じられないことに、まだオーナー代理は「ちゃんとして」いる。

(よかった――！)

髪はきちんと後ろで結び、アロハも着替えている。僕はほっとして食堂に向かった。

比嘉さんがセットしておいてくれたおかげで、ご飯はもう炊けている。僕は冷蔵庫からスープの入った鍋とサラダ用の野菜が入った保存容器を取り出し、鍋をコンロに置いた。そして野菜を出して皿に盛りつけたところで、ふと手が止まる。

（メインはポーク卵、って言ってたな）

再び冷蔵庫を開け、卵を取り出したところで、ランチョンミートの缶詰の場所がわからないことに気づいた。オーナー代理に聞きに行くと、一緒に来て作ってくれるという。

（まるで、普通のホテルの人みたいだ）

オーナー代理は奥の棚から缶を出すと、フライパンを火にかけてスライスしたランチョンミートを焼き始める。

「外側をカリッとさせると、おいしいんだよね」

その傍らで卵を溶き、ポークを寄せて空いたスペースでオムレツと炒り卵の中間のようなものを作り始める。手際がいい。

「サラダとポーク卵——あと、なんか添え物ってなかったかな」

そう言われて、思い出す。

「あ、すいません。クーブイリチー、って言われてました」

でもどんな料理か知らなかったから、忘れてしまっていた。するとオーナー代理は、冷蔵庫から別の保存容器を取り出す。

「クーブイリチーは、昆布の炒め煮のことだよ」

じゃあこれ、小鉢に盛りつけてくれる？　容器を渡されて、僕はうなずく。細切りの昆布に、こんにゃくと豚肉。白いのは、かまぼこだろうか。

「ぼくは、これで白いご飯を食べるのが好きなんだよね」

「そうなんですか」

「うん。地味なんだけど、なんか飽きない。そうだザックくん、よかったら今のうちに食べなよ」

そういえば、僕の朝食はお客さんの前に済ませるんだった。これまでは比嘉さんが先に用意しておいてくれたから、自然に食べていたのだけれど。

「落ち着かなくて悪いけど」

言いながら、オーナー代理は平皿にご飯を盛りつけてそこにポークと卵を載せる。

「クーブイリチーは好きなだけ載せなよ」

言われるがままに、昆布を箸(はし)でわさっと取った。全部載っけのどんぶり状態。だけどすごくおいしそうだった。

「いただきます」

厨房の奥にある丸椅子に腰かけて、クーブイリチーを口に運ぶ。見た目は地味だけど、昆布と豚肉の旨(うま)みに鰹出汁(かつおだし)の旨みが合わさってすごい。しかもこんにゃくとかまぼこはプリプリで食感も楽しい。これは、ご飯が進むはずだ。

さらにカリッと焼かれたしょっぱいランチョンミートと、薄味の卵焼きは当然のごとく合う。そして最後に「これも」と出されたスープ。何気なく口に運ぶと、予想外に濃くてびっくりした。

（そういえば、最初の朝ごはんにも出てたっけ）

確か缶詰って言ってたような。思わずカップを見つめていると、オーナー代理が「それは、クリームスープだよ」と教えてくれる。

「沖縄の食は、長寿系のクーブイリチーみたいな郷土料理の他に、米軍由来の缶詰文化が発展した側面もあってね。このポーク缶と同じくらい有名なのが、キャンベルのスープ缶なんだ。中でもチキンとマッシュルーム。この二つが特に有名かな」

比嘉さんも言っていたことだけど、ここでも米軍が出てきた。

「手抜きっぽいけど、高温多湿でものが腐りやすい土地だから缶詰は便利だったんだと思うよ」

どんなことにも理由はある。僕はスープを飲みながら、オーナー代理の話に相づちを打った。


僕が全部載せ丼を食べ終えた頃、石黒さんが食堂に入ってくる。

「おはようございます」

トレーを置きながら挨拶（あいさつ）すると、普通に「おはよう」と返された。感じ悪さがなかったので意外に思っていると、呼び止められた。

「君。今日は調理の人が休みなのか？」

「あ、はい。よくわかりましたね」

僕が答えると、石黒さんはわざとらしくため息をつく。

「わかるだろう――こんな缶詰開けただけみたいな食事を出されたら」

だから、言い方。僕は気持ちが顔に出ないよう、必死で抑えた。

「あの、そういう風に見えるかもしれないんですけど、これは」

どうしてこういうメニューが生まれたのかを説明すると、石黒さんはつまらなそうにうなずく。

「なるほど。しかし現代の沖縄の主婦は、楽だね。こんなのでいいなんて」

こんなの。僕は小鉢のクーブイリチーを見つめた。少なくともこの料理は、楽じゃないと思うんだけど。

「ところで君、昨日の件は確認したのか」

石黒さんは、急に声をひそめた。

「あ、荷物のことですよね。まだです。夕食の時点で、荷物はお部屋でしたから」

そう答えながら、ちらりと厨房の方を見る。オーナー代理にかわってもらいたかったけど、まだ調理中のようだ。

「ちなみに、荷物の何が問題だったんでしょうか」

そうたずねると、今度はため息どころか怒気を孕（はら）んだ声で返される。

「昨日、同じ会話を聞いていて気づかなかったのか。従業員として失格だな」

そんなこと言われても。僕は再び心の声を抑え込みまくった。

(失格も何も、ちょっと前に来たばっかりの、バイトですからー!!)

もうオーナー代理と直に話してもらうしかない。僕が厨房に向かおうとしたところで、香具山さんの旦那さんが食堂に入ってきた。タイミングが悪い。

「おはようございます」

声をかけると、感じよく挨拶を返してくれる。そして出来上がった料理を運ぶと、彼はぱっと笑顔になった。

「ポーク卵定食！　それにこのスープ、キャンベルですよね？　これ、大好きだから嬉しいなあ」

(——この反応の差！)

従業員として失格でも、こういう人にはサービスしたくなる。サービスって、「する」ものだと思ってたけど、「引き出される」部分もあるのかもしれないな。

「おはようございます。これ、お好きなんですか？」

石黒さんが話しかけると、香具山さんは照れ臭そうに笑う。

「はい。ちょっとジャンクで、アメリカっぽいのが良くて。いかにも『沖縄』って感じがしませんか？」

「ああ、アメリカ。確かに」

石黒さんは、納得したようにうなずく。

「基地問題とかあるみたいですけど、僕たちには関係ないし。おいしいものが食べられるなら、むしろウェルカムみたいな」

それを聞いて、なんとなく引っかかった。あれだけニュースでやっているのに、「僕たちには関係ない」んだろうか。

(別に僕だって沖縄の人じゃないけど)

でも、海の汚染とか国の予算がすごく使われているとか、色々あるし。

「大きなハンバーガーにステーキにタコライス。米軍住宅やユーズドショップもお洒落だし、アメリカンな雰囲気って沖縄の魅力の一部ですよね」

無邪気に微笑む香具山さんに向かって、石黒さんは「なるほど」とうなずく。そんなところに、香具山さんの奥さんが入ってきた。

「おはようございまあす」

その声を聞いたのか、オーナー代理が再び調理を始めた。

「えー？　ポーク卵？　いいなあ」

嬉しそうな声を上げつつ、奥さんが席に着く。

「私もたまに作るんですよ。簡単でおいしいから」

そんな彼女に向かって石黒さんは「お好きそうだ」とつぶやいた。いや、それ絶対「こんなもの」が枕詞につきますよね。

「このスープも、いかにもアメリカ！　って感じで好き。沖縄ってホント、日本なのに外国っぽくていいですよねえ。偽物の外国だけど」

偽物の外国。

なんとなく、自分のことを言われているような気がした。

「ていうかむしろ偽物の外国はいいよね。言葉は通じるし、お金の心配もない。何より、パスポートがいらないのがお得だ」

テーマパークみたいだよね。旦那さんも楽しそうにうなずく。そんな会話の中に、オーナー代理が皿を持ってふっと入ってくる。

「パスポート、昔は必要だったんですよ」

「え？」

香具山さん夫妻と同時に、僕も声を上げてしまった。

「沖縄がアメリカから日本に返還されたのは、四十七年前です。返還後も六年間は車も右側通行で、通貨も米ドル。パスポートの必要な、本物の外国でした」

「そうなんですか」

僕の中で「沖縄にパスポート」は遠い昔の話で、なんならお笑いのネタ感すらある。でも四十七年前って、僕の両親がもう生まれていた時代じゃないか。

「――さらに言えば、沖縄の歴史においては、日本であることすら短い」

石黒さんがぼそりとつぶやく。

「よくご存じですね」

オーナー代理が微笑むと、石黒さんは軽くうなずいた。

「アメリカ時代って、そんな長かったんですか？」

奥さんの質問に石黒さんは大きめのため息をつく。

「アメリカの統治は二十七年間。その前は日本。鹿児島県越しに日本扱いされた期間を入れれば、七十年以上は日本だった」

「あれ？　でもそうすると、百年もないですね」

沖縄って、昔はただの島でしたっけ。旦那さんが首をかしげると、石黒さんは少し冷たい目で彼を見た。

「ただの島ではありません。琉球王国です。当時は文化の先を行っていた中国や朝鮮と国交を持ち、現在のシンガポールのようにハブ港としての立ち位置を確立していたそうです」

「琉球王国……」

沖縄を琉球と呼ぶのは知っていた。つい先日行った首里城も、その時代の遺跡だ。そういうことを知ってはいたけれど。

「その王朝は、四百五十年続いた」

石黒さんの言葉に、僕は驚く。

「つまり沖縄は、アメリカよりも日本よりも、独自の王朝時代が最も長い。外国っぽくて当たり前とも言えます」

「詳しいんですね」

僕が言うと、石黒さんは首を横に振る。

「いや。旅で訪れる際、その土地の歴史を調べておくのは当たり前のことです」

「えー。でもそこまでする人、なかなかいませんよー」

香具山さんの奥さんが、かすかに鬱陶しそうな表情を浮かべた。

「まあ、どんな興味からでも知っていただけるのは嬉しいですよ。食でも、歴史でも」

オーナー代理がさりげなく場をまとめる。

「ところで、さっき航空会社のサイトを見たんですけどね。昨日より今日の方が風が強いらしくて、飛行機はどこも明日まで飛ばないそうです」

「えー!?」

香具山さん夫妻が同時に声を上げた。

「石黒さんはもともと宿泊を予定されているので問題ありませんが、お二人はどうされますか？」

二人は顔を見合わせる。けど、すぐに答えが出た。

「荷物を移動させるのも面倒だし、空いていたらもう一泊お願いできますか」

旦那さんの正面で奥さんもうなずいている。

「わかりました。ちなみに夕食ですが、通いの人が来られないと思うので、今のように簡易なものしかご用意できないと思います」

なので無料にさせていただく予定ですが、とオーナー代理が告げると三人ともが夕食を希望した。

食事が終わると、石黒さんはすぐに席を立った。僕が皿を片づけにいくと、すれ違いざまに小声で「荷物を見ろ」と言われた。

(見ろ、って言われても――)

何がどう問題なのかわからないのに。とりあえず僕は、うなずくしかなかった。

(ていうか全然、聞き出せない!)

石黒さんの態度が「閉じて」いることに加え、香具山さんの前では言えないことのようで、荷物についての会話ができない。そしてそれ以上の説明をする間もなく、石黒さんは部屋に戻ってしまった。

食器を下げて洗い、棚にしまったところでフロントに行くと、またしても石黒さんと会ってしまう。タイミングがいいのか悪いのか。

今日も、石黒さんはレインウェアを着ている。さらに不思議なのは、例の怪しい黒いビニール袋を今日も提げていることだった。

(お土産じゃなかった――?)

「出かけるんですか」

外は今、ものすごく風が強い。

「ああ」

「観光なら、もう少し待った方がいいかもしれませんよ」

昼過ぎには、風よりも雨が強くなる。でもその方が危険は少ないはずです。僕がそう伝えると、石黒さんは鼻で笑った。

「そんな呑気（のんき）にしちゃいられないんだよ」

「え？」

「もうすぐ十時になる。こっちは地の利がない分、早く動いて競争に勝たないと」

言いながら、袋を横に置いてフロント常設の折りたたみ地図をテーブルにばさりと広げる。それは観光マップではなく、ごく普通の住宅地図。石黒さんはそれをじっと見つめた。

「基本は首里とおもろまち。あとは浦添（うらそえ）まで行けるか――」

動き回るにしては、けっこう広範囲だ。

「お仕事なんですか」

僕の言葉に、石黒さんはぎょっとしたような表情を浮かべる。

「別に。君には関係ないことだろう」

ですよね。余計なお喋りをしてしまった。僕はすごすごと石黒さんから離れる。それと同時に石黒さんも腰を上げ、袋を片手に出て行った。

もちろん傘も、しっかりさして。

＊

「――すみません。聞いても何もわかりませんでした」

　フロントに戻ってきたオーナー代理にそう告げると、軽く笑われた。

「そんなことだろうと思ったよ」

　じゃあ、後で一緒に清掃に回ろう。そう言ってもらってほっとする。

「ただ、今日も石黒さんは怪しい荷物を持ってましたよ。しかも競争に勝たないととか言ってて」

「これを見てたんだね」

　僕の報告を聞きながら、オーナー代理は石黒さんが広げていた地図を手に取った。

「はい」

「彼が言った首里、おもろまち、浦添は、この近辺の市街地だ。ショッピングモールもあるし、人も多い。何を目的にしてもおかしくないね」

　地図を見ると、確かに大きな道路が走っているし、建物や学校も多い。

「まあ、浦添地区だけはちょっと特殊だけど」

　オーナー代理の指差した場所を見る。すると、海岸沿いにぽかりと大きな空白がある。公園とかじゃなくて、道路の筋すらない、ひたすらの空白。よく見ると、端の方に英語が書いてあった。

「ここはキャンプ・キンザー。まさに米軍基地だよ」

「え？　こんな近くに？」

ちょっとびっくりした。ニュースで見る米軍基地は広々としていたから、きっと森とか山のある方に造られているんだと思ってた。なのに、まさかこんな市街地の隣にあるなんて。

「ここだけじゃないよ。ほら、少し進むだけで宜野湾市には有名な普天間基地がある」

そこから国道や中学校なんかを挟んでまだ基地は続いて、とオーナー代理の指は地図を上の方に進み続ける。

「ここまできたら、もう北谷。県内で最大面積を誇る嘉手納基地がある」

「え――？」

基地が、ずっと途切れない。地図の中に、大きな空白が延び続ける。

「やんばるの手前には演習場。キャンプ・ハンセン、キャンプ・シュワブときてようやくおしまい」

「え？　え？」

ちょっと頭がついていかない。いや、基地があるとかそういう話をしてはいたし、知ってたはずなんだけど。

（でもこんなに広範囲だなんて――）

だってこれじゃ、沖縄本島の三分の一くらいに見える。

「これじゃ返せ、って言うの当たり前ですね……」

そもそも僕のイメージでは、基地っていうのは一つの場所だった。たとえ広くても羽田や成田とか、空港の広さくらいだと思ってた。だから基地反対とか聞いても、その近くの人たちには迷惑なんだろうなとしか思えなかった。でも。

「こんなにたくさんあって、こんなに広いなんて」

呆然としてしまう。だってここ全部にアメリカ人がいるとしたら、沖縄本島の人口って。

(半分、アメリカみたいなものなんじゃないだろうか)

地図を見たまま固まった僕の肩を、オーナー代理は軽く叩いた。

「あらためて見ると、驚くよね。言葉のイメージと、サイズ感が違うんだ」

「本当に――そうですね」

「今でもパスポートがいるんじゃないかと、思ったりするよ。実際、基地の中に一般人は入れないわけだし」

自分の住む県のかなりの部分が、自分の入れない場所だなんて。

「あの、本当のところはどうなんですか。こっちの人は」

「んー、まあ人それぞれだね。もちろん百パーセント基地賛成って人は少ないけど。でも生まれた時からそこにあると、受け入れちゃう部分だってあるだろうし」

そこで働いてる人も多いからね。そう言われて、少しだけ腑に落ちた。

「……基地問題って、初めてちゃんと考えました」

「なら、ここに来た意味はあったかもしれないね」

そう言われて、僕はうなずく。知ることができて、よかった。

十時を過ぎたところで、香具山さん夫妻がフロントに現れる。

「そろそろお店も開くだろうし、出かけてみます」

新しくできた、空港近くの瀬長島にあるショッピングモールに行こうかと考えているのだという。

「でも悩んでるんですよ。屋根があって、一日中いられるのっておもろまちと北谷とどれがいいと思います？」

二人の質問に対して、オーナー代理は腕組みをする。

「そうですねえ。綺麗で新しいのは瀬長島ですけど、あそこは海風が直に吹きつけるから今日はおすすめしません。おもろまちと北谷なら、北谷の方がアメリカっぽくて見た目は面白いです。ただ、そちらも海沿いなので」

「だとしたら、おもろまちですね」

広げたままの住宅地図を見ると、確かにおもろまちは内陸部だった。

「あ、それに県立博物館もありますよ」

僕の指先に、二人の視線が集まる。

「そうですね。博物館にはミュージアムカフェもあるので、いいかもしれません」

パソコンで開館時間を調べてみると、九時から開いていた。首里城もそうだけど、沖縄の施設は朝が早い。

「じゃあ、そこに行ってみます」

二人は一度部屋に戻って支度をすると、風の中を出かけていった。

*

「さて、じゃあ清掃を始めよう」

一階にある物置っぽい部屋から掃除機と掃除用具の載った小さなカートを出し、オーナー代理と僕はエレベーターに乗り込む。

「まずは、香具山さんの部屋だ」

オーナー代理の指示に従って、清掃を進める。高級ホテルじゃないからシーツの交換はしないけど、使ったタオルだけは交換する。ただ、香具山夫妻の場合、その区別がわかりにくい。

「なんか、全部ぐちゃっとかけてあるんですけど」

「じゃあとりあえず全部交換しておこう」

オーナー代理が掃除機をかける間に、次はゴミ箱。これもなんというか、微妙だった。ゴミ箱に入っているものはそのまま捨てられるけど、その横に置かれたビニール袋が多い。しかも食品が入っていたらしいそれは、持ち上げると底の方に液体がたまっているのがわかった。

（ゴミ箱に入るサイズなんだから、入れてくれればいいのに）

食べ散らかしたわけじゃないけど、なんとなく触るのが嫌な感じがした。

バストイレはペーパーの確認だけでいいと言われたので、最後にお茶セットの替えをすることにした。しかし、ここでもちょっと手が止まってしまう。なぜならお茶セットのカップの中に、カップスープが半分残されたままだったからだ。

自分の家じゃないんだから、綺麗にする必要はない。でもせめて、飲み残しくらいは捨てておいてほしかった。僕は中身を捨ててカップをカートにしまうと、新しいカップとティーバッグをセットした。

「あ、これ。ここでいいんでしょうか」

昨日言われたちんすこうの袋を、お茶セットの隣に置いてみる。

「ああ、それでいいよ」

掃除機をざっとかけ終えたオーナー代理は、部屋の中央に立ってあたりをぐるりと見回す。

「じゃあ、荷物を確認してみようか」

確認、って言ってもどうするんだろう。どうすればいいのかわからず立ちつくす僕の前に、オーナー代理は壁際から二つのトランクを運んできた。

「さてと。まずは外側だね」

そう言いながら、大きなトランクを立てたままぐるぐると回す。シルバー系は旦那さんので、ピンク系が奥さんのものだろうか。シルバーの方にはステッカーが貼ってあり、ピンクの方には持ち手にリボンが巻かれていた。

「大きな傷は、ないみたいですね」

持ち歩くことでついてしまったような、細かいすり傷は無数にある。でもそれはどちらのトランクにも共通しているので、問題じゃないと思う。だとしたら、石黒さんは何に引っかかったんだろう。

「変わったステッカーが貼ってある、とかかなあ」

オーナー代理はそう言いながら、ステッカーを細かく観察していく。けれどそれらはありふれた企業のロゴがほとんどで、意味があるようには思えなかった。

「うーん、特に主張はないみたいだし、目印のために大きいステッカーならなんでもよかったって感じだね」

その言葉を裏付けるように、ステッカーはトランクの各面に一枚ずつ貼ってある。

「じゃあリボンに何か意味が？」

「虹色だから、うがった見方をすれば性的マイノリティ――ＬＧＢＴＱを応援するっていう意思表示にも取れるけど」

まあでもあの奥さんは、そこまで考えてない気もするね。オーナー代理は腰を伸ばして言った。

「虹色って、そんな意味があるんですか」

「レインボーフラッグとか、聞いたことない？」

僕はうなずく。

「虹色は性の多様性の象徴として旗とかに使われてるんだよ」

多様性。その言葉は、僕自身には違った意味で響く。だって僕自身が、多様性の産物だから。

とはいえ、多様性にも色々ある。

「……なんか、いいですね」

「うん？」

「少数派でも、つながれるものがあって」

だって僕には、というか僕たちには何もない。『ハーフ』『ミックス』『ダブル』で検索をかけてみても、見つかるのは個人や、せいぜい「集まって遊ぼう」なグループのページだ。

公的な支援とか、きちんとした権利を訴える団体っぽいものは簡単に見つからない。

さらにスクロールすると、モデル事務所のサイトになって終わり。

(――人付き合いが苦手で、見た目が良くないハーフはどうしろと？)

僕ほどどんよりしていなくても、地味に「普通に」生きていきたい人はいるはずだ。そういう人たちは、どこで何をしているのか。進学は。就職は。差別されない企業の情報は。そういうことすら、わからないのがつらい。

(どこか一つの人はいいんだよ)

日本国籍のある、どこか一つの国がルーツの人。アメリカとか中国だと規模が大きすぎてイメージがわかないけど、たとえばインド人が多く住む地区とか、ブラジル人が集まる町とか、そういうの。そういうのが、僕らにはない。

だって、どこルーツでもないから。

「つながれる、って言っても性の問題は個人的な気がするけどね」

「でも、悩みを話せる場所があるのはいいですよ」

「ん？　ザックくんにはないの？」

しまった。僕は思わず手で口を押さえそうになる。

「ないわけじゃ――ありません」

言葉を濁すと、オーナー代理は「あ、そう」とあっさり引き下がってくれた。僕は拍子抜けした気分で、それでもほっとする。

(なんか調子狂うな)

たぶんこれが「普通の大人」の対応だと思う。踏み込んだら面倒だし。でもこれまで僕が見てきたオーナー代理だったら、ぼんやりしてても、はっきりしてても、このことをスルーはしなかったと思う。

それがなんとなく、物足りなかった。

「うーん、外見にこれといった問題はなさそうだね」

二つのトランクを並べたまま、オーナー代理は腰に手を当てる。

「となるとやっぱり、中身の問題なのかな」

薄々、そうじゃないかとは思っていた。なぜなら石黒さんがこのトランクを実際に目にした時間は、ほとんどないからだ。

「どうしようかなあ」

トランクを眺めながら、オーナー代理は考え込んでいる。いつものオーナー代理なら、「開けちゃえばいいじゃん」とか言いそうなものだけど。

「さすがにお客さんの荷物を勝手に開けるわけにはいかないね」

ここでも常識的な台詞が飛び出して驚く。いや、驚く方がおかしいんだけど。

「ザックくん、一度整理しておきたいんだけど。ぼくがいない場所で石黒さんは香具山さんたちと荷物に関するような話をしてたかな」

荷物に関するような話？　僕は石黒さんが来てからのことを思い出してみる。

「ええと、石黒さんと香具山さんが初めて話したのは昨日の夜だと思います。オーナー代理もいた、夕食のあのときです」

確か最初に奥さんが来て石黒さんと話し、それから旦那さんが降りてきた。その流れを説明する。

「で、ぼくがいなくなった後も会話は続いてた」

「はい」

「ザッくん、ぼくが来る前といいなくなった後の会話って覚えてる？」

「来る前は、覚えてます。石黒さんが奥さんに対して、冷たい態度だったので」

「それ、どういう内容の話だった？」

内容。僕は必死に記憶を探る。正直、石黒さんの態度ばかりが目についていたので、話自体の印象が薄い。

「――すごく普通のことを話してた気がします。どんなお土産を買うとか、あ、奥さんは地元のスーパーが楽しいって言ってたような」

でもそれに石黒さんはほとんど反応しなかった。

「で、オーナー代理がいなくなった後は――そのお土産を家で楽しむ、みたいな話だったと思います」

旅先の思い出でひと月くらい楽しめるのよ、とも言ってたような気がする。

「お土産かあ」

オーナー代理は、トランクを見つめる。やはり開けなければわからないようにも思えてきた。

「なんかもうちょっとヒントがあるといいんだけど」

そう言われても、推理小説の主人公じゃあるまいし「あの人はああ言っていたからこうです！」みたいにすらすらとは出てこない。

（なんか食べ物の話をしてた気がする。奥さんが家で作って——）

必死で記憶を探ると、瓶のことを思い出した。

「そうだ、コーレーグースを見せてもらいました」

「ん？」

「沖縄そばを食べて気に入ったから、色々な種類のコーレーグースを買ったって」

ただ、それは夕食のときじゃなかったんですけど。僕の言葉に、オーナー代理はうなずく。

「進展だね。この中には割れ物が入っていることがわかった」

そうだ。しかも一本じゃなく複数。もしかしたら、僕が見せてもらったよりも多く入っているのかもしれない。

「あ、でも石黒さんといるときにも話には出てました。コーレーグースはおすすめ、って」

「なるほど。つまり石黒さんも、この中にコーレーグースの瓶が入っていることは知ってたんだね」

なら、問題点はそこなのだろうか。

「割れやすいとか、そういうことでしょうか」

「そうだね。部屋を見た限り、香具山さんたちはちょっとゆるい感じがあるから、梱包が完全かどうかは気になるところだけど」

あとは重さで飛行機の超過料金を取られるとか、瓶の中身が漏れて他人の荷物に被害を与える問題かな。オーナー代理のつぶやきに僕はうなずく。

（――でも）

でも、それだけで僕に荷物を確認しろなんて言うだろうか。石黒さんの性格からして、他人の荷物がどうなろうと知ったことじゃないって感じがするけど。

「コーレーグースを買ったってことは、沖縄そばやスープの素も買ったのかな」

そういえば、作りたいものの話をしていたかもしれない。

「はい。そんなことも言ってた気がします――料理するのが楽しみとか」

「料理？」

「奥さんが料理好きみたいで、なんか色々――炒めたらおいしそうとか、ああ。お菓子や天ぷらも作るって言ってました。本当に料理上手な感じでした」

「ふうん」

オーナー代理はしばし考え込んだ後、ふと顔を上げた。

「まあ、違法なものじゃなければいいけど」

「え？」

まさか。瞬時に頭の中に嫌な想像が広がる。だって違法と聞いたら、やっぱり薬物とか密輸とか、そっち方面な気がするし。

(でも香具山さんたちが、そんなことするとは思えない)

いや、むしろ人がいいから利用されて、知らないうちに薬の入った瓶を持たされていたとか？　そっちの方が僕的にはすんなり受け入れられる。

(もしそうなら、止めないと——)

ぐるぐる考え始めた僕に向かって、オーナー代理はのんびりと声をかけた。

「ザックん。そろそろ、次に行こうか」

*

石黒さんの部屋に入るときは、ちょっと緊張した。

でもタオルを確認しにいくと、使用済みのものはバスタブの中にきちんと入れてあるし、お茶セットのカップは水ですすいで洗われている。ゴミもきちんとゴミ箱の中に入っているし、リサイクルを考えたのかペットボトルはラベルを剝がして中をすすいで、ゴミ箱の隣に置いてある。

よく「部屋を見ると性格がわかる」なんて言うけど、それに当てはめたら石黒さんは几帳面で綺麗好きだ。

「掃除しやすい、どころか掃除の必要がなさそうだね」

整えられたベッドを見て、オーナー代理が言った。

(この部屋だけ見たら、絶対いい人だって思うよな)

バスルームに干された長袖のTシャツも、皺(しわ)がきちんと伸ばされているし、椅子も机のそばにきちっとしまわれている。

「あの、何を――」

すればいいでしょう。そう言いかけた僕の前で、オーナー代理がいきなりゴミ箱の中に手を突っ込んだ。

「え!?」

いくらきれいに捨てているとはいっても、ゴミはゴミだ。しかしオーナー代理は普通の顔で中から半透明のかたまりをつまみ出す。

「ビニール……?　ですか」

「そうみたいだね」

ぎゅっと結ばれて球形になったそれを、オーナー代理は丁寧にほどいた。するとそれは大きいサイズのゴミ袋ほどの面積にまで広がる。

(透明だからゴミ袋じゃない。じゃあ何の袋だろう?)

そのとき、石黒さんが持っていた黒いビニール袋を思い出す。箱のようなものが入った、大きな袋。

「——もしかしてそれ、黒いビニール袋に入れて持って帰ってきたものが入ってた袋なんじゃないですか」

「かもしれない」

石黒さんは昨日出先で何かを買い、黒いビニール袋に入れて持ち帰った。それを部屋で開けて、中身をまた袋に入れて出かけた。そういうイメージが浮かぶ。

「ザックんが見た黒い袋だけど、石黒さんはそれを片手で持ってたのかな」

「ああ、はい。袋の口を持ってサンタの袋みたいに提げてました」

「じゃあ、そんなに重い物じゃないんだろうね」

なるほど。確かに黒いビニールはそんなに丈夫だとは思えない。僕はお酒の箱なんかも想像していたけど、そんなものを入れたらあの持ち方はできないだろう。

「ああ、あった」

オーナー代理は、ゴミ箱の近くにある冷蔵庫の上を指差していた。

「これでしょ」

そこにあったのは、黒いビニール袋のパック。昔はゴミ袋として売っていたあれだ。

その封が開いている。このことからわかるのは、石黒さんはこっちに着いてから、急遽これが必要になって買ったということ。

「——雨だったから、ですかね」

濡らしたくないものを、買ってしまった。ということは、それは予定外の買い物なんずだ。

じゃないだろうか。

「そうだねえ。ただ、濡らしたくないだけなら、これで良くないかな」

そう言ってオーナー代理はさっきの透明なビニール袋を指差す。

（確かに）

雨を防ぐだけなら、黒い袋にする必要はない。だとしたら、黒を選ぶ理由があったはずだ。

（中身を見られたくない――？）

もしかして、それが理由で石黒さんは荷物を持ち歩いているのだろうか。こうしてホテルの人間が、清掃で部屋に入ることを考えた上で。

旅先で、見られたくないもの。こっちの方が引っかかるのは、僕だけだろうか。

窓に雨粒が当たる。

「……香具山さんたちより、石黒さんの荷物の方が怪しくありませんか」

ぴしぴしという音に、なにか急き立てられるような気持ちになる。

「ザックんがそう思う理由は？」

正直、言いにくい。でもオーナー代理が見ていないときのことは、伝えておかないと。

「石黒さんは――人によって態度を変えます」

そして僕は香具山さんの奥さんや比嘉さんに対してとった見下すような態度のことや、おかずの話をした。

「なるほどね」

そう言うとオーナー代理は、僕に向かって告げる。

「ところでもうすぐ、休憩の時間だ」

＊

答えの出ないまま休憩に出された。そして何の会話もないまま昼になる。

雨は相変わらず降り続いていて、風も吹いている。

フロントでぼんやりしていたら、オーナー代理が入ってきた。

「外行くの面倒だねえ」

「はい」

「なんか出前とか頼んじゃおうか」

「あ。いえ僕は」

安い弁当にするので。そう言うと、オーナー代理は「じゃあ夜にみんなでパーティーする？」と笑う。本当に、いつもとは別人だ。

（二重人格か、ってくらい違うな）

もし本当にそうだったらどうしよう。いや、どうするも何も、僕にできることなんてないんだけど。

三時を過ぎた頃、香具山さんたちが帰ってきた。

「おもろまち、行ってよかったです〜」

奥さんが傘をたたみながら楽しそうに言う。

「県立博物館、すごく綺麗でカフェもお洒落だったから、そこでランチもしてきたんですよ」

旦那さんの言葉に僕は微笑む。こんな天気でも楽しんでくれてよかった。

「その後、デューティーフリーに行くか地元スーパーに行くか悩んだんですけど、結局地元のショッピングモールに行ったんです。そしたら結構楽しくて」

ね、と二人が声を合わせる。本当に仲のいい人たちだ。

「映画館ともつながってたから、ついでに見逃してた映画も観ちゃいました」

「そうなんですね」

旅先で映画館に入るなんて、考えたこともなかった。でも案外、楽しいのかもしれない。

「だから買い物の順番とか考えなきゃいけなくて、大変だったんですよ〜」

そのとき、急に旦那さんが大きめの声を出す。

「荷物が邪魔になりますからね！　足元とか狭いし」

「あ、そうそう。だからスーパーは後回しにして、映画を先にしたんです。で、終わったらフードコート行ってアイス食べて」
「沖縄限定のフレーバーだね、さ、そろそろ部屋に行かないと」
会話を切り上げるように、旦那さんが奥さんをうながす。昨日は石黒さんがいたから
奥さんを助けたんだと思ったけど、今日の場合は不思議だった。
(僕は今、何か失礼なことを言ったんだろうか？)
――たぶん、ない、と思う。だって「にこにこ」と「そうなんですね」だ。
なのに旦那さんは、奥さんを引っ張るようにしてフロントを後にした。
(やっぱり、石黒さんの言う通り何か隠してる？)
いや、それはないと思う。それよりむしろ、二人の関係の方が気になった。たとえば、
笑顔だけど旦那さんがすべてを決めるタイプとか。あるいは、優しそうなふりをして実
は家父長制バリバリの人だとか。
(実際、石黒さんとそういう会話できてたし)
でもそれは、奥さんが不快に思わなければなんの問題もない。夫婦間のことなんだし、
僕が関わることじゃない。
ちょっと気になるけど、放っておくしかないということか。
石黒さんはそれから少し後、四時前に帰ってきた。昨日と同じように頭だけ濡れて、
片手に黒いビニール袋を提げている。

荷物に関しては何の進展もないので、聞かれたらどうしよう。きっとまた怒られるんだろうな。ドキドキしながら石黒さんを見ると、そんな会話もできそうにないくらい、すごく疲れている。観光であちこち回り過ぎたんだろうか。

「あの、これどうぞ」

タオルを差し出すと、石黒さんはふっと顔を上げる。

「ああ——ありがとう」

「いえ」

お礼を言われるとは思っていなかったので、ちょっと驚いた。

「あの」

「ん？」

「いえ。その——あったかいシャワー浴びられた方がいいかなって」

本州より気温の高い沖縄だって、濡れたまま風に当たったら体は冷える。その上石黒さんは細身だし、見た目からして寒そうな感じがしたから。

「うん。そうしよう」

石黒さんはうなずくと、そのまま自分の部屋へと戻っていく。

地図で調べると、首里とおもろまちはあまり遠くないし、モノレールでも行くことができる。浦添だけモノレールの駅から少し距離があるけど、それでも遠いってほどじゃない。だとしたら、何をしてあんなに疲れたんだろう。

五時前にはオーナー代理が現れて、あらためて「夕食はデリバリーにしようと思う」と告げられた。

「比嘉さんはいないし、ぼくの適当な料理よりも、プロの味に乗っかろうかなって」

そう言いながら、パソコンのページを開く。

「ザックくん、香具山さんと石黒さんに電話してくれる？」

「あ、はい」

「内容としては『デリバリーを取る予定ですが、沖縄らしいピザを注文しようと思っています。苦手な場合はお伝えください』ってとこかな。あ、最後にぼくとザックくんも一緒に食べていいかどうか聞いておいて」

一緒に？　正直、あまり嬉しくはない。できれば後からでも、一人でゆっくりと食べたい。もしなら、石黒さんは断ってくれないかな、などと思いながら僕は内線電話の受話器を取る。

――しかし、双方からＯＫが出てしまった。

七時前。風は弱くなってきたものの、相変わらず雨は降っている。なので配達の人が到着した時には、申し訳ない気持ちが先に立った。

フロントの前に到着したバイクは、屋根はあっても横が素通しなので配達員の人は体が濡れている。なのに後ろのボックスから取り出した黒いバッグは綺麗で、その中の箱は熱々のままだ。

　自分はびしょ濡れなのに綺麗なピザの箱を差し出す人を見て、僕は昨日の宅配便の人を思い出す。

「ありがとうございます」

　深く頭を下げると、配達員の人がヘルメットの奥で微笑んでくれた。

　ピザの箱を食堂に運び、割引クーポンでつけてもらったサラダとポテト、それに取り皿をそれぞれの席に並べる。

『用意ができたので、お越しください』

　オーナー代理が電話をかけると、三人が降りてきた。

「わあ、いい香り！」

　香具山さんの奥さんが嬉しそうな声を上げる。

「箱が、すごく大きいですね」

「あ、あとこれも忘れちゃいけないね」

　自動販売機で買ったコーラとビールを、オーナー代理がテーブルの中央にまとめて置く。

「さて、食べましょう」

　その声とともに、ピザの箱が開けられた。ふわっと湯気が上がり、辺りが香ばしい匂いに包まれる。

（……沖縄に来てよかった！）

目の前に置かれたピザを見て、しみじみと思った。アメリカンサイズというのだろうか、とにかく直径からして大きい。そしてサラミやベーコンやひき肉の固まりがどかどか載っている。チーズもどっさり。持ち上げるととろりと糸を引いて、まるでコマーシャルの画像みたいになる。

（あの画像は実在するんだ――）

これが本物だとすると、今まで食べてきたピザは何だったのか。そう思えるほど、チーズが糸を引く。

「うわあ、すごーい」

香具山さんの奥さんがスマホで写真を撮りまくる。

「こっちは何味なのかな？」

旦那さんがもう一つの箱を開けると、シーフードらしきものが見えた。でもすごく、エビの量が多い。

「うわ。これ高かったんじゃないですか？」

「そんなでもないですよ。沖縄では車エビの養殖が盛んですから。小エビサイズのものは手頃な値段で手に入るんです」

知らなかった。僕はオーナー代理が取ってくれた肉の方のピザを何気なく一口食べる。

(うま！)

肉と脂肪と脂肪とチーズ。そこに香ばしい小麦の香りと、バジル&トマトが合わさって、もうなんていうか——最高だ。

「おいしい？」

無言で激しくうなずく。

「だよねえ」

そんな僕を見て笑いながら、オーナー代理もピザにかぶりつく。

「これね、店のファンからは『違法薬物』って呼ばれてるんですよ」

「え？」

石黒さんがはっと顔を上げる。そして僕も手を止める。もしや、このバジルっぽい葉っぱが大麻とか？

「カロリーがすごすぎて、でもうますぎて、やめられない止まらないイリーガル・ドラッグ。だから注文するときのあだ名が『ＩＤ』」

「ああ……そういうことですか」

「違法薬物、おいしいでしょう」

人の悪い笑いを浮かべる姿に、これまでのオーナー代理が重なって見えた。

「エビも違法レベルにおいしいです！」

奥さんが尻尾(しっぽ)を持ちながら笑う。僕はそれにつられて、エビの方に手を伸ばす。やっぱりチーズはとろとろで、その中で煮えたエビやイカがグラタンみたいな味を出している。こっちは、子供も大人も大喜び！　みたいなおいしさだ。もちろん、僕も。けれどなぜか石黒さんは、微妙に顔をしかめている。もしかして、エビかイカが苦手だったんだろうか。

「車エビって高いから普段買わないけど、安いなら買って帰りたいなあ」

うんうん。僕はエビの部分を頬張りながら激しくうなずく。

「違法じゃないから、おすすめですよ」

にこにこと笑うオーナー代理。しかしなぜか今度は香具山さんの旦那さんがふっと眉を寄せた。

「ねえ、これ持って帰れると思う？」

「あのさ、それは」

「あ、あれじゃない？　発泡スチロールの箱に入れて――」

「なあ、その話は後にしよう」

けれど奥さんは楽しそうに続ける。

「やっぱり冷凍より生の方がおいしいから、手荷物がいいんじゃないかなあ。そうだ、明日スーパーに寄ってから――」

「いいから、黙って食べろよ！」

優しそうな旦那さんが、突然表情を変えて叫ぶ。テーブルが、しんと静まりかえった。

僕は何が起きたのかわからず、ピザを持ったまま動けずにいる。

「いや、その——すいません。大きな声出しちゃって」

旦那さんが謝ると、なぜか奥さんも頭を下げた。

「私が余計なこと言ったから、ごめんなさい」

「そんな、余計なことなんて」

言いながら、疑問を超えて怒りがこみ上げてきた。だって奥さんはおいしいと思ったものを持って帰りたい、という素直な気持ちを話していただけだ。なのに旦那さんはそれを頭から押さえつけるように黙らせた。

（やっぱり香具山さんも、家父長制に染まった人だったのか）

いい人だと思っていたのに。

しかも奥さんが自分で「余計なこと」なんて言うのは、普段からこういう会話が多いと示しているようなものじゃないだろうか。

（仲が良いのは上辺だけで、本当は旦那さんが押さえつけてるんだ）

ひどいな。自由にものも言えないなんて。僕は何か言ってやりたくて、口の中のピザをごくんと呑み下す。

「あの——」

「大概、鈍いですね」

「え？」

石黒さんに先を越されて、僕は戸惑った。

「さっきから安城さんが示唆してくれてるのに、気づかないなんて」

「どういうことです？」

旦那さんがじろりと石黒さんを睨む。

「違法、ですよ。奥さんはともかく、あなたはわかってるんでしょう？」

「失礼ですけど、おっしゃっている意味がわかりません」

「全部言わせたいんですか？　今の内に黙って捨てておいた方がいいと思いますが」

会話の内容からすると、やはり石黒さんは香具山さんたちが違法なものを隠し持っているのだと言いたいらしい。

「石黒さん、私たち、違法なものなんて持ってません。そんな犯罪者みたいに言わないでください」

奥さんが、悲しそうな表情を浮かべる。

「だからその、馬鹿なふりをやめて下さい。それとも本当にわかってないんですか？」

この石黒さんの言葉に、旦那さんが怒り出す。

「妻のことを馬鹿呼ばわりするのはやめて下さい。だいたいあなた、何なんですか？　偉そうに。本当に感じが悪い」

「馬鹿が不快ならば迂闊と言い換えます。そのせいでフォローをしなければいけなくなっているのは、本当でしょう。雰囲気でこっちを悪人にするのはやめていただきたい」

石黒さんの言葉に、香具山さんの旦那さんはぐっと言葉に詰まる。おいしいピザを食べていた楽しい食卓は一転、気まずさの極致にあった。

そのとき、プシュッと缶を開ける音が響く。

「はいはいそこまで」

ドクターペッパーを持ったオーナー代理が、笑顔で言った。

「石黒さん、香具山さんはまだ犯罪者じゃありませんからね」

「いや、まあ――それはそうでしょうけど」

「それに言い方がきつすぎますよ。石黒さんは、配達の取り合いに負けたからって人に当たらないこと」

配達の取り合い？　突然出てきた言葉に香具山さん夫妻と僕は事態が呑み込めず、ぽかんとした顔になる。

「はあっ!?　何を言うんですか！」

「だってそうでしょう？　昨日もうまく注文を取れなかったから機嫌が悪くて、香具山さんの奥さんやうちの従業員に当たって。今日は今日でバイクに先を越されて、売り上げがほとんどなかったんでしょう。だからって、ここぞとばかりにつっこむのは憂さ晴らしにしか見えませんよ」

「あんた、私の何を知って――つけたのか!?」

ガタン、と音を立てて石黒さんが腰を浮かす。

「ちょっと待って。それより私たちが『まだ犯罪者じゃない』ってどういうことですか？」

　そこに奥さんが参戦。

「だから黙ってろって！　余計なこと言わなくていいから、な？」

　叱るのかなだめるのか、よくわからないテンションになっている旦那さん。もう、めちゃくちゃだ。

「オーナー代理」

　どうするんですか。と目で訴える。するとオーナー代理はおもむろに立ち上がって、両手をぱんと打ち合わせた。

「みなさん。そろそろデザートが食べたくありませんか？」

「はあ？」

　いきなり言われて、また全員が戸惑う。場がジェットコースター並みにころころ変わるから、もはや誰にどう怒るべきかがわからなくなってきている。

「アメリカンなピザの後は、やっぱりアメリカンなデザートがいいですよね。パイとかタルトとか」

　それはまあ、あったら嬉しい。って今はそういう話をしてる場合じゃないような。

「でも残念ながらそれはメニューにありませんでした。というわけで香具山さん、お部屋から材料を持ってきていただけませんか？」

「え？」

奥さんがきょとんとした表情を浮かべる。

「それって、もしかして」

隣で旦那さんがぎゅっと眉を寄せた。

「紅イモのことですか？」

＊

紅イモ。沖縄土産で有名なタルトに載った、あれ？

「はい、それです。生のもの、スーパーで買ってお持ちじゃないですか？」

オーナー代理は笑顔でたずねる。

「あ、はい」

「それ今、みんなで食べちゃいましょう」

「え。でも――」

「お腹に入れれば、違法じゃありませんから」

そう言われて、奥さんははっとした表情を浮かべる。

「え。まさか、紅イモって持って帰っちゃいけないんですか――？」

奥さんの隣で、旦那さんがふうっと息を吐く。

「ごめん」

「え？」

「知ってたんだ。でも、すごく気に入ってたから。それに芋だし、季節的に腐らないだろうし、帰ってすぐ食べるなら問題ないって思ってた」

申し訳なさそうに旦那さんが頭を下げる。

「すいません。でも、どうしてもダメですか？　密閉容器に入れて、家に帰ったらすぐに調理しますから」

しかしそんな旦那さんに、石黒さんが言った。

「駄目です。あなたは、なんで紅イモが県外持ち出し禁止なのかをご存じですか？」

「え？　あ――いえ。ただ、ダメだとしか」

「沖縄や奄美大島などの南西諸島と小笠原諸島には、サツマイモに寄生するアリモドキゾウムシやイモゾウムシという害虫が発生しているんですよ。これらの虫は、イモの中や茎にいますが、それが外見からはわからない。卵のままだと、切ったところで見つけるのも難しい。だから生のイモを持ち帰ると、この虫まで持って帰ってしまう危険性があるんです。そしてこの虫は、本土にはいない」

「そうなんですか」

「外からわからないということは、せっかく育てても収穫後に発覚する可能性が残っている。とてもやっかいな害虫と言えます。サツマイモ農家にとって、それは致命的な打撃です。そんな被害が想定されていたとしても、あなた達はただ家で食べたいという理由で持ち帰るんですか？」

ぐうの音も出ない、とはこのことだろう。軽い気持ちでいたであろう旦那さんと、このことを初めて知った奥さんは、暗い表情を浮かべて黙り込む。

それにしても、石黒さんの知識はすごい。旅先のことを調べるのは当たり前、と言っていたけど害虫の名前まで覚えているなんて。

「一応補足しておくと、紅イモの消毒は可能です。水蒸気によって低温で熱するだけなので、食味に変化はないそうです。ただ事前に植物防疫事務所に持って行って申請しなければいけないので、面倒ではあります」

「そうそう、だからどうしても家で料理したいときは、通販とかで消毒済みのものを取り寄せた方が楽だよ」

オーナー代理の言葉に、奥さんがうなずく。

「だからね、ここで証拠隠滅したらどうかな」

二人が紅イモを取りに行ったところで、オーナー代理は石黒さんの肩を叩く。

「いやあ、見事な推理でしたね。説明も完璧！」

「あ、いや、そんな」

いきなりほめられて戸惑う石黒さんは、あまり怖くない。なので、聞いてみた。

「あの、なんで紅イモを持ってるってわかったんですか」

「奥さんの、料理の説明だよ。タルトとか天ぷらとか、言ってただろう」

　それだけで⁉　僕が驚くと石黒さんはうなずく。

「タルトと天ぷら、どちらにも共通する素材なんてサツマイモくらいしかないだろう。しかもそれを彼女が喋ろうとするのを、香具山さんは止めていたし」

　天ぷらとタルトで共通する素材。ちょっと考えてみたら、カボチャが閃いた。

「ザックくん、それは持ち出し禁止じゃないよ」

「パンプキンパイもあるんじゃないですか」

「後――失礼な話ですが、あの人たちがだらしなく思えたことも、きっかけです」

　オーナー代理にさらっと否定された。

「え？」

「食事の時間に遅れてきたり、自分が訪れる土地のことを勉強していなかったり」

　確かに部屋はそうだったけど、石黒さんの前で二人はそんな姿を見せただろうか。

（それは――）

　ちょっと厳しすぎる気がする。遅れたといっても十分くらいだし、勉強に関しては、国内旅行なんだしそこまで調べる人の方が少ないんじゃないだろうか。

「石黒さんは、本当に真面目ですねえ」

　のんびりとした口調でオーナー代理が言った。

「だから、自由に憧(あこが)れてたんですか?」

「はい?」

不愉快そうな声で石黒さんが聞き返す。けれどオーナー代理は、それをまったく気にしないそぶりで微笑む。

「だって香具山さんたちは、自由な感じがするでしょう。楽しそうで、好きなようにやっていて。それを目の前で見せつけられて、癪(しゃく)に障ったんじゃないですか」

「安城さん、さっきの発言といい、あなたは私の何を知ってるんですか」

「知っているのは、見えている範囲のことだけです。だからこうしてお尋ねしている。いや、問いかけているのかな」

僕はコーラを飲みながら、残りのピザを見つめる。あの配達員の人は、もう家に帰ったかな。そんなことを考えた瞬間、何かがつながった。

頭だけ濡れている姿。『配達の取り合い』という言葉。軽くて大きな箱状のもの。

そして、自由。

「もしかして、石黒さんはウーバーイーツの配達員をしていたんじゃないですか?」

僕の言葉に、今度はオーナー代理と石黒さんが目を見開いた。

*

ピザの配達員の人は、体がびしょ濡れだった。でもヘルメットと屋根があったから、頭は濡れていなかった。でもよく考えたら、体はレインウェアに包まれているんだから、脱いでしまえばどこも濡れていないことになる。同じことが、石黒さんの体にも言えるんじゃないだろうか。実際、レインウェアは持っていたわけだし。

じゃあどうして頭が濡れたのか。その答えは、彼が乗っていたのが自転車だったから。ヘルメットを被らずに、レインウェアのフードが風でめくられてしまえばあんな状態になるだろう。もし被っていたとしても自転車のヘルメットは上に通気用の隙間が多いし、同じことになる。

そして何より、あの黒いビニール袋。あの中には、ウーバー用のバッグが入っていたんだと思う。ピザの配達員さんが出してきたのは、平たくて黒い大きなピザバッグ。もしあれを徒歩で持ち歩こうと思ったら、恥ずかしくて何か袋に入れるだろう。そしてウーバーイーツに関しては、あのバッグは自分で購入するのだ。僕自身、ちょっとやってみようかと思って検索したことがあるから知っている。

そのことを説明するとオーナー代理はぱちぱちと手を叩き、石黒さんは呆然としたまま、僕のことを見ていた。

「すごいな、ザックくん。ちなみにそのバッグは最初は手元になかったけど、どうやって入手したと思う？」

「通販です。注文してから、近くのコンビニの宅配便ロッカーを指定すればそこで受け取ることができます。自転車はレンタルできますし」

那覇は観光地だから、格安のレンタサイクルもある。つまり石黒さんは、コンビニの宅配便ロッカーで配達用のバッグを受け取ってからその場で段ボールを処分し、中の商品保護用のビニールだけかけた状態で国際通りあたりに自転車を借りに行ったということになる。

「帰りは自転車を返却して徒歩になるので、そのために新たなビニール袋が必要になったんです。黒にしたのは、中身がわかると恥ずかしいから――」

その話をしているところに、香具山さん夫妻が戻ってきた。

「え。石黒さん、ウーバーのドライバー、なさってたんですか――？」

奥さんに聞かれて、石黒さんはゆっくりとうなずく。

「……はい」

「こんな天気の日に、大変でしたね。でも、外に出ない人も多いから儲かったんじゃないですか？」

旦那さんの発言に、石黒さんが悔しそうな表情を浮かべる。

「残念ながらまったく、儲かりませんでした」

「『配達の取り合い』で、ですか？」

「――そうです。旅行者なので、地の利がなかったということもあります。いわゆる特定の『待ち場』のようなものがわからなかった」

「そうだったんですか」

「それに、注文の絶対数も少なかったんです。だからさっき安城さんがおっしゃったように、配達の取り合いになった。しかも——取り合う相手が自転車だけじゃなかったんです」

「ええ？」

これには、オーナー代理をのぞいた全員が驚きの声を上げた。

「この天候のせいなんですかね。原付のバイクも多かったんですよ。中には、さっきのピザ屋みたいな屋根付きのものもあって」

「それは、機動力に差がありすぎますね……」

香具山さんの旦那さんが、軽くため息をつく。

「同じ自転車には地の利で負け、バイクには機動力で負けた。それでレンタサイクルの代金を払ったら、ほとんど儲けなしです」

だから大きな街を狙って行ったのか。

「ぼくもさっき調べたんだけどね、那覇のウーバーはオフィス街のランチタイムがメインの稼ぎどきらしいですよ。それでも取り合いになるそうだけど」

「そうなんです。それは調べてきたんです。那覇は小さめな街だし、だから自転車でいけると思ったんですけど」

「けど、坂があるでしょ」

あ。オーナー代理の発言を聞いて、僕は心の中で声を上げる。そういえば首里城に行ったときも、坂が多かった。高台にあるお城にたどりつくまで、バスは結構長い間、だらだらと坂を登っていた気がする。そして石黒さんの今日の行き先に、首里も入っていた。

「坂は、バイクの方が有利でしょうね」

残念そうな顔で奥さんもつぶやく。

「でも、なんで旅行先でウーバーやろうと思ったんですか?」

一番の疑問を、僕は口に出した。だって沖縄への旅行費は、安くはない。だからもともとお金に困っている人じゃないと思うのだ。

「それもさっき安城さんが言った通り。自由、ですよ」

「自由?」

香具山さん夫妻の声が揃った。

「旅先で観光は当たり前。だったら旅先で新しい働き方をして、より非日常感を味わいたかったんです。いつ働いても自由で、やめるのも自由で。でも——私には向かなかった」

スマホに来る配達のオファーの機会を逃し、「次こそは」と思いながら、切りのいいところで引きあげることができなかったんですよ。そう言って、石黒さんは肩を落とした。

「楽しいだろうと思って始めたのに、この天気のせいかつらいことしかなかった。それでイライラして、皆さんに当たり散らしてしまいました。本当に、申し訳ない」

頭を下げた石黒さんを見て、僕はすごく微妙な気持ちになる。

なんだよ。嫌な人だと思ってたのに。

*

みんなが和解した後、食堂の厨房で香具山さんの奥さん指導の下、紅イモ料理教室が開催された。タルトはさすがに時間がかかるので、天ぷらと、ふかしたものをマッシュして牛乳や砂糖を加えたものの二種類。

よく考えたら、僕は紅イモを食べるのが初めてかもしれない。

(お土産屋さんで、お菓子になったのは見たことがあるけど)

素材そのものというのは、なかった気がする。

熱々の天ぷらに軽く塩を振ったものを一口。甘みがすごい。しかもめちゃくちゃカラフル。

「これだけで、お菓子みたいですね」

「でしょでしょ？　だからこそ、持って帰りたかったの！」

奥さんの言葉にも納得だ。

「マッシュの方には、いいもの出しちゃおう」

オーナー代理は、冷凍庫を開けるとアイスクリームのカップを取り出す。それをすくって、冷ましたマッシュと和えれば紅イモアイスのデザートが出来上がりだ。

「こちらもすごく――おいしいです」

毒気を抜かれたような表情で、石黒さんが笑う。

「やはり料理のできる女性は、いいですね」

だからそれ。舌の根も乾かないうちに問題発言してるし。僕は心の中で苦笑した。

香具山さん夫妻と石黒さんが部屋に戻ってから、オーナー代理と僕は厨房の片付けをする。僕が洗った食器を拭きながら、オーナー代理がふと思い出したように言った。

「ザッくん、今回は君が色眼鏡をかけてたね」

「はい?」

「石黒さんのこと。家父長制精神の嫌な人だって思ってたでしょう」

隠しきれないので、正直にうなずく。

「でもね、嫌な人と悪人はイコールじゃないよ」

「え……」

「同じように、いい人と善人もイコールじゃない」

そこでようやく、はっとした。香具山さんの旦那さんは、いい人のまま違法行為をしようとしていた。なのに僕は、嫌な人だからと石黒さんの方を疑った。

「――すみませんでした」

嫌な態度で考え方に偏りがあっても、違法なことはしない。規律を守る。そんな人と、楽しくてフレンドリーだけどゆるくて、「まあいっか」で法を踏み越えてしまう人。

世の中は、いい人と悪い人だけで二分できない。知ってたはずだけど、わかってなかった。

「完全な平等が存在しないように、完全にフラットな視線を得るのは難しい。でも、『そうありたい』と願う人が増えればいいな、とぼくは思ってるんだけどね」

「米軍の建前みたいな、ですか」

ちょっとだけ反撃してみると、オーナー代理は「言うねえ」と笑った。


朝、スマホの画面を開いて確認する。届いていない。メールアプリを立ち上げ、更新する。届いていない。

(――メール送ったの、一昨日の夜だったんだけど)

送ってから一日以上が経過。なんとなくだけど、最近メールの返信が遅くなっている気がする。

やっぱり、LINEみたいなチャット系の方が楽なんだろうか。いちいちメールを立ち上げて、っていうのは僕もちょっと手間を感じるし。

（嫌なのは、あいつらにつながっちゃうことなんだよな）

　あいつらとは、僕らをいじめていた同級生のことだ。僕やアマタツはいいとして、地元で働いているゴーさんはあいつらに連絡先を知られたら困るだろう。でもスマホで検索してみると、初期の頃とは違ってつながりたくない相手を避けることができるようになっていた。なんだ、あんまり心配することもなかったのかもしれない。

（ＬＩＮＥができるようになったら、バカバカしいこととか写真とか、もっと気軽にやり取りできるんだろうな）

　今はメールが重くなるのを考えて一枚ずつにしてるけど、デカ盛りの弁当とか変な顔のシーサーとか、送りたい写真はたくさんある。僕は思いつくまま、二人に『ＬＩＮＥ、色んな方法があるみたいだから今度やってみない？　下見係より』と追伸で送った。

＊

　朝ごはんの用意をしていると、「おはよう」と声をかけられる。

「石黒さん、おはようございます」

　香具山夫妻が帰り、元々予約していた日数が過ぎてもなぜだか石黒さんはここにいる。空いているから延泊は問題ないし、他の予約もないから売り上げ的にはありがたいのだけど。

石黒さんは生真面目な笑みを浮かべると、自分からトレーを取りに来た。

「持って行きますよ」

「いや、これくらいさせてくれ」

そう言ってトレーを受け取ると、カウンターの中にいる比嘉さんにも声をかける。

「おはようございます」

「おはようございます、石黒さん。今朝はチキナーチャンプルーですよ」

「ほう。チキナーとは、何を指すんですかね」

比嘉さんは、冷蔵庫から小松菜のような葉っぱを取り出して見せてくれる。

「これはからし菜。で、これの塩漬けが『漬け菜』で『チキナー』。今は塩漬けっていうより塩もみ状態にしてから、炒めるんだけど」

「炒める前に塩もみとは、珍しいですね」

石黒さんが興味深そうにうなずいていると、背後から「そうでもないよう」という声が聞こえてきた。振り返ると、いつもより早く出勤したクメさんとセンさんが立っている。

「わっ」

驚いた石黒さんのトレーを支えながら、僕は心の中でうなずく。だって登場が、なんかホラーだ。

「お二人はこのホテルの清掃担当で、クメさんとセンさんです」

僕はトレーをテーブルに置きながら、二人を紹介する。

「ああ……そうなんですか」

「いつもはもっと遅い時間の出勤なので、お客さんと会うのは珍しいんですけど」

「おはようねえ」

サラウンドで言われて、石黒さんはあたふたと頭を下げる。

「おはようございます！」

家父長制の権化みたいだった石黒さんは、先日のやりとりで少し気持ちを変えたようで、今は全方位的に礼儀正しくなっている。

「あのねえ、漬物を炒めるってのは、どこの地方でもあるんだよう」

クメさんが言うと、センさんが「あるよねえ」とうなずく。

「九州のさあ、高菜炒めとかよう」

「あー、あれ、確かに炒めてますね」

石黒さんがはっとしたようにうなずく。僕もラーメン屋のカウンターに置いてある高菜炒めを思い出して、うなずく。あれ、ご飯がたくさん食べられるから好きだ。

「あと、たくわんも炒めるねえ」

それを聞いた石黒さんが「もしかして、豚キムチも」とつぶやく。

「そうよう。どっこでも、あるよう」

「古くなったり酸っぱくなったりしたらねえ」

「とりあえず火、通せばねえ」

うんうんとうなずき合うおばあさんたち。

「そういえば、そこのひとは部屋をきれいに使うから楽だよう」

「え？　私ですか？」

石黒さんの言葉に、クメさんがうなずく。

「だから、すぐ終わって楽でいいねえ。ありがとねえ」

「あ、いえ。そんなお礼を言っていただくほどのことでは」

急にほめられて、石黒さんは赤くなる。

「そういえば、何か用事があったんじゃないですか」

僕がたずねると、クメさんが両手をぽんと合わせた。

「そうそう。ざっくんにお願いがあるんだったよう」

「今日、キャンプ行くって聞いたからよう」

「あ、はい。その予定ですけど――」

昨日の夜、オーナー代理に話したのにもう知っているとは。ホテルジューシーの情報伝達網は謎だ。

「ふぁいやきん、探してもらいたいんだよう」

にこにこと言われて、僕は首をかしげた。

沖縄の言葉は謎なものが多い。そういう名前の果物でもあるんだろうか。

君ではない

「キャンプに行かないか」

そう言われたのは、昨日の昼のことだ。ランチを食べに行った『らっしゃい亭』でユージーンが言った。

「キャンプ――」

思わず目を細める。その言葉だけで、眩しい気がした。

キャンプ。なんてリア充的な響き。僕はもちろん、行ったことはない。近いものは学校の飯盒炊爨くらいか。

「明日はほとんど予定ないって言ってただろ？」

「うん。まあ、そうだけど」

「天気も良さそうだし。ちょっと行って帰ってくるくらいなら、夜の仕事に支障はないんじゃね？」

そうか、日帰りキャンプか。テントや寝袋を想像していた僕は、少しだけ肩すかしを食らった気分になる。でもまあ、特に装備を持っているわけでもないから、むしろ日帰りでよかったのかもしれない。

「週末だけど、ユージーンは大丈夫なの」

「ああ。こっちは夜の営業に間に合えばいいって感じだから」

ランチ営業は平日に近所で働いている人向けだから、週末は夜だけ開ければいいのだという。

「そっちのエンドは？」

「うちも似た感じだね。お客さんは一人だし、明日は外食するって言ってたから、夜までに戻れば」

ちなみに場所はどこなんだろう。一応、オーナー代理に行き先を言わなければと思ってたずねると、「北谷だよ」と返事がきた。

「持ち物とか、用意するものってある？」

「んー、特にないかな。まあ普通に動きやすい服装で、日よけの帽子と自分の飲み物だけあればいいんじゃね？　飯は現地調達だし」

「現地調達――」

もしかして、魚釣りとかするんだろうか。だとするとBBQの可能性も出てきた。海だろうか、川だろうか。すごい。リア充マックスってこういうことを言うんじゃないだろうか。

「まあ、両手は空いてた方がいいからバッグはそういうやつで」

「わかった」

「よし。じゃあ九時過ぎにこの店の前に集合な」

店の車貸してもらえるからさ。ユージーンは楽しそうに笑った。

僕はあまりのことに感激して、ゴーさんとアマタツにメールを送る。

『キャンプに行くことになった！　しかも相手はこっちで知り合ったバイト仲間。すごくない？　まるでリア充って感じだよね！　下見係より』


で、その予定を夜にオーナー代理に話して了解をもらって、今ここ。なんだけど。

「あの……ふぁいやきんって、なんなんですか」

キャンプで手に入るってことは、果物か魚か。それともまさかの鳥とか？　僕の質問に、センさんはいひひと笑う。

「ふぁいやきん、知らないのかい」

思わずカウンターの方を見ると、なんと比嘉さんまで首をかしげている。

「ふぁいやきん、有名だけどねぇ」

クメさんが珍しく、困ったような表情を浮かべた。

「その、ふぁいやきん、って果物ですか？」

僕がたずねると、センさんがひやひやと笑う。

「食べ物じゃないよう。食べ物を入れる方」

「入れる方？」

「ふぁいやきんは、食器さあ」

「食器？」

僕は思わずスマホを取り出して『ふぁいやきん　食器』と打ち込む。すると驚いたことに、そこには『Fire-King』という食器メーカーのサイトが現れた。

「ファイヤーキング――」

思わずつぶやくと、比嘉さんが「なんだ、それね」と笑う。

「知ってるんですか？」

石黒さんも首をかしげながら言った。

「あのね、ファイヤーキングはアメリカンアンティークとしてけっこう有名なのよ。クメばあとセンばあの時代には普通にあったと思うけど」

しかしその説明に、クメさんが反論する。

「普通にはなかったよう。高くてねえ。だから払い下げ品の店で買ってたよう」

「あ、そうなんだ」

「でもそれが割れちゃってねえ」

だから僕におつかいを頼みたいと。そういう話らしい。

「ん？　でも彼はキャンプに行くんですよね」

チキナーチャンプルーを食べ始めた石黒さんの質問に、センさんがうなずく。

「キャンプだから、安く買えるんだよう」

石黒さんは少しの間考え込むと、僕に向き直った。

「キャンプに向かう途中に、アンティークショップとかあるのかな」

行く場所は？　と聞かれて僕は記憶を探る。

「確か、北谷のはずです」

その地名を口にした瞬間、僕は田町さんと倉本さんを思い出した。

「あっ、ありますあります！　北谷にはヴィンテージやリサイクルの店が多いって聞きました」

古着好きの二人は、そういう店を目当てに北谷に行っていたはずだ。

「じゃあ、行きか帰りに探してみますね」

僕がそう言うと、センさんが「行きか帰りじゃ、ないよう」と口を尖らす。

「え？」

「探すなら、キャンプだよう」

「でも」

森や海に、そんな店があるわけがない。僕と石黒さんが首をひねっていると、比嘉さんが声を上げて笑い出した。

「やだもう。発音悪いファイヤーキングに、アウトドアと思ってるキャンプなんて」

こういうの、お笑いでなんて言うんだっけねえ？　重ね？　のっけ？　笑い続ける比嘉さんを前にして、僕の頭の中にはさらなる疑問符が浮かんだ。

「アウトドアと思ってるキャンプ……？」

「そうよう、だって明日は土曜日でしょ？　それで北谷で、キャンプって言ったらあそこに決まってるじゃない。キャンプフォスター」

「――キャンプフォスター？」

そういう名前のキャンプ場があるのか。状況がつかめないままの僕の前で、石黒さんが「ああ」と声を上げる。

「それ、米軍キャンプのことですね」

「米軍キャンプ――？」

「そう。週末にそこでフリーマーケットがあってね。そのときだけ、基地の敷地に入れるの」

フリーマーケット。そう言われて、僕はぽかんと口を開けてしまう。だって動きやすい服装って。日よけの帽子って。飲み物って。

「ああ、だから食器を探すと」

石黒さんの言葉にクメさんとセンさんが揃ってうなずく。

「ざっくん、がんばって値切るんだよう」

まずい。ゴーさんとアマタツに、なんて言おう。

*

「いや、逆にびっくりだわ」

沖縄でキャンプっていったら、先にこっちが浮かばね？　ユージーンにそう言われて、僕は軽く落ち込む。

「でも、沖縄ってアウトドア盛んじゃないの」

「まあね。でもこんな都市部じゃやらないだろ。海系のアクティビティならあるかもだけど」

仕入れ用のライトバンのハンドルを握って、ユージーンは笑った。いいけどさ、別に。

「で、なに。ホテルのばあちゃんに頼まれたものって」

「ファイヤーキングっていうブランドのカップだって」

なにそれ、と言われて僕はスマホに出てきた情報を読み上げる。

「ファイヤーキングはアメリカの耐熱ガラス食器のブランドで、ミルクガラスっていうパステルカラーの素材が特徴。１９４１年から１９８６年で一回生産が終了してる」

「一回？」

「そう。でもその後、日本限定で復活してる。日本のガラス職人が、製造元のアンカーホッキング社と契約してファイヤーキングのミルクガラス製品を２０１１年から作ってるんだって」

「へえ、すごい」

ファンが多いんだろうな。ユージーンの言葉に僕はうなずく。

「だから買おうと思ったら公式サイトから買えるんだけど、無地のマグカップでも三千円以上するし、離島で通販したらもっとお金がかかる」

「ああ、それでフリマ狙いか」

「理想は五百円。上限は千円だってさ」

「ばあちゃん、しっかりしてんな」

「普段使うものだから、高くないのがいいんだって。だから『高かったらいらない』んだって」

土曜日のせいか、案外道は混んでいない。国際通りの裏からスタートした車は、すぐに国道58号に入る。片側三車線の広い道路だ。

「ユージーンは、行ったことあるの」

「いや、初めて。つかこっちで運転するのも初めて」

「え」

僕は思わず、ユージーンの方を見る。すると彼も僕を見返して、にやりと笑う。

「ちなみにライトバンも初めて」

「えーっ！」

「でもまあ、道は単純だしなんとかなるだろ」

「なんとかって」

なんでそんなに自信満々なんだ。僕は口笛でも吹きそうな勢いのユージーンを見て、小さなため息をつく。同じような流れで育ってきても、性格はこんなに違う。

「こっからは一本道らしい」

「そうなんだ」

「店長が、国道58号をただただまっすぐ行けば着くって言ってた」

不安ならダッシュボードに地図あるから見れば。そう言われて、僕は首を横に振る。一本道なら、迷う心配はないだろう。

「ユージーンは何か欲しいものがあったりする？」

「うーん、俺は『これ！』っていうのはないいんだけど。でも米軍払い下げ品が安かったら買うかも」

「それってアーミージャケットとかヘルメットとか？」

「まあ、そんな感じかな。さすがに持って帰れないものは買えないし」

車が進むにつれ、窓の外の景色が店中心の観光地から郊外の住宅地へと変わってゆく。

「でもさ、米軍キャンプでフリマやってるなんてよく知ってたね」

「知ってたっていうか、調べたんだよ。せっかくこっちいるんだし、ミリタリーショップとか基地とか、ちょっと行ってみたいし」

ザッくんはそういうのないの？　聞かれて、僕は言葉に詰まる。

「まあ――首里城は行ったけど」

特に目的もないし、ここだけは行きたいっていう気持ちもなかった。だってここには下見を兼ねたアルバイトで来ただけなんだし。

「なんかさ。ザッくんって薄味な」

「どういう意味だよ」

「そのまんまの意味だよ。なんか、全体的に薄い」

あ、別に悪口とかじゃなくて。そう言われたけど、なんとなく引っかかる。でも「そうだよな」と思ってしまうのも事実だ。これといってこだわりがなく、のめり込めるものもない。いいな、くらいの感じはあっても「どうしても」はない。まさに「うすしお」。

「じゃあユージーンは濃口？」

「いや、俺は普通でしょ。濃口は安城さんとかじゃね？」

「まあ、それは確かに」

ラーメンで言ったら二郎か天下一品。スープが濃すぎて箸が立ちそうなレベルだ。

（でも、あっちゃんの方が濃いかな）

いやいや、キャラ立ちはクメさんとセンさんもかなりのものだ。ていうかあのホテル、濃い人の比率が高すぎやしないか。

そんなことを考えながらふと窓の外を見ると、いつの間にかビルが消え去り、平らな建物が目立つようになっている。

「なんか、ちょっとアメリカっぽくなってきてる気がするんだけど」

「だな。土地と道路が広い感じ」

上に伸びた建物がないと、空も広く感じる。片側三車線の道路と、広い土地に無造作に建てられたコンクリート製の平屋。台風が多いからシンプルな造りになってるって聞いたけど、こうして並んでると本当に異国感がある。

実際、看板にも英語のものが増えてきた。ロードサイドらしいチェーン店のレストランやドラッグストアは僕の地元にもあるものだけど、駐車場を大きくとったためか建物同士がすかっと離れていて、地元よりもさらに車社会であることを痛感させられる。

（人、歩いてないし）

天気が良くて、空は青い。道路は広い。でも人は、歩いてない。たまに古くなって放置された建物を見ると、明るいゴーストタウンみたいにも感じる。

開いた窓から、潮の匂いがした。

「海が近いんだよね」

「ああ。左側、建物の向こうはもう海のはずだけど」

ユージーンが鼻をすんと鳴らす。

そのまま二十分ほど走ると、右側にフェンスが現れた。最初は変電所とかそういう施設だと思って見ていたけど、なぜかずっとフェンスが途切れない。走っても走っても、ずっとフェンスが右側にある。これは、もしかして。

「基地……？」

「ああ、もう敷地みたいだな」

「これが――」

　フェンスは、そこまで高いものじゃない。でもよく見ると上の方に有刺鉄線みたいな針金が見える。電気とか、通っているんだろうか。僕は、つい最近見た地図を思い出す。沖縄本島のあちこちにちりばめられた、大きな空白。「これ」が、「あれ」なのか。

「なんか、イメージと違ったなあ」

「なに、軍用機がばんばん飛んでて、ミリタリージャケット着た兵士が銃持ってうろついてるとか思ってた？」

「いや、そこまでは思ってなかったけど」

　でもまあ、近いものはあったかも。だから基地に入ると聞いて、ひっそり緊張していた。なのに目の前にある基地は、ところどころに英語の注意書きが貼ってある以外は、ただの広い土地にしか見えない。フェンスのそばには沖縄らしく緑の濃い草木が茂り、遠くには低い山か丘のようなものが見える。平和そのものだ。

「ちょっと気が抜けたかも」

　そうつぶやくと、ユージーンが鼻で笑った。

「なんだよ」

軽くむっとしてたずねると、ユージーンは「ごめんごめん」と片手で拝むようなポーズをする。

「そういう反応こそ、あっちの求めてるものなんだろうなと思ってさ」

「え？」

「いやだって、基地です！　軍隊です！　戦闘機です！　って国道から見えるとこでやったら反感買うに決まってるじゃん」

「それはまあ――そうだろうけど」

「だからさ、それを打ち消そうとフリマとかフェスとかやるわけじゃん。開かれてます！　安心です！　トモダチ！　ってさ」

「あ、そういうことか……」

ユージーンの意見に、僕はぐうの音も出ない。また軽く落ち込んでいると、車のスピードががくんと落ちた。

「あれ。これもしかして、フリマの列か」

これまで空いていた道路に、突然の渋滞。そしてその列の先はフェンスに向かって右折するレーンだ。

「みんな車で来るから、ここが混むんだな」

列が長いから、結構時間がかかるかと思ったらわりとすぐに入ることができた。駐車場が広いのだ。

車から降りると、日差しが強くなっていた。気温は長袖Tシャツレベルなんだけど、紫外線に夏を感じる。あたりを見回すと、会場に向かう人の中には日本人も多い。少しほっとしながらユージーンと歩いていると、マーケットが見えてきた。すると。

思いっきり、外国だった。

異国風なんて軽い感じじゃない。バチバチのアメリカ。ライトバンのハッチバックを開けて、そこに座ってコーラを飲む白人のおじさん。信じられないほど派手な色使いの服をハンガーラックにかけている黒人系のお姉さん。その周りではしゃぎまわる、英語を話す子供たち。

（うわあ）

嗅いだこともない香水や、スパイスっぽい埃っぽさ。漂う匂いすら、外国だった。

（本当にコーラ飲むんだ）

ものすごくくだらないことに、ちょっと感動する。

「さてと」

ユージーンは会場を見渡すと、僕に言った。

「んじゃ、こっからはそれぞれ買い物ってことで」

「え？　一緒に回るんじゃないの」

唐突な提案に、僕は慌てた。

「いやいや、そんなんしてたら時間なくなるっしょ。欲しいものも違うし」

「それは——そうだけど」

知らないものを見て、これなにに使うんだろう？　とか言いながら回ったりしたくないのかな。

「……一人だと、ちょっと不安だったりして」

最初だけ一緒とかどうかな？　冗談めかして言うと、ユージーンがぽかんとした表情を浮かべる。

「——あのさ、ザックくん」

「うん」

「こじれる前に言っとくわ。悪気じゃないから。これは、俺の好みの問題」

「うん？」

「俺さあ、たぶんザックくんと気が合わない」

「えっ？」

「お前さ、薄味どころか味を感じないんだよ。だから一緒にいても面白くない」

いきなり、こんなところで何を言い出すんだ。僕は混乱して、何も言い返せない。

「お前が悪いんじゃないけど、俺が無理。だから嫌いになる前に、別行動にしよう」

なんだその別れ話みたいな言い方。

「今なら、ただのバイト仲間でいられるし。またランチ食いに来いよって言えるから」

「いやちょっと待って」

「ごめん。俺、短気なんだ」

ユージーンはそう言うと、僕に向かって笑顔で手を振る。

「じゃあ、そういうことで」

状況がつかみきれない。でもユージーンは僕のことが嫌になったらしい。

「――あのさ、僕、何かした？」

「だからさ、そういうとこ」

「そういうとこ、って言われても」

「何かした？　じゃなくて、何もしてないんだよ。そりゃ誘ったのは俺だからそこは悪いけど、ザックんって何も調べないし楽しもうって感じもないし、ナビするとかガス代払うとかも言い出さないし」

なんか俺ばっかじゃん。ユージーンに言われて、衝撃を受けた。僕にはガソリン代を払う、という考えがそもそもなかった。なぜならこれまで、同年代の運転する車に乗ったことがなかったから。

(そうか。こういうとき、交通費としてガソリン代を半分払うのか)

いや、もしかすると運転してもらった分、こっちが多く払うのか？　ていうかガソリンっていくら？　わからないことが山盛りだ。

「いや、ガス代は払うよ。ナビは一本道だって聞いたから見なかっただけで」

「でもさあ、金払えって言い出すの嫌じゃん？　そういう部分、ちょいちょい押しつけてくる感じだし。道が簡単なのはそうだけど、俺、こっちでの運転は初めてって言ったよね？」

「あ――うん……」

相手にお金を要求するのは、確かにいい気分じゃない。でもこっちはこっちで知らなかったんだし、しょうがないじゃないか。

「ザックんはなんもしないし、なんなら自分が被害者です、みたいな感じをこっちに押しつけてくんだよ。それがうざい」

言いながら、ユージーンは被っていたキャップのつばをぐっと上げた。意志の強そうな目が、こっちをぎろりと睨んでいる。

「ほら、話し合うとどんどん悪口になるじゃん。俺、そういうのがホントやなんだよ」

だから、ここで解散。オッケー？　そう言われて、僕はもう返す言葉もない。

「じゃあな。ばあちゃんの食器、見つかるといいな」

ユージーンはぱっと笑顔に戻ると、僕に背を向けて歩き出す。しばらくその姿を見つめていたけど、彼がこっちを振り返ることはなかった。

＊

車に物を置いてこなかったのは、不幸中の幸いだったかもしれない。

僕はリュックからキャップを取り出して被ると、庇の下の小さな暗闇に逃げ込んだ。

こういう気分には、慣れてる。

(見てるとムカつくんだよ、っていうのの一番優しいパターンだな)

ユージーンが去ったのとは違う方向に歩きながら、マーケットを遠巻きに眺める。ピクニックシートに広げられた子供服におもちゃ、絵本。可愛らしいものを売っているところには、人がよく立ち止まる。

うじうじしてる。なんか言えよ。なんかムカつく。

(はいはいはい。わかったわかった)

知ってるよ。

サイズ違いのスニーカーが並べられたところ。新品っぽいのもあるけどそれなりに履き込まれたものもあって、それ誰が買うの？　って感じがすごい。

口きけないのかよ。何考えてんのかわかんねえ。見てると苛々する。

知ってるけどさ。でも。

(――でも、こんなところで言わなくたって)

ぴかぴかの日差しと、青い空。誰かがかけてる明るい音楽。そんな場所で、今、言うのがそれか？

(せめて、買い物が終わるまで我慢してくれてもいいのに)

ぼんやり眺めながら進むと、食器を並べたところに差しかかる。半透明のパステルカラーを探すけど、ぱっと見はない。さらに進んで同じような傾向の場所をいくつか見たけど、ファイヤーキングらしきものはなかった。ただ、ジャンク品を放り込んだような箱はどこにでもあって、希望があるとすればその中だった。

（でもこれ、声をかけないといけないような……）

とりあえず、優しそうな人に聞いてみよう。僕は折りたたみ椅子に座って店番をしている、白人のおばさんに声をかけてみる。

「あの――」

「Hi! What are you looking for?」

思いっきり英語。しかも聞き取れない。

「ええと、その。これ――ルック、オーケー？」

箱を指差すと、「ああ」といった雰囲気でうなずいてくれた。ほっとして、箱の中身に手を伸ばす。無造作に入れられた食器はきれいだけど、たぶんセット物だったんだろうなという感じだ。とりあえずマグカップを中心に探していると、おばさんが声をかけてくる。

「Looking for a cup?」

カップ、は聞き取れたのでうんうんとうなずく。

「ええと、ファイヤーキング、マグカップ、サーチ」

するとおばさんは「あー、なるほど」みたいな表情を浮かべた後、首を横に振る。

「I don't see that here――ナッシング」

　ここにはない、と言ってる。そして少し考えこむような顔をした後、左を指差した。

「Might be over there」

　たぶん、あっちならあるかも、みたいな感じ。そこで僕はうなずいて、おばさんの示した方へと向かう。ほんの数か所スペースを進むと、食器を多く扱っているところがあった。しかもなんと、小型の食器棚を中身入りで丸々展示している。

「Hi」

　片手をあげたのは、中年の白人男性。体格が良くて、いかにも「軍人」っぽい。つまり、怖い。それでも勇気を振り絞って、話しかけてみる。

「ハイ。アイムサーチ、ファイヤーキング、ファイヤーキング」

　すると男性も「あー」と言いながらうなずいて、食器棚を開けた。

「This one?」

　取り出したのは、ファイヤーキングらしきミルクガラスの食器。ただそれはセットになったお皿だった。

「サンキュー、バットソーリー。アイウォント、カップ。マグカップ」

　男性はうなずくと、地面に置かれた段ボール箱を指差す。その数、五箱。

「Maybe, if you're lucky」

　運がよけりゃ見つかるよ。そう言われて、僕は再び箱の前にしゃがみこむ。

「——Russian?」

暇なのか、男性が話しかけてくる。ロシア人か、と聞かれたんだろう。なかなか鋭い。

「えっと、アイムミックス」

「Ah」

なるほどね、みたいな表情でうなずく。

「What language do you speak?」

「え？」

ランゲイジ、って『言語』だよな。つまり、何語を喋(しゃべ)るのか聞かれてる？

「ああ、ジャパニーズ」

「Only Japanese?」

日本語だけ？　って言われても。僕は日本生まれの日本育ちなんだから、そんなの当たり前だ。僕がうなずいてみせると、男性はぶはっと笑って早口で何か言った。たぶん、「その見た目で日本語だけはないぜ」的な雰囲気。

（しょうがないじゃないか）

見た目と中身が違うんだから。英語の国で生まれて、日本でも英語のまま暮らせるあんただって似たようなもんだよ。心の中で文句を言いながら探しても、ファイヤーキングは出てこなかった。

そしてそのまま、同じようなスペースを回った。こっちに無関心な人もいれば、やけに話しかけてくる人もいる。不思議なのは、何人かから同じように「何語を話すのか」と聞かれたことだ。

「ああ、それはあなたの英語が上手じゃないから」

珍しく日本語が通じた中年男性は、白人というカテゴリではくくれないタイプの人だった。髪は黒いけど肌は白くて、彫りが深くて。

「英語が上手じゃないから？」

「そう。あなたは見た目が『ガイジン』でしょう。それで英語が上手じゃなければ、ロシアンかチャイニーズかスパニッシュなんかを話すのかなあ、と思いますよ」

「ロシアはわかりますけど、なんで中国とスペインが出てくるんですか」

「チャイニーズとスパニッシュは、英語の次に使う人の多い言葉ですから」

あと、ヨーロッパなら英語はもうちょっと話せると思うので違うと思いました。そう言われて、僕は衝撃を受けた。英語が下手すぎて、メインの言語が違う国だと思われていたのか。

「あなたは、日本語がとても上手ですね」

「私は語学の勉強を趣味にしています。赴任先で、より楽しく過ごせますから」

「勉強が、趣味？」

「はい。楽しいですよ、勉強」

にっこりと微笑まれて、僕は言葉を失う。すごい。僕はこの人を心から尊敬する。

「言葉は、世界を広げることができます。あなたも世界を広げたらいいと思います」

そうかもしれない。違う国の人と話して、こっちの思ってもみないことを教えてもらって。そういうのって、きっと楽しいんだろうな。

(コミュニケーションが上手(うま)ければ、の話だけど)

すごくいい人だったけど、この人のところにもファイヤーキングのカップはなかった。なので再び段ボールを探る旅に出る。

次のスペースでは、話したくなさそうな感じの女性が座っていた。アジア系——日本人かというくらい、アメリカっぽくない人。同じように声をかけると、「好きにしろ」という態度で顎(あご)をしゃくられた。気分は良くないけどとりあえず探す。すると。

見つけてしまった。

(マジか——!)

しかも一番有名なジェイドと呼ばれるミントグリーンのカップ。ただ、マグカップじゃない。カップの下がすぼまっているのは、皿と対になったいわゆるカップアンドソーサーのカップだからだと思う。

カップをキープしたまま、皿の方を探す。でも、ない。

(だよな)

下の方がないからこそ、ジャンク品扱いなんだろうし。そこで僕は女性に声をかけた。

「あの、ディスワン、ハウマッチ?」

　女性はちらりと僕の手元を見ると、明後日の方を向いたまま「3000yen」と答える。

（高いな）

　これじゃ正規品のオンラインショップでマグカップを買っても同じくらいだ。そこで僕は、精一杯勇気を振り絞って値下げ交渉をしてみる。

「あの、ディスカウント、プリーズ」

「はあ⁉」みたいな顔をされる。

「えっと、ディスワン、オンリー、カップ。ノーソーサー。だから」

　手で、下に下げる動きをしてみた。しかし女性は眉間に皺を寄せたまま「No」と答える。

「ちょっと――リトルでもオーケー」

「No」

　帰れ、と手で追い払うポーズをされて心が折れた。僕はその場所を離れると、駐車場の段差に座り込んだ。疲れた。

　ひどい態度を取られるのには慣れているはずだった。でもユージーンのことがあったせいか、妙にへこむ。

（なんだよ）

　僕は何も悪いことをしていない。なのに相手は勝手に想像して、勝手に幻滅する。手を下につくと、触れたコンクリートが熱すぎて嫌になる。

（察しが悪いのは、そうかもだけど……）

ため息をつきながらペットボトルを取り出してお茶を飲み、スマホを取り出す。せめて笑い話にでもしないと、やってられない。

『キャンプ違いで米軍キャンプのフリマに来てるんだけど、一緒に来た奴に置いてきぼりにされた。ひどくない？笑　下見係より』

アマタツとゴーさんにメールを送って、少しだけほっとした。顔を上げると、鼻先にいい匂いが流れてくる。なんだろう。立ち上がると、同じ駐車場の一角に小さなフードトラックらしきものが見える。

近寄ってみるとそれは、ホットドッグの屋台だった。鉄板でじゅうじゅうとウインナーが音を立て、ついでのように割られたパンも隣で焼かれている。そういえば、昼をかなり過ぎている。

最後尾にいる人が日本人っぽかったから、僕もおそるおそる並んでみる。メニューはプレーンとチリソースを載せた二種類しかなかったから、なんとかなる気がしたのだ。前の人は、プレーンとコーラを頼んでいた。注意して聞いていると「マスタード？」とか「ピクルス」とか聞こえる。なるほど。

「Hi!」

作っていたのは、これまた「いかにも」な黒人系のおっさんだった。体格が良くて、エプロンが小さく見える。

できるだけ難しい会話をしなくていいように、プレーンドッグを注文した。するとおっさんはうなずいて、マスタードやピクルスの置いてある場所を指差す。ご自由に、ということなんだろう。僕が熱々のホットドッグを受け取ると、おっさんは「Enjoy!」と言ってくれた。

ディスペンサーからケチャップとマスタードを出し、最後にみじん切りになったピクルスをスプーンですくって載せる。無事に買えた安心感からか、つい多めに載せてしまった。

木陰を探して、再び段差に腰をかける。そしてホットドッグにかぶりついた。

（——あれ？）

想像していたよりも、おいしくない。まずくはないんだけど、なんか味がぼけてるっていうか。多分だけど、ピクルスがおいしくないんだろう。パンも焼きすぎたのか硬いし、微妙に食べにくい。

（あんなに、おいしそうだったのに）

匂いもそうだけど、おっさんの雰囲気とか「楽しんで！」みたいなノリまで含めて、おいしそうだったのに。僕はもそもそとしたパンを噛みながら、再び軽く落ち込む。しょうがないので半分まで食べたところでスマホを取り出し、二人に続報を送った。

『フリマの悲劇、続報！

ディスカウントしてくれない、めっちゃ冷たい人に当たって落ち込んだ。うまそうな見た目のホットドッグはビミョーすぎる味でがっかり。ピクルスがまずかった。三人で来るときは、ここは避けた方がいいよな？　それともあえて冒険してみる？笑　下見係より』

ちょっと送りすぎかな。でも珍しい体験だし、二人も楽しんでくれるに違いない。

『あ、ところでお土産の希望とかある？　フリマで面白そうなものとか探そうか？　失意の下見係より』

おまけにもう一回送信してから、残りのホットドッグを食べる。冷めてさらに硬くなっていたけど、気にしないようにつとめた。

水を飲んでいるところに、着信音が響いた。ゴーさんだ。嬉しくなってすぐに画面を開くと、ゴーさんらしく簡潔な言葉が並んでいる。

『大変だな。元気だせよ。土産はなんでもいいぞ～』

ふっと笑顔になった。ゴーさんは今頃、何をしてるんだろう。しばらく会ってないし、最近の写真とか送ってくれないかな。そんなことを思っていたら、またメールが届いた。アマタツだ。同じ時間にやりとりすると、まるで三人で話しているみたいで楽しい。距離なんか僕たちには関係ない、という気持ちになる。なにしろ、僕らはあの夜を、南国の楽園への旅を誓い合った仲間なんだから。

けれど、画面を開いて僕は固まった。

『ザック、ゴーさんは絶対言わないだろうから俺が言う』

え？

『メールが多くて面倒だ』

『下見のレポートは、もういらない』

＊

何が書かれているのか、一瞬わからなかった。けど几帳面なアマタツは、その内容を細かく説明してくれていた。

『ゴーさんはもう社会人だ。貴重な昼休みを使って返信してくれてるのがわからないのか。どうしても送りたいならせめて、返事を促すような疑問形はやめろ。じゃんじゃん送りつけるな』

ゴーさんが働いてるのは知ってる。でも、昼休みが貴重かどうかなんて知りようがないじゃないか。

（——なんで今。なんで今日）

震える指で返信を打つ。そういえば最近、メールを送るのは僕ばかりだった。

『ごめん。気がつかなかった。今度から送る数と時間を考えるよ』

祈るようにスマホを握りしめる。けれど、アマタツはさらに僕を突き放した。

『これは悪意で言ってるんじゃない。ザック、俺たちは仲間だけど、それぞれの時間がある。ゴーさんは優しいから言わないけど、お前はゴーさんと俺に寄りかかりすぎだ。いい加減、独り立ちしろ』

寄りかかりすぎ？　意味がわからない。だって実際、僕らはそれぞれ離れたところにいるのに。僕だって二人の知らない店でバイトして、沖縄まで来てるのに。こういうの、独り立ちって言うんじゃないのか。

『薄々、わかってたんじゃないのか。ゴーさんだって俺だって、無理すれば沖縄へ行ける。お前が行けたみたいに。でも、行かない。その意味がわかるか』

わからない。わかるわけがない。わかりたくもない。

『今の俺たちには、もう南国の楽園は必要ないんだ』

(なんて答えればいい)

どういう言葉を送れば、僕は切り捨てられずに済むんだ。どうしてこのままの関係じゃいられないんだ。

(余生なのに)

つらいことがすべて終わって、仲間とのんびりするだけの人生のはずなのに。

南国の楽園を夢見て日々をやり過ごす、そんな時間のはずなのに。

なのに、なんでこんなことに。

（悪意じゃない、ってなんなんだよ）

ユージーンもアマタツも、まるで示し合わせたように同じことを言った。でも悪意じゃなきゃ、なんで僕はこんなに傷ついてるんだろう。悲しいんだろう。苦しいんだろう。

こらえようとしても、目に涙が浮かぶ。外だし、わんわん泣くわけにもいかないので僕はタオルで顔を拭くふりをする。

（……返事、来ないな）

Ｃｃで送っているから、ゴーさんもこれを見ているはず。なのに返事がないということは、アマタツの意見に賛成ということなのか。それとももう昼休みが終わったのか。

指先が、冷たくなっていくような気がした。

（僕だけだったのか）

世界中でたった三人。偶然の奇跡のように出会った僕ら。いくつもの夜を歩き続け、励ましあって乗り越えた日々。

（僕だけ――）

あの夜の散歩は。誓いの瞬間は。

（黄金の日々だと、思ってたのに――）

人生の頂点。あれ以上の楽しみや喜びなんて、もう絶対に出会えるはずがない。そう、思っていたのに。

（……楽しかったな）

ただただ、幸せだった。

(あの場所に、戻りたい)

三人でいれば無敵だった、あの頃に。

そう思った瞬間、僕は恐ろしいことに気がつく。

(嘘だろ)

なんで僕はあの時間を過去形で思い出してるんだ。三人の「いつか」は、現在進行形で進んでいると信じていたのに。

(でも)

確かに記憶は、遠くなっている気がする。ほんの数年前のことなのに。

(なんで)

失いたくない。失われたくない。まだ僕らはあの約束の延長線上にいるのだと信じたい。

けれどアマタツは、『それぞれの時間がある』と言った。それはつまり、もうあの素晴らしい時間の中にはいないということだ。

(なんで)

なんでそう思えるんだ。そもそも、あの時間はいつ終わったんだ。それを知らないのは、僕だけだったのか。

(——なんで皆、僕に冷たくなる?)

せっかく仲間になれたと思ったのに。皆、僕のせいだと言う。だとすると。

僕はやっぱり、いじめられるべくしていじめられていたんだろうか。いじめっ子の方が正しかったと？　まさか。

僕はゆっくり立ち上がると、フリマの会場を見回した。楽しそうな人々。賑（にぎ）やかな音楽。様々な人種の人がいるのに、僕の居場所はどこにもない。

もういいだろう。ここにはいたくない。

ここは、楽園なんかじゃない。

＊

広い国道を、たった一人で歩く。

高く昇った太陽がじりじりと照りつける。日陰はない。関東ならまだ冬物を着てる時期なのに、こっちはもう夏が近い。

僕の横を、車がビュンビュン走り抜けていく。とぼとぼ歩く。

一本道で来たことは覚えている。だからキャンプの敷地を左手にこの道をたどれば、いつかは那覇市内に戻る。それがいつになるかは、わからないけど。

（もう嫌だ）

何が嫌かもわからない。でも、とにかくすべてが嫌だった。

せっかく沖縄に来たのに。三人で夢見た場所にいるのに。なんで僕は一人、こんな思いをしなきゃいけないんだろう。

汗が流れる。涙が流れる。誰も見る人はいない。

早送りの残像のように通り過ぎる車。日差し。

(嫌だ)

歩く。ただ歩く。本当は、那覇に帰りたいわけでもない。そんなこと、もうどうでもいい。

真っ暗じゃなく、真っ白に照りつけられた長い長い道。

一人で歩く。一人だけで歩く。

不快で、不安で、不格好。

まるで人生の終わりを迎えつつある老人のように、僕はよろよろと歩く。

*

炎天下をしばらく歩いていたら、くらくらしてきた。それにしても米軍キャンプは広い。バス停をいくつか過ぎたはずなのに、なかなか途切れない。悔しいからキャンプが終わったところで休憩にしようと思いながら、無理やり足を進める。しかし歩いても歩いても、フェンスは続く。ぬるくなった水を飲み干し、立ち止まりながらも僕はやけになって歩き続ける。

（……いいかげんにしろよ）

確か地図で見たとき、キャンプフォスターは一番大きな基地じゃなかった。なのに、歩けばこれほどまでに広い。だとしたら、最大規模の基地はどれだけ場所をとっているのか。

沖縄も日本も、僕のものじゃない。そして基地が気象情報の共有やフリーマーケットなどの開催で、地元に歩み寄る姿勢を示しているのもわかっている。でもなんだか、こうしていると無性に腹が立つ。フェンスの向こうに広がる草地は楽園のように美しいのに、どうして僕らは自由に入れないのか。

（どいつもこいつも）

とはいえ、はっきりした怒りの対象は思い浮かばない。あえて言うなら、アメリカと日本の政府？　規模が大きすぎると、どうしていいのかわからない。そしてその「わからなさ」が、余計に僕を苛立たせる。

すべてに、むかついてきていた。だってなんかもう、どうにもならない。

アメリカも日本も、国境も人種も。家父長制や差別も。ユージーンもアマタツも。わからないけど、無言でいるゴーさんも。それにオーナー代理はいいかげんだし、あっちゃんはひどい言葉をばんばん投げつけてくるし、石黒さんの変わり身の早さもなんか気に障る。ていうかもう、初めて会う人に「日本人です」って態度をとることがめんどくさすぎて嫌すぎる。

僕がこんな見た目なのは僕のせいじゃないし、英語が喋れなくて何が悪いって言うんだ。馬鹿にしたり遠巻きに見たり、僕は見世物じゃない。太っても痩せても特別扱いの珍獣扱い。じゃあどうしたらよかったんだ？

答えが見つからなくて。現状は変わらなくて。僕は僕でしかなくて。

（いいかげんにしろ‼）

僕は生まれて初めて、何かを殴りたいと思う。物でも人でもいい。今なら、誰かと喧嘩できる気さえする。

ふらつきながら、それでも進む。腕をめちゃくちゃに振りながら歩いていると、腰のあたりで何かにぶつかった。勢いよく歩いていたせいで、ベルトループに付けてポケットに入れていたキーホルダーが出ていたらしい。

立ち止まって、キーホルダーを見つめる。鍵はついていない。ついているのは、お守りとして常に持ち歩いている金の斧のフィギュアだ。

（こんなもの）

もう、お守りでもなんでもない。僕らをつなぐ糸が切れた今、これはただのフィギュアにすぎない。

（――こんなもの！）

怒りに任せて、ベルトループから引きちぎるように外した。手の中のそれを近くの草むらに投げ捨てようとしたけど、原付バイクが横を通りかかったのでやめる。手に持ち続けるのも嫌なので、またポケットに突っ込んで歩き始めた。

怒りのせいで、疲れているはずの足がまだまだ進む。怒りは、力を生むんだな。とはいえ元々が運動不足なので、力はそこまで持続しない。ようやくフェンスの終わりが見えてきたところで、疲れがどっと出てきた。あそこまで行ったら休憩にしよう。頭も少し痛い。熱中症になりかけているのかもしれない。

(——いつか)

いつか、一人でも幸せになれるんだろうか。二人から手を離されても、楽園のような未来に進むことができるんだろうか。

(そうなったらいい)

無理だろうけど。そう思った瞬間、頭を殴られたような衝撃を覚える。

そうだ。「いつか」は、約束じゃない。

僕にとっての「いつか」は遠いともしびで、叶わないかもしれないけれど確かな約束だった。でも、他の人にとっての「いつか」はほのかな願望であり、「だったらいいな」くらいの軽い同意なんだ。

いつか、沖縄へ。いつか、俺の料理を食わせてやるよ。いつか、いつか。

「——今!」

僕は一人で叫ぶ。声は、車の音にかき消されて誰にも届かない。

「今！　いつかじゃなくて、今！」

涙が出てきた。

「返信も、今寄こせ！　沖縄には、今すぐ来い！　今すぐだ！」

喉が痛い。

僕はその場にしゃがみ込み、一人で泣いた。

今、助けてほしい。今すぐに。

＊

暑さと疲れと泣いたせいで、頭が痛い。このままここにいてもどうにもならないので、ゆっくりと立ち上がった。

フェンスの終わりはちょうど交差点になっていたので、横断歩道を渡る。すると渡った先に、錆の浮いた自動販売機が立っていた。コンビニを探すのも面倒だったから、とりあえずその自動販売機で新しい水を買う。気温はそこまで高くないけど、紫外線がすごすぎて体が熱い。とにかく水分をとって日陰に行かないとまずい気がした。

よく冷えた水をごくごくと飲み、ボトルを額に当てる。それでもまだ、頭が痛い。次に日陰を探して辺りを見回すと、自販機のすぐそばに灰色のブロックみたいな建物がぽつんとあった。その陰で休ませてもらおうかと近づいたところで、ふと気づく。濃い茶色のガラス戸に、『OPEN』と書かれた札がかかっている。

(店、なのか——?)

コンクリート打ちっ放しで大きな看板もないその建物は、ちょっと廃屋っぽい。

(人のいる気配が感じられないんだけど)

ガラス戸に近寄っても、色が濃いせいか中が見えない。顔をつけて覗き込もうとしたところで、急にそのドアがこちらに向かって開く。

「うわっ」

慌てて後退ると、中からエアコンの冷気が溢れてきた。

「いらっしゃい」

そんな声とともに、中年の男性が顔を出した。どこにでもいそうな、日本人のおじさんだった。

「いえ、あの。僕は」

「見るだけでもいいよ。暑いから、ほら」

「でも」

「クーラーが逃げるから、ほらほら」

ん?　クーラーが逃げる?　冷気のことを言ってるんだろうけど、頭の中には足の生えた機械がとことこ逃げていく絵が浮かんだ。ちょっと可愛い。

(いやいや)

熱で頭がぼけてるんだろうか。

「――お邪魔します」

いよいよ危ない気がしたので、男性の言葉に甘えて僕は店内に足を踏み入れる。涼しい。紫外線に照りつけられていた皮膚が、すうっと冷えていく。

ごちゃごちゃと積み上げられた段ボール。英語が書かれた商品の箱。入ってみたところで、ここがどういう店なのかまったく見当がつかない。

「ええと」

涼しさとともに怒りの炎も少し小さくなって、僕は急にどうしたらいいかわからなくなる。

「もしかしてだけど、キャンプフォスターのフリーマーケットに行ってきた？」

「え？　あ、はい」

なんでわかるんですか。そうたずねる前に、男性が言った。

「たまにいるんだよね。フリーマーケットの帰りに、歩こうとしてこの辺りでくじけてる人」

的中しすぎて、ぐうの音も出ない。

「あっちから歩いてくるとさ、ちょうど疲れるとこなんだろうね。で、この自販機に寄ってくる」

「……オアシスに見えました」

「オアシスか罠か、って感じだけどね。でも安心するといいよ。ここからすぐのところにバス停があるから」

そう言いながら、男性は部屋の奥から椅子を持ってきてくれた。

「はい。どうぞ」

「あ、すいません」

頭痛がまだ続いていたので、なんとなく座ってしまう。そんな僕を見て、男性は軽くうなずくと自分も椅子に座った。つかの間の沈黙。薄茶色の光が差し込む店内に、クーラーの音だけが響く。

「あの、ここって何を扱ってるお店なんですか」

耐えきれずに口を開くと、男性は「ああ」と言って立ち上がった。

「うちは、米軍の払い下げ品をメインにした卸問屋だよ」

ほらこういうの。段ボール箱を開いて、中からリュックのようなものを出す。埃が、光の中できらきら舞う。

「嗅いでごらん」

ほいと手渡されて、何気なく鼻先に近づける。すると次の瞬間、考えるより先に叫んでいた。

「くっさ!!」

そんな僕を見て、男性は声を上げて笑う。

「臭いよね。でもさ、それがリアルの臭い」

「リアル？」

「そう。戦場とまではいかなくても、訓練や移動で兵士が汗をかいて、濡れた地面に置かれて、それが乾いて、また濡れて。こういう臭いになっていくわけ」

「ああ……」

そうか。よく考えれば当たり前のことだ。

「君さ、那覇とかでこういうミリタリーグッズ見たことない？　ああいう店のは、あんまり臭くないでしょ」

「確かに――そうだったかもしれません」

「うちはね、これを洗ったり干したりして臭いを抜いてから、そういうところに卸してるんだよ」

そんな仕事があるのか。でも、言われてみれば納得だ。ミリタリーグッズは欲しくても、この臭いまで自分の部屋に持ち込みたいと思う人は少ないだろうから。

「あ、もちろん中には『リアルが欲しい』ってお客さんもいるから、そこは応相談。でもさ、臭い抜きって加減が難しいんだよ。特に服ね。肌に触れるものだから綺麗に越したことはないんだけど、優しい柔軟剤の香りとかしたらさ、なんだかなあってならない？」

「そうですね。イメージと違う、みたいに感じるかも」

「そうそう。だからうちは、わざと外国の洗剤で洗ってるんだ。柔軟剤も日本人好みじゃない、強烈で人工的な匂いのものを選んでさ」

「外国っぽさを出してる、ってことですか」

「ご名答」

男性は笑うと、「ところで」と僕に顔を向けた。

「フリーマーケットではいいものは見つかった？」

「あ、いえ。それが――」

僕がファイヤーキングの件に関して話すと、男性は苦笑する。

「無茶なリクエストだなあ。そんな値段じゃ、見つからなかったんじゃない？」

「はい」

「おばあさん、相場を知らないんだろうね。ファイヤーキングはどうやっても三千円はくだらないと思うよ」

「やっぱり、そうですよね……」

ネットで値段を見た話をすると、男性はうなずく。

「ファイヤーキングに関しては、ネットの相場も実際と同じだね。若い人にも人気があるから、通販のラインにのっちゃってるんだ。そういうのって、フリーマーケットでも難しいんだよ」

相場がネットとリアルで一致してしまうと、無闇に高い値段はつけられないし、逆に値切るのも難しいのだと言う。

「ある意味『定価』がついてるようなものだからさ」

だとすると、態度は悪いとはいえあの女性が値切りに応じなかったのは当然だったのか。僕ががっかりしてうなだれていると、男性は励ますように言った。

「まあ、どうしてもっていうならジャンク品の箱とかをコツコツ探すことだね。運が良ければ傷がついたくらいのものが出てくるかもしれない」

男性は再び立ち上がると、違う箱からビニールのジップバッグを出す。

「これ、お土産にあげよう」

「そんな、休ませてもらってるのに。いいですよ」

「気にしなくていいって。これこそジャンク品だから」

袋ごと渡されて中を見ると、大量のワッペンが入っていた。

「好きなの一枚選んで。自販機で僕の小遣いに貢献してくれたお礼だよ」

そう言われて、僕はうなずく。ジャンク品のせいか、絵のようなものはほとんどなく、記号的なデザインが多い。見ていると、シンプルな矢印のものが目についた。こちらに向かって突き刺さるような赤い矢印。「行け」と言われているような気がする。

「じゃあ、これを」

ワッペンをなくさないようにとポケットに手を入れると、指に何かが当たった。金の斧のフィギュアだ。

「あの」

それを出して、男性に手渡す。

「これと交換、にしてもらえませんか」

「これは？」

「ただのおもちゃです。だから値段なんてつかないんですけど――」

「大事なものだったりしない？」

そう聞かれて、喉元に熱いものがこみ上げる。大事なものだった。何よりも、大事なものだった。僕がうなずくと、男性は首を横に振る。

「そういうのは、もらえないよ」

「――すいません」

「あ、いや。怒ってるんじゃなくてさ。大事なものと別れるときは、自分が責任を取った方がいいよ」

「――責任？」

「うん。他人に行く先を委ねない方がいい。つらくても自分で処分するんだ。その方が、結果的には気分がいいよ」

衝撃だった。僕の弱さを、卑怯さを、ずばりと言い当てられた気がした。

(誰かに任せたかったんだ)

自分のつらさや苦しさ。それを誰かのせいにして、誰かに一緒に持ってもらって、楽になりたかった。だって一人で持つのが、嫌だったから。

僕は僕の中の古いものを、自分で処分しなければいけない。

「ありがとうございます」

涼んだせいか体調が回復してきたので、立ち上がって頭を下げる。聞けば、バスは三十分後に来るらしい。

「お世話になりました」

そう告げると、男性はにっこりと笑った。

「旅を楽しんでね」

＊

最寄りのバス停から、那覇の国際通りまでは四十分くらい。そう、乗り換えナビには書いてあった。しかし中心部に近づく以前の段階で渋滞が始まり、バスはのろのろとしか進まなくなってしまった。

いつの間にか、夕暮れが近づいてきている。

「夜までに戻れば」と思っていたけど、さすがに連絡なしでのそれはまずい気がしてきた。スマホを取り出して、車内にいることに気づく。しかもバスは三車線の真ん中にいるから、降りて電話をかけるという選択肢もない。メールかショートメッセージを送ろうかとも思ったけど、それはホテルのパソコンに届くだけで、すぐには伝わらない。

（どうしよう）

つかの間、焦った。けれど怒りの炎が残っていたせいか、僕は妙に投げやりな気持ちになる。

（……でも、いいか）

石黒さんは夕食を頼んでいないし、だとすると比嘉さんももう帰っている。僕が出かけているのは皆知っているんだし、本当に何かあったらこのスマホに連絡が来るだろう。

窓の外は、オレンジ色に染まった街並み。たまに見える大きな木は黒い影になって、子供の頃に絵本で見たおばけみたいだなと思う。日に焼けた肌が熱い。

国際通りのバス停で降りたのは、もう完全に夜になった頃だった。降り損ねないようにと起きていたせいで、なんだかものすごく眠い。足元がふわふわする。

ようやくいつもの通りに入ると、少しだけほっとした。暗い通りに浮かび上がるホテルのガラスのドア。開けると、フロントのソファーに石黒さんが座って新聞を読んでいた。

「あ、お帰り」

「すいません、長い時間留守にしてしまって――」

僕がフロントのデスクにつこうとすると、石黒さんが「いいよ」と言う。

「夕方、安城さんから電話があってさ。安城さんが来るまでは僕が代打でフロントやることになったんだ。君は疲れてるみたいだし、部屋に戻って休んだらいい」

「え？」

意味がわからなくて、一瞬僕は固まった。

「他のお客さんもいないし、電話きたら明日折り返すって言えばいいってさ。いるだけでいいなら、誰にでもできるから」

誰にでもできる簡単なお仕事。オーナー代理の言葉が頭の中に浮かんだ。

（まあ、それはそうだろうな）

おそらく、明日の朝の仕込みを終えた時点で比嘉さんがオーナー代理に連絡したんだろう。自分が帰ってしまえば、フロントが無人になるから。そして出てくるのを面倒くさがったオーナー代理は、戻ってきていた石黒さんをその役に任命したと。

（……ホント、誰でもいいんだな）

僕は口の端で笑った。バイトなんて所詮取り替えのきくパーツで、僕である必要性はまったくない。そんなの当たり前のことで、ちゃんとわかってる。でも。

「それにほら、これもあるし」

そう言って石黒さんは、首にかけた携帯電話を示す。いつもは僕が下げている、それを。

（なんだそれ）

見た瞬間、怒りが再燃した。石黒さんのせいじゃない。でも、ものすごくむかつく。なんであんたが、という気持ちが止まらない。

（駄目だ）

このままここにいたら八つ当たりしてしまう。そう思った僕は、部屋に戻ることにした。

むかついた気持ちのまま服を脱ぎ、シャワーを浴びる。あるだけの水を飲んで、頭を拭こうとしたところで意識が途切れそうになった。

なんとか服を着て布団に倒れこむ。ものすごく眠いのに、今、無性にあっちゃんのいるバーに行きたかった。そして、思い切り叱ってもらいたかった。でもこれもきっと、「誰かに委ねる」ことなんだろうな。

そういうの、やめないといけないんだな。

＊

死んだように眠ったせいか、わりと早くに目が覚めた。

昨日着た服を洗濯しようと持ち上げると、ポケットの中から金の斧のフィギュアと赤い矢印のワッペンが落ちてくる。矢印は、窓の方を指していた。僕はそれに従って視線を外に向ける。晴れだ。

昨日迷惑をかけてしまったので、洗濯機を回している間に食堂の掃除をすることにした。床を掃き、テーブルを拭いてグラスや水の確認をする。するとそこに、よろよろとオーナー代理が現れた。

「おはよー。早いね」

「昨日はすいませんでした。遅くなった上に寝てしまって」

「ああ、いいよいいよ。別に問題なかったし」

オーナー代理は僕の揃えたグラスを手に取ると、水を注いで椅子に座る。頭がぐらんぐらんと揺れて、ものすごく眠そうだ。

「――で、昨日は楽しかった？」

半分眠っているような状態で、オーナー代理がつぶやく。動きは昼間のそれだけど、口調がなんとなく夜の感じがした。

「……楽しいっていうか――楽しくなかったです」

「はは。なんだいそれ」

「なんか色んな人に色んなこと言われて、ぐちゃぐちゃになりました」

「ぐちゃぐちゃ、いいね。チャンプルーだ」

「チャンプルーって、そういう意味なんですか」

「炒（いた）め」みたいなことだと思ってました。僕が言うと、オーナー代理は頭を前後にゆらゆらさせてうなずく。

「ごちゃまぜ、ミックス」

一瞬、自分のことを言われているのかと思った。

「料理の名前としては、豆腐と何かを炒めたやつね」

言われてみれば、ゴーヤーチャンプルーにもフーチャンプルーにも豆腐が入っている。そもそも、豆腐ありきの料理だったのか。

「ミックス、いいよねえ」

オーナー代理はうなずいているのか揺れているのかわからない動きのままつぶやく。

「一つの素材だけじゃ、出ない味があるよねえ」

ほら、生ジュースだってバナナだけより牛乳入れた方がおいしいじゃん？　ミックスジュースなんて神の飲み物じゃん？　そう言われて、僕は笑った。

「おいしくなるといいんですけど」

「どうだろうねえ？」

オーナー代理が、ふっと顔を上げて僕を見る。不思議な目の色。これはやっぱり、夜のオーナー代理な気がする。どこか、見透かされているようなこの感じ。

そのとき、ふと思いついた。

「ちょっとすいません」

そう告げてポケットからスマホを取り出し、気象サイトを開く。やっぱり。

「気象病、なんじゃないですか」

「んん？」

「不眠症っぽいって聞いてましたけど、オーナー代理の調子がおかしいのは、だいたい低気圧のときです。で、今日も」

僕は気圧配置図の画面を見せた。晴れていても低気圧の日はある。

「だから米軍の気象サイトまで見てたんですね」

ホテルとして、飛行機の運航情報は気になって当たり前だ。でもそれ以上に詳しく知ろうとするには、理由があったんじゃないだろうか。

するとオーナー代理は、小さく笑う。

「ザッくん、ちょっと味が出てきたなあ」


だらだら話していると、石黒さんが入ってきた。

「あれ？　お二人とも早いですね」

「そういう石黒さんこそ」

僕が突っ込むと、石黒さんは「代打ですから」と胸を張る。

「万が一、体調が悪くてザッくんが起きられなかったら、代打続行でしょう」

「気づかっていただいてすいません」

「ていうか、なんなら僕が本当にやりましょうか？」

「え？」

「本当に簡単な仕事だし、僕がバイトしてもいいかなって」

石黒さんの言葉に、またちょっとむっとする。助かったんだけど。ありがたかったんだけど。

（わかってるよ）

僕である必要なんかないって。でも。

「うーん、それはちょっと無理かなあ」

オーナー代理は、軽く伸びをしながら答える。

「なんでです？　見た目の問題？」

「え？」

さらっと、言いにくいことを口にした。

「安城さんは、彼が若くて見た目が外国人っぽいから採用したんでしょ。カフェとか洋服屋とかと同じで、フロントの雰囲気って大事ですもんね」

初めて見たとき、お洒落（しゃれ）すぎて腰が引けましたから。そう言って笑う。

（――すごい）

今まで僕が気にしていたことを、なんのオブラートにも包まずぶっ込んできた。いっそ清々（すがすが）しすぎて、腹の立つ暇もない。

そしてそんな石黒さんに向かって、オーナー代理は「違うなあ」と答える。

「見た目の採用じゃなかったんですよ」

「またまた。履歴書の写真とか、見たんじゃないですか？」

「いや。電話とメールだったから」

石黒さんがぽかんと口を開ける。

「しかも最初に電話受けたのは比嘉さんだからねえ。応募フォームに写真の添付条件もつけてないし」

「ええ？　それで採用ってすごいな。いや、だったら僕だって問題ないですよね」

「そうですねえ。応募フォームでだったら、採ってたかも」

「じゃあなんで今は駄目なんですか？　やっぱり中年のおっさんだからじゃないですか」

怒っているわけではなく、石黒さんは純粋に理由が知りたそうだった。

「まあ、若者の言葉を借りると『そういうとこやぞ』ってやつでしょうねえ」

「そういうとこ、ってどういうとこです？」

「失礼なとこですよ。接客業としては致命的でしょう」

こっちはこっちで言い方がすごい。けれど石黒さんは気にしないようで「えー？　失礼ですかねえ」と心から不思議そうに首をかしげる。

「目の前の人の外見の話とか、しちゃ駄目なんですよ。あとバイトの先輩の前で『僕の方ができます』ってやるのも」

「ああ——まあ、そうか。でもザックんがお洒落に見えるのは、ほめてますよ」

なんだかなあ。僕はちょっと気が抜けたような気分になる。石黒さんは、ものすごく失礼なんだけど嘘がない。だから隠し事も下手だし、心から憎む気にもなれないのかも。

ふっと笑ってしまった僕を、オーナー代理はテーブルに肘をついたまま見上げる。

「ザックんはね、そっちの気遣いが完璧だから採用して良かったよ」

「え？」

「自分の外見を気にしてるから、人のことについてもデリケートに考える。言われたくないことを知ってるから、口に出す前に想像力を働かせる。それって接客業向きでしょ」

「ああ、そうですね。確かに私とは真逆だ」

いきなりほめられて、ちょっと戸惑う。けれどオーナー代理は返す刀で切りつけてきた。

「でもね、それこそ裏を返せば問題点もある。ザックんは外見を気にするあまり、失礼ではないものの、誰よりも年齢や性別、見た目に囚われた発言をしてた」

痛い。確かに僕は「おばさんだからこう」とか「お洒落な若者だからこう」みたいな考え方をしては、失敗してきた。

「……すいません」

「いや、別に謝るほどのことはしてないよ。人は誰でも、自分の経験から物事を見るからね」

　すると石黒さんが、「ああ」と笑った。

「じゃあ今がまさに、経験を広げてるところだ」

「広げて――ますか」

「色んなお客さんと話したりしてるじゃない。それがほら――『そういうとこやぞ』？」

　得意げな石黒さんに、僕は少しだけ反撃する。

「うーん、ちょっと用法がずれてるかも」

「えー？　そうなの？」

　そんな僕らを、オーナー代理は眠そうな目で見ていた。

　ここは楽園じゃないけど、面白いところではある。

*

　なにかとお騒がせの石黒さんが帰り、また何組かのお客さんが来て、日々が過ぎていく。

　あの後、ゴーさんからは『仕事が忙しかったの、ちゃんと言わなくてごめんな。でも仲間だからな』という短いメールが届いた。僕は改めて、ゴーさんは短い文章しか打つ時間がなかったのだと気づく。

『ありがとう。ごめん』

もっと書きたかったけど、我慢した。

あの日からずっと、胸が痛い。そしてその痛みを紛らわすために、僕はバイトの休憩時間にヴィンテージショップをめぐっては、ジャンク品の箱を探るようになった。歩いていれば、動き続けていれば、余計なことを考えずにすむ。ファイヤーキングのカップは未だ見つけられていないけど、探すこと自体がクエストみたいになって、それはそれでよかった。

ユージーンとは、わりとすぐに和解した。ものすごく気まずかったけど勇気を振り絞って『らっしゃい亭』に行くと、ユージーンは「悪かったな」と言ってくれた。「いや、僕の方こそ」と言ってガソリン代を入れた封筒を渡すと、照れくさそうな顔をしてランチにコロッケをおまけしてくれた。揚げたてだった。

あっちゃんは、いつの間にかバーからいなくなっていた。僕がフリーマーケットに行く前には辞めていたらしい。オーナー代理いわく「本業に戻った」そうだけど、その本業が何なのかは依然謎のままだ。本業どころか、本名もわからないところがまたすごい。

接客をこなし、オーナー代理のいい加減さに比嘉さんと愚痴を言い合い、クメさんとセンさんに突かれながら時間が過ぎた。

ゴーさんとのやりとりを最後に、二人とのメールはやめていた。ただ、バイトが終わって帰ったら、「いつか」ここでの話をしたいなとは思う。

静かに、ゆっくりと、心の中から何かが消えていく。寂しくて悲しくてたまらないけど、でも、ほんの少しだけ清々しい。

「どうもー、たねひででーす」

その声に振り向くと、『スーパーたねひで』のおじさんが荷物を持ってきたところだった。

「お疲れ様です」

段ボール箱を運ぶのを手伝いながら、僕は何気なく中を見る。スープにツナにハッシュドポテト。この缶詰だらけの箱を運ぶのにも、もう慣れた。すると、おじさんが壁にかけてあるカレンダーをひょいと見る。

「月末が近いねえ」

「ですね」

ここへの支払いはためていないだろうかと、ふと不安になる。

「もうすぐバイト終わるんだっけ？」

「はい」

「寂しくなるさあ」

おじさんはそう言いながら、一人うなずく。社交辞令だとしても、嬉しかった。

「またすぐ次のバイトが来ますよ」

僕が答えると、おじさんはふっと首をかしげた。

「でも、君はいないよね」

「え？」

「いろんな人を見てきたけどね、こうやって手伝ってくれる人はあんまりいなかったよ。だから俺は、君がいなくなると寂しいよ。これ、誰でも同じことを言うわけじゃないからねえ」

　つかの間、言葉が出なかった。

「ありがとう……ございます」

「また来なよ」

「はい」

　たねひでのおじさんが帰ったあと、僕はフロントのデスクの前にすとんと座る。短いようで長い、長いようであっという間の日々だった。

（また来よう）

　そう思いながら、引き出しを開けて柿生さんという人が作成したホテルジューシーのマニュアルを取り出す。そしてランチのことが書いてあるページを開き、小さな書き込みを入れた。

『らっしゃい亭という居酒屋のランチは、安くて量が多くておすすめです』

　ささやかだけど、後続の人のためになればと思う。

バイト最後の日。荷物をまとめた僕を、ホテルジューシーの皆が見送りに出てきてくれた。

「これ、お弁当。ポークおにぎり、食べてね」

比嘉さんはほんのり温かい包みを持たせてくれる。

「ありがとうございます。ご飯、ぜんぶおいしかったです」

僕は比嘉さんに頭を下げてから、クメさんとセンさんに向き直る。

「ファイヤーキングのカップ、見つけられなくてすいませんでした」

すると二人は「いいのよう」と笑う。

「もともと、その値段じゃ見つかるとは思ってなかったからねえ」

「え？」

「でもねえ、見つからない方がいいと思ったからねえ」

「ええ？」

　一体どういうことですか。僕がたずねると、二人はひやひやと笑った。

「恋愛の本に、書いてあったんだよう」

「……恋愛？」

「値段は安いけど、あんまり見つからないものをリクエストすると、それを探してる間ずっと相手を思い出してくれるって」

「高いと諦めちゃうんだそうだよう」

「ありそうでないとこが、ポイントらしいよう」

そう言われて、僕はがっくりとうなだれる。まあ、うん。僕のことを思ってくれたと思えば。それにある意味、救いになったし。

「ちょっと、クメばあもセンばあも。ザッくんが困ってるじゃない」

比嘉さんが二人をたしなめてくれているところに、ペタペタとビーチサンダルを鳴らしてオーナー代理が現れる。

「ザッくん、もう行っちゃうの？」

ちなみに今日のアロハは海賊モチーフらしく、宝箱を抱えた巨大蛸がうねっていた。

宝物といえば、僕は金の斧と赤い矢印をホテルの裏の敷地に埋めてきた。なんとなくもう、なくても大丈夫な気がしたから。

「お世話になりました」

「ああ、明日から不便だなあ。アイス買ってきてもらえないし」

いやそれ誰でもいいことの最高峰じゃないかな。

つい笑ってしまうと、釣られたようにクメさんとセンさんも笑う。

いい天気だった。

眩しさ

東京に戻り、しばらく経った頃に弁当屋の店長から店を再開するという連絡があった。そこで僕は久しぶりに会った二人に、謹んでスパムの缶詰を進呈する。

「おお、ありがとう。さっそく今晩食べるよ」

店長はそう言って開店準備に戻る。

「で、どうだった？　リゾートバイトは」

「それが、まったくリゾート感がなかったっていうか」

ホテルジューシーの建物の説明をすると、加藤さんは「なにその5フロアのみって」と驚く。

「じゃあ出会いは？」

「……双子のおばあさんたちから、好かれました」

そう答えると、加藤さんはぶはっと噴き出した。

「濃い。濃すぎるでしょ。松田くん、面白いなあ」

「いや、面白いのは僕じゃなくてそこにいた人たちの方で――」

加藤さんは続く言葉が耳に入らないようで、体を二つに折ってまで笑っている。

「用意しますよ」

僕は巨大なキャベツを業務用の冷蔵庫から取り出すと、スライサーに入れるため包丁でざっくりと切り分けた。

比嘉さんは今頃、いつものように沖縄料理を作っているだろうか。クメさんとセンさんは、一息ついてお菓子でも食べているかもしれない。そしてオーナー代理は——、なんだろう。寝転がって漫画でも読んでいるか、寝てるか。

窓から光が差し込んで、包丁に反射する。

あの直射日光。痛いほどの紫外線。

(また行きたいな)

濃い緑。コンクリート打ちっ放しの建物。曲がり角の石敢當。

(行こう)

また必ず。

僕の一部が埋まったあの土地へ。

あとがき

沖縄は日本の中でも、ルーツが多様な人が集まりやすい土地です。もちろん数の上では大都市には及びませんが、基地のあるアメリカだけではなく、海を隔ててもなお近い韓国や台湾などのアジア諸国、あるいはかつて沖縄からハワイやブラジルへ移民していった人の二世や三世など、そのルーツは多岐にわたっています。さらに国内的に見ても、かつての琉球王国は独自の言語や文化を発展させていて、関東地方に住む私からすると異国っぽさを感じます。そんな中に「今を生きる」主人公を置いてみたいと思い、このお話ができました。

ただ、調べ物をしていくに従い、意外なことがわかってきました。当たり前のことではありますが、多様な文化があるから風通しがいいとは限らない。大家族でパーティーは楽しいけれど、儒教がらみの家父長制の伝統は厳しく、軽いイメージからかけ離れた重さがある。若くして結婚する人が多いけれど、離婚率も高い。そして基地をめぐる問題。すべてに、光と闇があります。沖縄は日差しが強いぶん、そのコントラストが際立つのかもしれません。楽しい旅行先から一歩奥に踏み込んだ沖縄を感じていただければ嬉(うれ)しいです。

この連載の途中で、首里城が火災によって焼損しました。とても悲しく、衝撃的な出来事でした。ならば現地を見た者として、その姿を物語の中に残そう。そう思って、「ローリングカラーストーン」を書きました。沖縄の「石」をめぐるお話ですが、その中には首里城の石垣も出てきます。現在は再建が始まっていますが、いつか訪れる日のための記憶のチケットとなればいいなと思っています。

ちなみに連載のはじまりが２０１８年だったため、作中で人々はマスクをせず、国内はインバウンドに溢れている状況です。現在を鑑みるにつれ、行きたい場所には行けるときに行っておいた方がいいな、などと思ったりもしました。

余談ですが、琉球菓子の「くんぺん」ってご存じですか。見た目は普通の焼き菓子なんですけど、中がゴマ入りのピーナッツ餡で、味はほぼピーナッツバターのチャンキーなんです。外側はソフトクッキーみたいだし、食べていると「桃山……？　月餅……？　チャンキークッキー……？」と世界を巡る気分になれるので私は好きです。とてもおいしいのですが、とても喉に詰まるのと、とてもカロリーが高いのがあれですけど。よろしければ一度召し上がってみてください。食の多様性には、光の面しかないので！

最後に、左記の方々に感謝を捧げます。

姉弟本の『ホテルジューシー』から引き続き、イカす装幀をしてくださった石川絢士さん。このアロハ、私も欲しいです。連載が長かったせいで、編集者さんには何人もお世話になりました。代表として、最後の伴走者である田中祥子さんとバックグラウンドで見守ってくれていた金子亜規子さんに。営業や販売などでこの本に関わってくださった全ての方々。私の家族と友人。K。そして今、この本を読んでくれているあなたに。
心に南風を。旅のある人生を。

ジミーのスーパークッキーを食べながら

坂木　司

文庫版あとがき

若い時に体験したことが、その後の人生でふとよみがえる瞬間があります。それは映画だったり小説だったり、はたまた誰かと行った場所の匂いや光だったりもするのですが、私の場合は音楽が多いです。

お話を書いているとき、急に特定の曲が頭の中で響くことがあります。音楽が介在しないタイプのお話も多いのですが、今作はずっと大きく響いていたので、勝手に「ああ、この物語はこれがテーマソングなんだな」と思って書いていました。その曲はTHE BLUE HEARTSの『TRAIN-TRAIN』です。もしよかったら、聴いてみていただけると嬉しいです。沖縄に鉄道は現在モノレールしかありませんが、走り去ろうとする列車に手をかけようと、必死に走るザッくんの姿が浮かぶかもしれません。

文庫化に際して、左記の方々に心から感謝を捧げます。

素敵な解説をいただいた恒川光太郎さん。「風の古道」が生涯ベストに入るほど大好きなので「古道」の文字が見えたときには震えました。ありがとうございます。最高にクールな装丁を更新してくださった石川絢士さん。編集者さんは、光森優子さんと辻村碧さんにとてもお世話になりました。営業や販売などでこの本に関わってくださったすべての方々。昨年亡くなった私の母。大切な友人たち。K。
そして今、この本を読んでくれているあなたに。

追伸・最近の得意料理はツナ缶で作るなんちゃってクーブイリチーです。ご飯にのせてわしわし食べるとおいしいです。

首里城の再建が来年に迫って嬉しい　坂木司（さかきつかさ）より

解説　賑やかで路地裏的で、そして苦い

恒川光太郎（作家）

沖縄を舞台、テーマにした作品はそれなりの数がある。『風車祭』や『テンペスト』などの池上永一作品群、花村萬月『希望（仮）』や桐野夏生『メタボラ』は常道から少し外れた人生を経て沖縄に流れ着いた人々を描き、真藤順丈『宝島』は占領下からはじまる基地問題の歴史を描いた。沖縄の書店には郷土ものが中心に並ぶコーナーがあるが、在住、出身作家の書き手の作品群も活気がある。

いずれの作品も、沖縄のどこをどう描くかの、着眼点あるいは語り口が作家ごとに異なっているのが面白い。

本書『楽園ジューシー』は、那覇市のホテルを舞台にした観光ミステリー（お仕事ミステリーというべきか）の傑作『ホテルジューシー』の続編であるが、主人公は前作の柿生さんから、交代しており、予備知識なしにこちらから読んでも問題はない。

本作の主人公は「ザックくん」こと、作中の言葉で「残念なパーマ、残念なハーフ（ミックス）」で、自己評価の低い青年。彼は「関東の内陸部、とりたてて何もないところに生まれて、半径十キロの生活圏のことしか知らない」のだが、沖縄のホテルバイトに

応募し、ホテルジューシーにやってくる。

私は前作、『ホテルジューシー』を読んだとき、オーナー代理の安城さんが大好きになってしまった。昼は駄目人間、夜はキレ者になる。ギャップが魅力で、ホテルジューシーといえば、オーナー代理、もう一人の主人公であり、今回も当然活躍する。双子のおばあさんも健在である。

沖縄本島には、風光明媚なオーシャンビューのリゾートホテルがいくつもあるが、ホテルジューシーは市街地の安宿である。

ホテルジューシーのある国際通りは、土産物屋が何軒も並ぶ通りで、一見、そこ自体に旅の魅力は乏しい。

一見——である。このストリート界隈は、道をほんの少し外れると、戦後すぐから変わっていないのではないかと思えるような市場や、薄暗い路地、歓楽街、タイムスリップしたかのようなノスタルジックな古道の迷路となる。長期滞在者向けのドミトリー、アットホームで朝までいられる隠れ家バー、ぼったくり店、元赤線地帯、映画館、歩けば歩くほど、何かがでてきて、他のどこにもない小宇宙を作っている。

毎回、沖縄ならではの〈謎〉と驚きにザックんが遭遇する。オーナー代理を〈謎解き役〉にしながら〈癒し〉〈気づき〉〈和み〉〈学び〉〈苦味〉を絶妙に配合し、納得の妙味に至る。実に〈坂木司節〉がはっきり鳴り響く作品である。

作中にも説明があるが、ジューシーとは炊き込みご飯のことである。沖縄そば屋などのサイドメニューで、ハンバーガーに対するフライドポテト的位置づけ。主役ではないが、美味い。あっさりと地味ながら奥深く、いつのまにか注文してしまう重要脇役だ。

坂木司さんはいつも、人気者でもヒーローでも、幸運の持ち主でもない人、多くのドラマでは脇役にあたる市井の人たちに光をあてる。〈あっさりと地味ながら奥深く、いつのまにかはまってしまうもの〉つまり、ジューシー的なものを見逃さない。そこにドラマを見つけ出す。どこかで自分も似たものを確かに体験した気がするのだが、これは坂木さんの描きだす世界に普遍性があるからだろう。

実際、私はかつてホテルジューシーに宿泊した記憶すらあるのだ。

以下、いくらかのネタバレになるので、先に解説を読んでいる人は、もうここまでにして、本書を読んでください。

本書には青春小説の一面が明確にある。沖縄は多国籍な土地である。地元で生まれ育ったウチナンチュ、内地（本土）から移住してきたナイチャー、米軍基地の米兵のみならず、中国、インド、東南アジアの顔も見える。島故に互いの距離は近い。

最初私は、関東で浮いてしまった「残念なハーフ（ミックス）」のザックんが、〈ハーフもミックスもストレンジャーも当たり前〉の島で、傷を癒し自己を承認しなおす物語が綴られるのだと予測した。沖縄はそうした物語が成立する懐の深さ、逞しさが確かにある。だがそうではなかった。

青春時代のバイトとは、あるいはザックくんぐらいの年齢に経験するものの多くはそのような「めでたしめでたしで終わるもの」にはなりえない。楽園というものは結局は理想のなかにしかないのであろう。

ザックくんは、いろんな人にけっこう身勝手なことを（私の感覚ではザックくんは悪くなく、むしろ彼に説教する人たちのほうが不寛容で未熟に映るが、これは人によって解釈がわかれるであろう）いわれまくって気の毒だが、強い紫外線の差す基地のマーケットで、同行者ユージーンからもメールで繋がっている〈地元の仲間〉からも疎ましがられて突き放される痛みは、現代の若者が、大人として自立していく通過儀礼のようにも思える。登場人物はなんだかんだでみな逞しい。

全ての宿がそうであるように、宿泊客は永遠にはそこにいない。必ず終わり、次の場所へ、あるいは己の家へと戻り、「またあそこにいきたいな」と意を決して旅立った最初の時よりハードル低めの気持ちで再訪を思うのである。

飛ぶ鳥が束の間とまる止まり木のような一時的な居場所に居る人、もしくは居たことのある人には、眩しく、愛すべき一作である。

本書は、二〇二二年二月に小社より刊行された
単行本を加筆修正のうえ、文庫化したものです。

楽園ジューシー

坂木 司

令和7年 2月25日 初版発行

発行者●山下直久

発行●株式会社KADOKAWA
〒102-8177 東京都千代田区富士見2-13-3
電話 0570-002-301(ナビダイヤル)

角川文庫 24527

印刷所●株式会社暁印刷
製本所●本間製本株式会社

表紙画●和田三造

●お問い合わせ
https://www.kadokawa.co.jp/（「お問い合わせ」へお進みください）
※内容によっては、お答えできない場合があります。
※サポートは日本国内のみとさせていただきます。
※Japanese text only

ISBN 978-4-04-114942-3 C0193

角川文庫発刊に際して

角川源義

第二次世界大戦の敗北は、軍事力の敗北であった以上に、私たちの若い文化力の敗退であった。私たちの文化が戦争に対して如何に無力であり、単なるあだ花に過ぎなかったかを、私たちは身を以て体験し痛感した。西洋近代文化の摂取にとって、明治以後八十年の歳月は決して短かすぎたとは言えない。にもかかわらず、近代文化の伝統を確立し、自由な批判と柔軟な良識に富む文化層として自らを形成することに私たちは失敗して来た。そしてこれは、各層への文化の普及滲透を任務とする出版人の責任でもあった。

一九四五年以来、私たちは再び振出しに戻り、第一歩から踏み出すことを余儀なくされた。これは大きな不幸ではあるが、反面、これまでの混沌・未熟・歪曲の中にあった我が国の文化に秩序と確たる基礎を齎らすためには絶好の機会でもある。角川書店は、このような祖国の文化的危機にあたり、微力をも顧みず再建の礎石たるべき抱負と決意とをもって出発したが、ここに創立以来の念願を果すべく角川文庫を発刊する。これまで刊行されたあらゆる全集叢書文庫類の長所と短所とを検討し、古今東西の不朽の典籍を、良心的編集のもとに、廉価に、そして書架にふさわしい美本として、多くのひとびとに提供しようとする。しかし私たちは徒らに百科全書的な知識のジレッタントを作ることを目的とせず、あくまで祖国の文化に秩序と再建への道を示し、この文庫を角川書店の栄ある事業として、今後永久に継続発展せしめ、学芸と教養との殿堂として大成せんことを期したい。多くの読書子の愛情ある忠言と支持とによって、この希望と抱負とを完遂せしめられんことを願う。

一九四九年五月三日

角川文庫ベストセラー

つれづれ、北野坂探偵舎
物語に祝福された怪物
河野　裕

天才作家・朽木続こと雨坂続が再び眠りについて2年。佐々波は徒然珈琲を手放し、フリー編集者として活動していた。そんな中、雨坂の最高傑作『トロンプルイユの指先』の映画化の話が……。シリーズ完結。

ベイビー、グッドモーニング
河野　裕

寿命を三日ほど延長させて頂きました――。入院中の僕の前に現れた〝死神〟を名乗る少女。死神にはリサイクルのため魂を集めるノルマがあり、達成のため勝手に寿命を延ばしたというのだが……死にゆく者と死神の切ない4つの物語。

昨日星を探した言い訳
河野　裕

私たちは、優しいだけの物語を探していた――。わかり合える日は永遠に来ないと知りつつ、傷つきながら愛と呼べるものをみつけるまでの少年少女の心情を、研ぎ澄まされた筆致で綴る、青春文学の到達点。

散りしかたみに
近藤史恵

歌舞伎座での公演中、芝居とは無関係の部分で必ず桜の花びらが散る。誰が、何のために、どうやってこの花びらを降らせているのか？　一枚の花びらから、梨園の中で隠されてきた哀しい事実が明らかになる――。

桜姫
近藤史恵

十五年前、大物歌舞伎役者の跡取り息子として将来を期待されていた少年・市村音也が幼くして死亡した。音也の妹の笙子は、自分が兄を殺したのではないかという誰にも言えない疑問を抱いて成長したが……。

角川文庫ベストセラー

ダークルーム　近藤史恵

立ちはだかる現実に絶望し、窮地に立たされた人間たちが取った異常な行動とは。日常に潜む狂気と、明かされる驚愕の真相。ベストセラー『サクリファイス』の著者が厳選して贈る、8つのミステリ集。

さいごの毛布　近藤史恵

年老いた犬を飼い主の代わりに看取る老犬ホームに勤めることになった智美。なにやら事情がありそうなオーナーと同僚、ホームの存続を脅かす事件の数々――。愛犬の終の棲家の平穏を守ることはできるのか？

二人道成寺　近藤史恵

不審な火事が原因で昏睡状態となった、歌舞伎役者の妻・美咲。その背後には2人の俳優の確執と、秘められた愛憎劇が――。梨園の名探偵・今泉文吾が活躍する切ない恋愛ミステリ。

震える教室　近藤史恵

歴史ある女子校、凰西学園に入学した真矢は、マイペースな花音と友達になる。ある日、ピアノ練習室で、2人は宙に浮かぶ血まみれの手を見てしまう。少女たちが謎と怪異を解き明かす青春ホラー・ミステリー。

みかんとひよどり　近藤史恵

シェフの亮二は鬱屈としていた。料理に自信はあるのに、店に客が来ないのだ。そんなある日、山で遭難しかけたところを、無愛想な猟師・大高に救われる。彼の腕を見込んだ亮二は、あることを思いつく……。

角川文庫ベストセラー

退出ゲーム　初野晴

廃部寸前の弱小吹奏楽部で、吹奏楽の甲子園「普門館」を目指す、幼なじみ同士のチカとハルタ。だが、さまざまな謎が持ち上がり……各界の絶賛を浴びた青春ミステリの決定版、〝ハルチカ〟シリーズ第1弾！

初恋ソムリエ　初野晴

ワインにソムリエがいるように、初恋にもソムリエがいる?! 初恋の定義、そして恋のメカニズムとは……お馴染みハルタとチカの迷推理が冴える、大人気青春ミステリ第2弾！

空想オルガン　初野晴

吹奏楽の〝甲子園〟――普門館を目指す穂村チカと上条ハルタ。弱小吹奏楽部で奮闘する彼らに、勝負の夏が訪れた!! 謎解きも盛りだくさんの、青春ミステリ決定版。ハルチカシリーズ第3弾！

千年ジュリエット　初野晴

文化祭の季節がやってきた！ 吹奏楽部の元気少女チカと、残念系美少年のハルタも準備に忙しい毎日。そんな中、変わった風貌の美女が高校に現れる。しかも、ハルタとチカの憧れの先生と親しげで……。

わたしの恋人　藤野恵美

保健室で出会った女の子のくしゃみに、どきんと衝撃が走った。高校一年の龍樹は、父母の不仲に悩むせつなとつきあい始めるが――。頑なな心が次第に自由を取り戻すまでを、爽やかなタッチで描く！